LA VAGUE QUI VIENT

DU MÊME AUTEUR

Romans

UN MORT PAR PAGE, Robert Laffont, 2010.

PRIÈRE DE LAISSER SES ARMES À LA RÉCEPTION, Robert Laffont, 2012.

L'ÉCLAIR SILENCIEUX DU CATATUMBO, Robert Laffont, 2014.

RETOUR À BUENOS AIRES, Slatkine&Cie, 2018.

L'ÉMOUVANTE ET SINGULIÈRE HISTOIRE DU DERNIER DES LECTEURS, Slatkine & Cie, 2021.

Théâtre

NELSON E GEORGES (traduction vers l'italien de Daniela Giunta), Nuova Ipsa, 2005.

ISBN 978-2-36084-199-8

DANIEL FOHR

LA VAGUE QUI VIENT

roman

éditions inculte

Pour Dominique et Alice, encore et toujours.

On dit que nul homme n'est une île, mais moi je dis, c'est quoi une île ? Voilà ce que je dis, Saul. C'est quoi, une île ? Penses-y un peu, mon vieux.

STEVE TESICH

Quelle est cette île triste et noire ? C'est Cythère,
Nous dit-on, un pays fameux dans les chansons,
Eldorado banal de tous les vieux garçons.

CHARLES BAUDELAIRE

I

70 000 ANS PLUS TÔT

Les hommes s'étaient dirigés vers la colline qui n'était pas encore une île. C'étaient des hommes trapus qui avançaient pieds nus en regardant autour d'eux et en levant leur gros nez, bien plus pratique à l'usage qu'un petit nez d'homme moderne pour inhaler l'oxygène nécessaire à la combustion des quatre mille cinq cents calories indispensables à leur survie dans l'hiver européen de l'époque. C'était une bande de cinq mâles et deux femelles qui chassaient le lièvre variable avec leurs lances à pointe d'os de renne et cueillaient des noix, leurs bifaces et hachereaux de silex dans un sac fait de panse de bœuf musqué accroché à la taille. Cela faisait quelque temps qu'il n'y avait plus dans le coin ni mammouths ni tigres à dents de sabre et leur vigilance était orientée vers la détection de mouvements de petits animaux dans l'herbe, vers les odeurs de plantes médicinales, de fruits, de charognes ou d'un feu invisible. Une partie du clan était restée au campement et terminait la construction des huttes et de la barrière coupe-vent sur un terrain déblayé près du passage d'un ruisseau, avec ce qu'ils avaient ramené de branches, de fougères et de hautes herbes. Le groupe marchait sur une pente broussailleuse d'où émergeait un bouquet d'arbustes chargés de baies mauves comme ils n'en avaient jamais vu. Celui qui les guidait n'était pas le plus grand et portait des cheveux roux enduits de graisse et une barbe clairsemée. Il s'approcha du buisson, prit une des baies, la tritura entre ses doigts et la flaira. Ensuite, il lança un regard au plus vieux de la troupe, appuyé sur son bâton, un gars aux cheveux gris terne qui marchait avec un pied en dedans, et désigna les baies mauves, mais le vieux fit non, non, non, en secouant la tête, et il mit sa main sur son ventre avec une grimace. Le chef regarda les autres chasseurs, mais personne ne se proposa pour goûter les baies, pas plus les hommes que les deux femmes. Le sens du dévouement et de l'honneur, qui envoya à la mort nombre de héros au cours des siècles qui suivirent, était à l'époque un concept assez peu répandu. Le chef goûta la chair des fruits mauves du bout de la langue, puis lécha la paume de sa main, fit tourner la pâte dans sa bouche et l'avala. Il attendit un moment et comme rien ne se produisait, il se retourna vers la troupe, grommela quelque chose, avança le menton deux fois et il prit une autre poignée de baies qu'il avala d'un coup, sans les mâcher, puis une troisième pour finir. Tout le monde se mit alors à cueillir les baies et même le vieux avec le pied en dedans se laissa convaincre par les langues violettes du clan. Les baies n'étaient pas aussi bonnes que le prétendait le guide, elles étaient même plutôt acides, mais ils n'avaient rien mangé depuis la veille et la collation fut appréciée. Après quoi, ils reprirent leur exploration.

Au pied de la colline, celui qui menait la troupe poussa un grognement et s'arrêta. Il passa une main dans ses cheveux gras, poussa un second grognement, puis mit la main sur son ventre et finalement s'accroupit. Les autres le regardèrent se vider et ensuite se regardèrent. Un deuxième chasseur mit la main sur son ventre avant de s'accroupir à son tour, et bientôt le groupe tout entier, à l'exception d'une des femmes, se baissa pour soulager ses crampes. Le fenouil sauvage qui calmait les contractions et les coliques ainsi que les plantes qui guérissaient des vers et des poisons étaient restés au camp. Tandis que le groupe se répandait sur la lande, le vieux avec un pied en dedans et des cheveux filasse grogna en direction du chef et tout le monde lui donna raison en grognant aussi, mais le chef détourna la tête et fit semblant de se concentrer sur l'horizon.

Après certaines modifications sismiques qui virent l'eau gagner sur la terre et la diviser à la fin du Pléistocène, cinquante mille ans plus tard, la colline où eut lieu l'incident devint une île de quinze kilomètres de long, large de quatre. Et c'est sur cette île qu'un amateur de concrétions découvrit, bien plus tard, un gisement de coprolithes humains datant du Paléolithique moyen, première trace de présence humaine sur l'île qui alors n'en était pas une. Peu après leur découverte, les fèces pétrifiées des Néandertaliens furent emmenées sur le continent afin d'y être étudiées et conservées, tandis qu'un moulage en résine prenait leur place, symboliquement protégé des curieux par une barrière blanche de trente centimètres de haut et une plaque expliquant de quoi il retournait.

Trois hypothèses s'affrontaient sur les vestiges et divisaient les archéologues. Certains y voyaient les premières traces de toilettes collectives et s'appuyaient pour étayer leur théorie sur une division de l'espace en zones d'activités déjà observées chez Neandertal, à savoir un endroit pour dormir, un autre pour tailler les silex, un pour la cuisine et le feu et, ce qui semblait logique, un pour les déjections.

D'autres spécialistes, non moins qualifiés, penchaient pour un rituel préreligieux de restitution collective à la terre nourricière, une offrande dont le caractère magique ne faisait à leurs yeux aucun doute.

Une troisième école enfin soutenait la thèse d'un marquage du territoire semblable à celui des chiens qui urinent, un message olfactif destiné à d'éventuels groupes rivaux, une ébauche de ce qui deviendrait plus tard la propriété privée.

Cette première attestation d'une présence humaine sur l'Île était l'occasion, pour les touristes qui la visitaient, de blagues scatologiques dont un certain nombre tournaient autour du caractère des gens du coin et de leurs ancêtres. Alors qu'il est avéré que les Neandertal ne sont pas les ancêtres des Sapiens.

Mais une série de bouleversements, d'une nature autre que celui qui vit la colline encerclée par l'eau, avant que n'existent les actrices de cinéma, les pirates et les réparateurs de chaudière, allaient bientôt survenir, dont je fus le témoin et l'acteur.

II

70 000 ANS PLUS TARD

J'étais arrivé sur l'Île quelques mois plus tôt à la suite d'un naufrage, à croire qu'il n'y a pas d'autre façon d'aborder une île, comme Robinson, comme Ulysse. Ou comme Napoléon, parce qu'échouer à Sainte-Hélène si ce n'est pas un naufrage, je ne sais pas ce que c'est.

Le naufrage était celui de mes ambitions, que j'avais été contraint d'ajuster à la réalité du monde. Une douloureuse dégringolade. L'homme à l'intérieur était resté le même dans ses aspirations, la blessure en plus. Et contrairement à ce que tout le monde répète, tout ce qui ne vous tue pas ne vous rend pas plus fort. Tout ce qui ne vous tue pas, un accident, une maladie, une opération ou un échec professionnel, vous affaiblit. Ce qui ne vous tue pas vous mine, vous ronge, vous use, nuit à la qualité de votre sommeil, crée de l'angoisse, du stress, de la dépression, des rides, des cheveux blancs, des ulcères, des cancers et des douleurs musculaires. Tout ce qui ne vous tue pas raccourcit votre espérance de vie.

Je viens d'une lignée qui a produit des cavalcades d'aurochs sur les murs de grottes providentielles, sculpté les batailles de Trajan autour d'une colonne de marbre de Paros, peint les semailles de l'Égypte ancienne sur les parois de la tombe de Nakht et dessiné les trente-neuf feuillets en accordéon d'un codex maya conservé à Dresde. Mes prédécesseurs racontaient le monde en images quand l'écriture n'existait pas et que les écrivains étaient encore dans les arbres.

Ceci pour remettre en perspective le fait qu'un auteur de bandes dessinées n'est pas nécessairement quelqu'un qui n'a jamais rien su faire d'autre que de gribouiller dans les marges de ses cahiers, lieu commun qui lui colle à la peau et autorise ses lecteurs à lui taper dans le dos et à le tutoyer sous prétexte qu'ils ont l'habitude de le lire aux toilettes.

L'échec du premier tome de *La Galaxie des Mille Soleils*, une saga ambitieuse, sans aucun texte, une grande œuvre purement visuelle planifiée en treize albums, m'avait plongé dans un état d'abattement profond. Trois ans de travail engloutis dans les profondeurs de l'économie du pilonnage du papier.

L'ambition est le moteur de tout artiste, l'envie de croire qu'il est toujours possible de faire mieux, mieux que soi et mieux que les autres, d'accoucher de l'œuvre ultime et d'obtenir la reconnaissance légitime du plus grand nombre. Mais lorsque cette ambition se brise contre le mur d'une réalité contraire, elle se transforme en doute, en dépression, en suspicion, et l'idée que l'artiste se fait alors de son talent lui apparaît comme pure illusion.

Quelque chose n'avait pas marché.

Personne n'avait été capable de fournir d'explication rationnelle au phénomène. Comme si la promotion n'avait pas existé, comme si les piles d'albums sur les tables et présentoirs sur mesure en tête de gondole étaient devenues transparentes, visibles par mes yeux seuls, comme si mon nom ne disait plus rien à personne, comme si j'étais devenu un inconnu du jour au lendemain, un invisible.

Le phénomène était d'autant moins compréhensible qu'il était concentré sur mon œuvre uniquement. Aucune chute des ventes sur le marché de la bande dessinée ne fut enregistrée lors de la sortie du premier volume, aucun événement qui aurait pu interférer dans le comportement des lecteurs, je n'étais mêlé à aucun scandale, aucune pandémie ne s'était déclarée. Un mystère absolu, une déchirure dans le tissu du réel, un trou de ver comme pour le porte-avions *Nimitz*.

Je regrettais de ne pas avoir été plus heureux quand ça allait bien et de ne pas avoir fait des provisions pour la suite.

Sans réserves financières et sans perspectives d'en constituer, j'avais vendu mes quelques possessions et transformé mon appartement en temple du dépouillement, au point que j'avais finalement résolu d'en faire l'économie et décidé de m'installer sur l'Île pour une période un peu plus longue que les vacances qu'il m'arrivait d'y passer seul ou accompagné, même si un artiste ne prend jamais de vacances, comme en attestent les carnets de Léonard de Vinci où le mot n'apparaît pas.

III

L'ÎLE

Sur une image satellitaire, l'Île ressemblait à une pirogue renversée, séparée du continent par une langue de mer large de cinq kilomètres sept cent cinquante, soit deux miles nautiques, un chenal animé par un courant puissant, obligeant les voiliers qui remontaient au vent à tirer d'innombrables bords. Le fond entre l'Île et le continent était de quarante-deux mètres au plus profond et sablonneux, avec des remontées à dix mètres, conformation qui dessinait dans le chenal de larges bandes turquoise dont les images embouteillaient les réseaux sociaux. Il y faisait chaud dès le printemps jusqu'au milieu de l'automne et durant le court hiver, il pleuvait soit un peu, soit beaucoup, selon les jours, comme s'il y avait deux îles distinctes, l'une méridionale, baignée de lumière, d'air chaud, de senteurs de thym, d'eucalyptus et de pierres sèches, l'autre enveloppée de cette tristesse océanique à laquelle les gens dépressifs ou qui ont à cœur de rentabiliser leur résidence secondaire finissent par trouver un certain charme.

Il arrivait qu'une tempête coupe l'Île du reste du monde. Aucun navire n'assurait plus la liaison et les touristes prisonniers venus pour la journée voyaient le prix des chambres chez l'habitant s'envoler sans l'aide d'aucun algorithme. Des photos sur les tourniquets à cartes postales des magasins du port attestaient qu'il avait neigé au moins une fois sur l'Île, des images de jardins blancs bordés de clôtures noires, de pins noirs et japonisants saupoudrés de blanc, d'une mer d'argent et de plages immaculées derrière un rideau de flocons immobiles.

Cependant, le gel y était plus éphémère que la glace pilée d'une margarita, et l'acclimatation d'essences de latitudes variées, plantées par des générations de marins et capitaines nostalgiques de contrées lointaines, se faisait dans la facilité la plus écœurante. Le bananier y voisinait avec le pin, le chêne avec le bambou, le mimosa fréquentait le bouleau, le figuier, l'eucalyptus, le hêtre, le châtaignier, l'érable du japon ou le catalpa. C'était presque trop.

En dehors de son climat idéal et de ses eaux cristallines, le syndicat d'initiative mettait en avant, sur son site et ses brochures en quatre langues, la diversité de l'offre culturelle. L'incontournable vestige néandertalien y figurait en première place et on y louait la voix encore vivante d'un poète mort au siècle précédant le précédent, un enfant du pays qui écrivait sur la mer et les paysages du coin et dont certains poèmes reproduits sur des panneaux placés par la mairie à des endroits stratégiques laissaient penser qu'ils avaient été inspirés sur place. Généralement, un banc accompagnait le panneau, comme une invitation à méditer les vers du Poète ou à se remettre de l'émotion de leur lecture. Une poignée de photos, présentes dans la mince anthologie de poèmes vendus près de la caisse de l'Épicerie, représentaient le Poète en redingote noire, moustache et barbiche impériale, comme n'importe quel banquier ou ministre de son époque.

La légende d'un butin que le pirate Christopher Condent aurait enterré dans l'Île faisait aussi partie du patrimoine culturel local. L'encyclopédie en ligne indiquait qu'il était né à Plymouth en 1690, se prénommait Christopher mais aussi William, Edmont, John, Edward ou encore Thomas, et qu'il était également connu sous le nom de Congdent, Conden, Congdon, Coudon, Connor ou Condell, parce qu'à l'époque on s'appelait à peu près comme on voulait, surtout si on était pirate. Et comme Condent etc. était manchot, il avait aussi hérité du surnom de Billy One Hand, ce qui évitait de s'embrouiller avec les noms et prénoms. Son Jolly Roger, le drapeau pirate, ne présentait pas une tête de mort mais trois, sur trois paires de tibias croisés. Une façon simple et efficace de renforcer son branding et d'affirmer son leadership.

Le plus vieux livre de l'Île, un registre des mouvements du port, exposé dans un cube de verre dans la salle des mariages de la mairie, faisait état d'une relâche, en janvier 1723, de *La Vierge de Grâce*, frégate de la Compagnie des Indes en provenance de l'île Sainte-Marie, en face de Madagascar. Ravitaillement ou mise à l'abri en prévision d'un mauvais temps, la raison de l'escale n'était pas précisée dans le registre. Il y était mentionné en revanche le nom de l'équipage et des passagers, et celui du pirate s'y trouvait noir sur blanc ou plus exactement à l'encre bleue sur un papier jauni.

Dans le même cube de verre, un fac-similé du journal, tenu par un associé de Condent, dont la pierre tombale demeure l'une des plus photographiées du cimetière pirate d'Ambodifototra sur l'île Sainte-Marie, accompagnait le registre. Le document, rédigé en anglais, relatait la fête mémorable qui avait précédé le départ du "*Grand Capitaine et ami Condent*" pour l'Europe, à bord de *La Vierge de Grâce*. L'associé y saluait le talent et la générosité de Condent *"un homme qui a tant donné à la piraterie et tant pris aux autres"* et concluait son compte rendu en lui souhaitant *"de s'installer dans le plus grand des conforts avec son trésor sans pareil"* et de *"mourir dans son lit et le plus tard possible"*.

Si l'escale du pirate sur l'Île semblait avérée, celle de sa fortune l'était aussi. Les historiens des affaires maritimes s'accordent en effet sur ses exploits, la valeur et le nombre de ses prises. Aucune source, en revanche, ne rapporte que Condent ait débarqué sur l'Île avec un coffre ou dessiné une carte sur une nappe de restaurant ou quoi que ce soit de ce genre. Mais la croyance d'un trésor enterré perdurait parce qu'il est plus facile de s'inventer une réalité que d'admettre sa sèche évidence. Sinon personne ne paierait le prix d'un billet de cinéma pour s'entendre raconter qu'il existe encore des îles où vivent des dinosaures, des singes de trente mètres de haut ou des savants fous, et c'est ce que l'Île offrait, la légende d'un trésor pirate. Et c'était gratuit.

En conséquence, un arrêté municipal rendait obligatoire une autorisation pour quiconque envisageait de creuser le sol à n'importe quelle profondeur et en n'importe quel endroit de l'Île, une façon sage d'éviter qu'une armée de prospecteurs ne transforme le paysage en mine à ciel ouvert, mais qui compliquait les travaux de jardinage et de construction. Quant aux détecteurs de métaux, ils étaient interdits. Et c'est bien évidemment cette interdiction de chercher le trésor de Christopher Condent qui prouvait son existence aux yeux du plus grand nombre.

Établi face au continent, le Village était au centre de tout. On allait au Village, on descendait au Village ou on montait au Village. Il y avait le Continent, l'Océan, l'Île, et le Village, une cosmogonie assez simple qui permettait aux autochtones de trouver facilement leur place dans la Galaxie. Mais s'ils se considèrent légitimement comme au centre de tout, les gens des îles n'en demeurent pas moins conscients de la relativité de leur position dans l'univers, tant ils sont habitués à se voir confettis sur les cartes géographiques, quand ils n'y sont pas tout simplement oubliés.

Le Village se composait de quelques centaines de maisons blanches mais le Hameau n'en comptait que quelques dizaines au centre de l'Île. Le reste de l'habitat était disséminé un peu partout. C'était plus cher d'habiter le Village. La moitié des habitations situées hors du Village et du Hameau appartenait à des résidents secondaires qu'on appelait les Secondaires pour les différencier des gars du coin qui ne s'appelaient pas les Primaires ni "les vrais hommes" comme dans nombre de tribus qui vivent isolées, mais les Îliens ou les Natifs, comme sur toutes les îles. Les touristes constituaient la troisième population de l'Île. Dominante durant l'été, elle maintenait une présence symbolique le reste de l'année avec quelques contingents de randonneurs du troisième âge et quelques âmes romantiques et solitaires qui s'égaraient certains jours d'hiver sur les sentiers détrempés et le sable humide des plages désertées.

Les trois populations, Natifs, Secondaires et Touristes, possédaient chacune leur code couleur, comme des oiseaux d'espèces différentes, ce qui permettait de savoir de loin et à l'avance à qui on avait affaire.

Les Natifs s'habillaient de couleurs sombres et d'étoffes épaisses, marron, noir, gris, bordeaux, vert bouteille, les Secondaires de toile délavée de coton ou de lin, de couleurs pastel, bleu, rose, vert et jaune, et de pulls sur les épaules en début de soirée. Les Touristes portaient du nylon et différentes variations de polymère, de PVC, d'élastomère et de polytétrafluoroéthylène de couleurs vives et souvent fluorescentes, bleu, jaune, orange avec accessoires assortis, gourdes, casquettes, sacs à dos, bananes.

Seuls les touristes prononçaient le nom de l'Île. Natifs ou Secondaires disaient l'Île : je suis de l'Île, j'ai une maison sur l'Île, tu vas sur l'Île pour les fêtes ? Le reste du monde s'appelait le continent, je vais sur le continent, j'arrive du continent, ou l'océan. Les gens du coin étaient comme ceux de tous les coins, maçons, agriculteurs, postiers, médecins, boulangers, mais généralement en un seul exemplaire. D'autres métiers manquaient, comme chef de projet informatique, strip-teaseuse, agent de la circulation, laveur de carreaux-alpiniste, installateur de néons, fabricant de cœurs artificiels, directeur des ressources humaines ou trader.

La côte occidentale, que bordait le chenal, abritait l'essentiel des plages. La plage des Amours était la plus grande, l'anse du Cygne, l'anse de l'Olivier ou la baie des Cochons qui portait le même nom que l'autre, parce qu'il y a toujours eu plus de choses que de noms pour les nommer et c'est pour ça que tant d'étoiles portent des numéros et qu'une trentaine de villes dans le monde s'appellent Paris. L'existence d'une microplage naturiste qu'aucun plan ni panneau n'indiquaient se transmettait de bouche à oreille parmi les touristes pratiquants comme un secret à ne révéler qu'aux personnes de confiance. Ma préférée était l'anse du Cygne, une demi-lune de sable rosé sur l'eau turquoise du chenal, cernée de mûriers, de myrtilliers et de cassissiers. Une strophe du Poète accueillait le visiteur au début du chemin, dans un cadre rouge en bois sur un mât de même couleur.

Île d'exil,
Mon âme en péril,
Sur le sentier fragile
D'un bonheur volatil.

Et à côté, un banc rouge pour réfléchir à tout ça.

La côte orientale faisait face à l'océan. Elle était sauvage et rocheuse, exposée aux vents d'ouest. C'était la partie de l'Île dont les Natifs disaient avec fierté aux étrangers "C'est pas constructible", comme on dit "On n'est pas des imbéciles". Sur ce littoral, dont les dentelures rocheuses et les enfoncements justifiaient l'existence d'un club de plongée, seule la plage Blanche, que les Natifs appelaient la plage des Noyés, offrait une belle langue de sable sans ombre.

Trait d'union entre le nord granitique et le sud calcaire, la plage des Noyés était surveillée en été, car le fond à quelques mètres du rivage plongeait d'un coup et surprenait le baigneur qui perdait pied sans s'y attendre. Au sud de la plage, sur un promontoire dont le flanc était couvert de genévriers bleu-vert, s'élançait la Navette, surnom local donné à la maison d'un architecte de renom, une flèche de béton pointée vers l'océan dont le toit prolongeait la falaise telle la proue d'un croiseur intergalactique, avec de larges ouvertures vitrées à l'italienne de part et d'autre, une prouesse architecturale dont les droits à l'image étaient protégés. De son vaisseau, l'architecte, lauréat pour cette réalisation du prix Frank Lloyd Wright, pouvait se projeter vers de nouveaux horizons comme il sied à tout bâtisseur visionnaire.

Quelques terrains agricoles d'inégales grandeurs occupaient le centre de l'Île et fournissaient l'essentiel des fruits et légumes nécessaires à l'alimentation locale. Une poignée de pieds de vigne produisaient un vin confidentiel et folklorique. Au mois de juin, un champ de lin et un autre de lavande confrontaient leurs bleus phosphorescents de chaque côté d'un repli de terrain et rivalisaient avec les zébrures turquoise du chenal pour les photographes amateurs.

Il y avait, au nord, le bois au Cerf, et au sud le bois du Poète. Le bois au Cerf ressemblait à une petite forêt, un rassemblement de chênes verts avec des feuilles comme du houx qui ne tombent pas l'hiver et de châtaigniers communs qui poussaient entre de gros rochers de granit gris qui, lorsqu'ils s'enfonçaient dans la mer, se couvraient d'oursins violets. De mémoire d'Îlien il n'y avait jamais eu de cerf dans le bois au Cerf, mais une colonie de perruches vertes à collier y avait élu domicile depuis quelques années, échappées d'une volière ouverte par accident sur un aéroport du continent. Au lever du jour, leur vol vert clair rayait le feuillage sombre du bois dans un nuage de cris perçants. À la pointe sud, le bois du Poète, une cohabitation de pins noirs et de pins d'Alep sur un sol sablonneux couvert d'un tapis d'aiguilles rouges, équilibrait la charge de la pirogue. Le bois du Poète avait la préférence des couples l'été parce que le coucher de soleil sur l'océan rendait plus facile la transition de se coucher aussi l'un sur l'autre. C'est la raison pour laquelle un distributeur de préservatifs avait été installé à l'entrée, ainsi que plusieurs poubelles. Le sol de sable et le tapis d'aiguilles ajoutaient à l'attractivité du lieu, même si les pins abritaient quelques colonies de chenilles processionnaires qui se mettaient en route au printemps et causaient certains dégâts sur les arbres. La chenille processionnaire, lorsqu'elle est attaquée ou lorsqu'elle croit l'être, lance des microdards empoisonnés. L'année précédente, les chenilles avaient rendu borgne un chat trop curieux et causé l'amputation de la langue d'un chien, parce que la curiosité ne se retourne pas uniquement contre les chats.

L'été, les chenilles traversaient le bois du Poète, prenaient le chemin qui menait à la route à la queue leu leu et franchissaient la chaussée pour aller s'enfouir dans la terre chaude d'un champ voisin, avant d'éclore et de se changer en papillons plutôt moches, grisâtres et velus, comme des taons géants avec des ailes de papillon de nuit.

C'est le revers des îles : même celles qui possèdent la plus belle eau, le plus beau sable, les forêts les plus accueillantes et les cascades les plus féeriques abritent des dangers dont la taille va de l'amibe au grand requin blanc, en passant par le cobra jaune, la veuve noire à ventre rouge, le poisson-pierre et autres méduses, tiques, rats, scorpions, parasites et coraux. C'est l'illusion des îles, on s'y croit en sécurité mais on y meurt plus jeune qu'ailleurs.

IV

LA LONGUE MARCHE

C'était une fin novembre habituelle dans l'hémisphère nord, si tant est qu'il existe encore des habitudes en la matière. Un grand vide occupait la place du ciel, une pluie horizontale rayait toutes choses. Les corps-morts dansaient sur l'eau noire et j'attendais par une nuit d'automne le traversier, en compagnie de cinq ombres, sous la lumière des deux réverbères de l'embarcadère. J'attendais, un gros sac de toile en bandoulière et une valise cabine à la main dont les roulettes usées se coinçaient à chaque tour de roues.

Un clapot nerveux agitait l'océan comme un genou sous la table et une poussière de mer blanche volait sur la crête des vagues étêtées par le vent. La silhouette de l'Île se découpait le temps d'un éclair, noire sur le ciel blanc, tel un fantôme rétinien. Le traversier sortit de la nuit dans un gros bouillon phosphorescent. C'était une puissante vedette hollandaise en aluminium, blanche, avec un bastingage peint en rouge et, dans la cabine, quatre rangées de banquettes en plastique moulé bleues, réparties de chaque côté d'une travée qui menait à la poupe où le pont pouvait accueillir des marchandises, des bagages et des vélos par la passerelle arrière. L'été, un navire supplémentaire de taille supérieure assurait la liaison pour répondre à l'affluence touristique.

La vedette se rangea à quai dans un demi-cercle répété plusieurs fois par jour. Derrière la vitre du poste de pilotage noyé d'ombre, la lumière orangée des cadrans éclairait le visage du passeur coiffé de sa casquette, comme un de ces portraits de marins qui fument la pipe à la lueur d'une bougie, le genre d'imitation de de La Tour qu'on trouve dans les brocantes, malheureusement. Les âmes sombres qui attendaient sous la pluie montèrent à bord. La passerelle fut ramenée sur le pont et la vedette quitta le quai, prête à franchir le Styx pour me déposer sur le rivage de ma mort sociale. Une plaque en plexiglas rivetée dans la cabine indiquait 24 passagers assis.

Le navire partit en crabe à cause du courant, avant de virer dans la nuit pour remonter au vent et naviguer à quarante-cinq degrés en amont du point où il espérait nous emmener. La traversée du chenal prit cinquante-cinq minutes quand par mer calme il en fallait deux fois moins. Nous accostâmes, enveloppés de cette froideur humide que les primo-retraités découvraient avec inquiétude à l'approche de l'hiver. Un homme sortit de la nuit pour amarrer la navette. Je débarquai avec mon bagage et traversai le quai. Les Îliens qui m'accompagnaient récupérèrent leur véhicule, voiture, camionnette, vélomoteur et me dépassèrent sans qu'aucun propose de me convoyer et je regardai leurs feux arrière disparaître dans la profondeur de la pluie. Le port était désert, le quai luisant, les cafés fermés, les terrasses bâchées et ligotées frappées par la pluie. Aucune des fenêtres de la capitainerie, un parallélépipède de ciment blanc, ni des maisons avoisinantes n'était éclairée. Le vent faisait cliqueter les manilles, et les drisses tambourinaient sur les mâts. Les flots claquaient sous les pontons flottants et les voiliers alignés bord à bord frottaient leurs pare-battages dans des couinements de caoutchouc mouillé. Le sac de toile me sciait l'épaule. J'avais hésité avec un modèle à doublure étanche.

C'était une arrivée en fanfare.

Je longeai le port et les boutiques éteintes en direction du centre et la pluie s'adoucit. La boutique d'artisanat proposait de graver le prénom de n'importe qui sur n'importe quel objet en bois, en cuir ou en porcelaine, le fromager vendait aussi du miel, des fruits confits et des pâtes, dans des emballages portant la silhouette de l'Île imprimée en rouge sur fond grège qui plaisaient tant à la clientèle, et puis plus loin La Galerie, *Espace de créations contemporaines*, exposait des peintures de régates empruntées à Dufy. Une veilleuse de sécurité laissait deviner à l'intérieur un présentoir avec des posters de l'Île en noir et blanc, des cendriers en céramique colorés et des dauphins en verre filé sur une longue étagère. Un Don Quichotte grandeur nature, fabriqué avec des déchets trouvés sur le continent, montait la garde derrière la porte d'entrée avec son assiette en plastique sur la tête, ses yeux en bouchons de bouteille d'eau minérale et sa barbichette en rebut de filet de pêche en nylon. La boutique de la presse qui jouxtait La Galerie faisait aussi papeterie et vendait en été des bouées, des serviettes de plage, des masques et des palmes dans un espace à peine plus grand que des toilettes de chantier.

Tout ce monde de promesses merveilleuses était pour l'heure en sommeil, inaccessible.

La bruine et la nuit s'étaient emparées de la Grand-Rue et je remontai les façades aveugles, croisant des rues vides où ne traînait pas même un chien, comme dans les films de zombies, où pas un bruit ne se faisait entendre dans l'air étouffé par l'eau en suspension. Tous les vingt-cinq mètres, un réverbère diffusait sa lumière jaune dans le crachin. C'était une reproduction de lampadaires anglais de la fin du XIXe avec quatre faces plates en verre surmontées d'une coupole en métal et munie d'un photodétecteur qui en commandait l'allumage à la tombée du jour. Les réverbères étaient rouges comme les panneaux d'affichage, panneaux indicateurs, bancs publics, toilettes publiques, râteliers à vélos, jardinières et poubelles. Une charte graphique avait été mise en place quelques années plus tôt, après qu'une agence de communication avait recommandé à la municipalité de se différencier de toutes ces îles et localités de bord de mer qui avaient pris le bleu ou le vert comme identifiant. C'était le principe de la disruption. Le choix s'était porté sur un rouge garance. Il n'était pas illégitime de penser que la mairie avait suivi cette recommandation avec l'arrière-pensée que le rouge donnerait une visibilité supérieure à sa politique d'aménagement de l'espace public.

Je traversai la place Centrale, qu'on appelait aussi place du Marché les jours de marché. Un grand tilleul solitaire en bordure de l'esplanade résonnait de la pluie qui s'abattait sur ses larges feuilles qui résistaient encore à l'automne. L'arbre avait été planté à la Révolution, au mois de floréal, ce qui tombait bien pour un arbre à fleurs odorantes, même si ses vertus apaisantes semblaient en dissonance avec l'esprit révolutionnaire.

Je dépassai le Restaurant Le Grand Large, fermé en cette saison et la mairie, fermée à cette heure. Le rideau de fer était tiré devant la supérette qu'on appelait l'Épicerie, et devant la pharmacie. La croix de néon bleu de l'église fermée en semaine clignotait dans la nuit au-dessus des toitures et des tuiles luisantes. Je sortis du Village et marchai jusqu'à la jonction entre la route de la pointe nord et celle qui conduisait au Hameau en direction du sud, embranchement qu'on appelait l'Embranchement parce que gens du coin préféraient réserver leur créativité à d'autres sujets.

Je suivis le haut mur en pierres sèches mouillées qui cernait la plus grande maison du Village, une sorte de manoir néogothique anglais qu'on surnommait le Château. Le mur qui entourait le Château était couronné de pots jaune safran d'où débordaient des géraniums roses, comme un Matisse sous la pluie. Derrière le portail en fer forgé, le bâtiment en granit rouge importé, avec voûtes décoratives en ogive et portes-fenêtres à croisillons blancs, se dressait au centre d'un parc de taille raisonnable défendu par un grand châtaignier sans feuilles. Sur le linteau de la porte d'entrée à double ventail à laquelle menait un large escalier de cinq marches, on pouvait lire une devise et une date : *Volens Nolens, 1847*.

Le Château avait été construit comme lieu de villégiature par un membre du cabinet particulier de l'empereur élu Napoléon III, puis avait appartenu à un capitaine de la marine marchande en retraite, avant d'être acheté à ses descendants par un industriel allemand cinéphile qui en avait fait don à sa propriétaire actuelle, une actrice dont il s'était épris et qui l'occupait depuis. L'actrice était une égérie tardive de la Nouvelle Vague et avait tourné avec la plupart des réalisateurs qui la constituaient, jusqu'à ce qu'il ne reste plus de la vague en question qu'un trait d'écume blanchâtre sur le sable. C'était une actrice connue des enseignants de plus de cinquante ans, des étudiants cinéphiles et des gens de cinéma que le cinéma intéressait encore. On parlait souvent de sa voix rauque et comme désaccordée, avec des accents toniques qui ne tombaient pas toujours sur les bonnes syllabes. Elle s'était installée sur l'Île trente-cinq ans plus tôt, après la sortie d'*Une nuit sans vous*, son dernier film, une coproduction dont l'ambition à peine déguisée était de remettre en selle un acteur américain bien trop âgé pour le rôle de séducteur qu'on voulait lui faire tenir en lui adjoignant une actrice européenne plus en phase avec l'époque. L'actrice, qui avait maintenant dépassé les soixante-dix ans, peut-être les soixante-quinze, fuyait les admirateurs, les touristes, les curieux en général qui pointaient du doigt la propriété où elle demeurait cloîtrée, en espérant l'entrevoir dans le parc ou derrière une fenêtre. La rumeur voulait qu'on aperçoive parfois son ombre fantomatique, l'hiver, sur le littoral désert ou au détour d'une ruelle. Il est vrai que l'Île offrait en cette saison toutes les conditions pour accréditer cette vision romantique, brouillard et pluie, océan tourmenté, tableau qui s'effaçait l'été, quand la chaleur assommait les touristes sur les plages, les lézards sur les pierres et les chiens dans les rues et que le soleil brûlait les jardins sous le ciel d'un bleu tyrannique.

Il était difficile de ne pas songer à ces gloires retirées d'un monde qui ne voulait plus d'elles, à Garbo, à Lugosi, à la Norma Desmond de *Sunset Boulevard*, ou à *Fedora*, même si l'actrice n'avait jamais eu l'aura ni la popularité d'une étoile hollywoodienne. Un écrivain de vingt-deux ans avait obtenu un prix prestigieux d'un comité prestigieux en publiant le récit de son attente déçue, toute une fin de semaine planté devant le portail de sa demeure avec une bouteille de whisky et un carnet de notes. Même si la présence de l'actrice contribuait à la notoriété de l'Île, le nombre de visiteurs espérant l'entrevoir diminuait néanmoins d'année en année. Je ne l'avais pour ma part jamais vue et ne conservais d'elle que l'image ancienne de ses films.

En revanche, il n'était pas rare d'apercevoir, les jours de marché, un homme d'une quarantaine d'années qui promenait un cabas à roulettes et avait à charge l'entretien du jardin et les courses de l'actrice, car même une actrice recluse a besoin de s'alimenter. L'homme vivait dans une dépendance de la maison et chacun le connaissait sous le prénom de Bayani, qui signifie “héros” en tagalog, langue principalement parlée aux Philippines. Il avait les traits fins, une peau grêlée et des cheveux noirs et plats.

Les maisons à partir du Château devenaient plus espacées et la surface des jardins plus importante. Je changeai mon sac d'épaule et continuai à traîner la valise à roulettes qui couinait dans la nuit silencieuse et le crachin dansant. Des millions de gouttelettes perlaient sur les aiguilles des pins et les mousses des murets. La route brillait sous les réverbères anglais et les flaques renvoyaient l'image d'une lune trouble et mouvante dans un ciel invisible.

La maison était située à l'écart du Village, en direction de la pointe nord, sur la partie haute de la colline qui divisait l'Île à la façon d'une colonne vertébrale. C'était un parallélépipède spacieux aux murs épais, qui sentait l'inhabité. Il avait abrité successivement un pêcheur, un notaire et un couple de retraités, avant d'être acheté par celui que j'étais à l'époque et qui était sensiblement différent de celui que je suis devenu à la suite de cette décision.

Les artistes affectionnent les refuges insulaires, Gauguin aux Marquises, Hemingway à Cuba, Pissarro à Saint-Thomas, Neruda à Chiloé, Stevenson aux Samoa, etc., de quoi tenir tout un dîner. Une maison pour échapper à la gloire, loin des sollicitations et tentations de la ville, un sanctuaire destiné à devenir plus tard un lieu de pèlerinage dans lequel les foules curieuses n'auraient pas le droit d'entrer en short en mangeant des glaces. C'est comme ça que je voyais les choses.

Le bois ayant joué, j'ouvris la porte en m'aidant du pied et j'entrai. Je dégoulinais d'un peu partout et préférai attendre avant d'appuyer sur l'interrupteur. Je déposai le sac de toile sur la table de la cuisine et laissai la valise au pied de l'escalier qui montait à la chambre. J'enlevai ma parka et me séchai les cheveux et le visage avec un torchon que je ne me rappelais pas avoir lavé. Rien n'avait changé depuis mon dernier séjour, excepté l'odeur d'humidité qui flottait dans la maison. J'enclenchai le thermostat du chauffage mais le témoin ne s'alluma pas. On accédait à la chaudière par une trappe extérieure fermée par un cadenas qui menait au sous-sol, comme celles qui permettent de séquestrer les gens dans les films américains. Comme j'étais presque sec, je ressortis me remouiller. Après plusieurs tentatives, je parvins à ouvrir le cadenas, soulevai le panneau qui fermait l'escalier et descendis dans le sous-sol où on pouvait séquestrer des gens. J'essayai d'allumer la chaudière. Rien. Je recommençai plusieurs fois, clac, clac, clac, mais rien encore. Je ressortis, refermai la trappe, rentrai dans la maison. Je dégoulinais à nouveau mais pris le risque d'allumer parce qu'à ce stade plus rien ne m'importait. La lumière se répandit dans la pièce. J'étais toujours vivant mais n'en tirai aucun plaisir. Je sortis deux radiateurs électriques d'appoint du placard et les poussai au maximum sur le programme *soufflant et oscillant*. Je sortis mes affaires du sac de toile. Seule la dernière couche de vêtements au fond était sèche. C'était le linge sale dans lequel j'avais dormi sur le plancher de l'appartement vide, la veille de mon départ.

J'hésitai entre une douche chaude et un verre d'alcool, mais comme l'eau chaude de la chaudière était froide, le non-choix était simple. Je me servis un verre et contemplai la nuit derrière la fenêtre et le jardin invisible. La pluie avait cessé, la lune avait disparu et un vide noir et profond me faisait face.

Une chouette hulula quelque part, comme un avertissement aux campagnols, grenouilles et musaraignes du coin que la chasse était ouverte. C'était fair-play.

Je pris une profonde aspiration et levai mon verre en direction du jardin pour célébrer mon arrivée sur l'Île.

Ça y est, pensai-je, nous y sommes.

Parler de moi au pluriel me rassurait.

V

VIS (LATIN) : BRUTALITÉ, VIOLENCE

Les semaines qui suivirent mon installation sur l'Île passèrent au rythme de nuits sans rêves et de réveils blancs, sans presque aucun souvenir de la veille. Comme Modigliani, je me *levais* à l'eau froide. Le jour grisâtre résonnait de l'eau qui courait dans les gouttières et du ploc-ploc des branches d'un pin voisin au-dessus du tas de bois bâché, pour sombrer quelques heures plus tard dans un interminable crépuscule. Je vivais de conserves et de réserves abandonnées au fond des placards dans une économie de survivant post-nucléaire. J'évitais de regarder l'heure. Derrière les fenêtres, la pluie voilait le ciel et la terre et puis la nuit arrivait, sans étoiles et sans lune. Parfois, je m'endormais avec l'image d'un bûcher. Des centaines de volumes de *La Galaxie des Mille Soleils* brûlaient dans le jardin et j'allais les rejoindre dans les flammes.

Mon refuge s'était transformé en retraite, pour ne pas dire en cachette. À l'âge où l'artiste est au meilleur de sa forme, quand son énergie créatrice nourrit ce qui commence à ressembler à une maîtrise, je me retrouvais isolé et sans ressources, un ballon dégonflé abandonné dans une gouttière obstruée par des feuilles de platane imputrescibles.

Il manquait à la maison d'avoir été construite quelques mètres plus haut sur le chemin qui franchissait la colline pour donner sur l'océan que j'entrevoyais de la chambre à l'étage. La maison du Voisin occupait cette position idéale et me dominait. Le Voisin avait vue sur l'océan, même depuis son rez-de-chaussée.

Le jardin était de la taille d'un terrain de handball en pente, couvert d'une herbe moyenne et de chardons. Au centre s'élevait un figuier centenaire dont les branches tordues dans tous les sens ne fructifiaient qu'une seule fois, en fin d'été, et dont l'odeur me parvenait par la fenêtre ouverte. Le figuier est un arbre dont on dit qu'il attire les rats depuis que Judas s'y est pendu, mais il n'y avait pas de rats sur l'Île, ni près du figuier ni ailleurs, grâce à une communauté de chats dont la vigilance n'admettait sur leur territoire que les souris, les mulots et les campagnols, rongeurs calibrés, moins organisés et moins agressifs, et dont la chair est bien plus délicate.

Mis à part la défaillance de la chaudière, la maison était confortable, depuis que j'y avais fait réaliser quelques années plus tôt les indispensables travaux que justifiait le faible coût de son acquisition. Sur les îles de dimensions réduites, les matériaux de construction viennent du continent. Une vis, par exemple, voyage avec un transporteur depuis son usine de production sur le continent jusqu'à une ville où elle sera stockée, avant d'être prise en charge par un autre transporteur, qui la convoiera jusqu'à un navire qui lui fera traverser la mer, puis la vis, une fois de l'autre côté, sera déchargée et un troisième transporteur l'acheminera jusqu'à son point de distribution, où elle sera récupérée par un professionnel ou un particulier qui la véhiculera jusqu'à sa destination finale, une charpente ou une étagère, selon qu'il s'agit d'une vis bois à tête fraisée ou d'une vis universelle en inox. Pour dire qu'une vis insulaire parcourt bien plus de kilomètres avec plus d'intermédiaires que n'importe quelle vis continentale avant son utilisation. Elle coûte donc bien plus cher.

Les matériaux de construction plus volumineux, comme les parpaings, les briques, le ciment, les poutres, suivent le même circuit, mais sur des navires spéciaux à des horaires spéciaux, ce qui ne facilite pas l'avancée des chantiers qui n'ont pas besoin de cette aide extérieure pour se mettre en retard comme sur le continent.

Aux retards et surcoûts mécaniques de la situation insulaire était venu s'ajouter ce qu'on appelle un retournement de conjoncture. Les Chinois avaient besoin de fer pour leurs tours, de beaucoup de fer, et le prix d'une vis qui coûtait déjà celui de deux vis était devenu celui de cinq vis, le reste suivant par un effet de dominos irrationnel, clous, bois, sable, etc. C'était comme ça, c'étaient les îles, c'était le marché, c'étaient les Chinois, c'était la vie.

Devant cette explosion des prix, le maître d'œuvre avait déclaré avec le bon sens de ceux que la réalité ne déçoit jamais :

— Des tas de choses explosent tous les jours sur la planète, y a pas de raison que les coûts y échappent.

Et il avait écarté les bras comme un manchot empereur pour les laisser retomber le long du corps dans un soupir profond et bien me faire comprendre qu'au-delà de cette vérité, il n'y avait plus rien.

L'échec de *La Galaxie des Mille Soleils* se révélait, dans ces conditions, d'autant plus douloureux qu'il m'ôtait tout espoir de redresser une situation financière déjà précaire.

Seule la pensée que, grâce à moi, le prolétariat chinois allait vivre dans le confort moderne d'une urbanisation périphérique de grande hauteur avec des poutrelles bien vissée et accéder au paradis de la classe moyenne parvenait à réduire mon accablement.

Je me laissai peu à peu envelopper par la routine ouatée des îles en hiver.

Je n'avais pas échangé dix mots avec un être humain depuis mon arrivée, en dehors de la brève conversation téléphonique avec le réparateur de Chaudières & Chaleur humaine sur le continent, qui m'avait assuré qu'il passerait quand il passerait, parce que je n'étais pas le seul à avoir des problèmes de chaudière, ça n'arrêtait pas, figurez-vous, ici aussi on en a des urgences, et comme par hasard, ça tombe en hiver et si vous me permettez, vous n'êtes pas la porte à côté, quand on vit sur une île...

Je n'aimais pas trop le ton de sa réponse mais comme la tonalité des échanges entre individus tient grandement du rapport du fort au faible, je restai poli, et fis même preuve de compréhension pour les soucis que lui occasionnaient ses trop nombreux clients. Qui vit sur une île dépend de sa communauté, laquelle est elle-même fortement dépendante du continent, pour les vis ou autres. C'est l'un des paradoxes des îles, la sensation d'indépendance y est plus forte qu'ailleurs quand la réalité de la dépendance y est souvent bien supérieure.

Je m'installais dans le salon refroidi que je préférais appeler "l'atelier" parce que j'y avais disposé ma planche à dessin et entamais, allongé sur le sol, une séance de méditation, en vue d'affronter le reste de la journée. J'écoutais au casque le disque d'une goutte de pluie dans une flaque d'eau, qui s'achevait, trente minutes plus tard, en ondée tropicale. La séance terminée, le bruit de la vraie pluie qui tombait dehors prenait le relais. La chaudière persistait à ne pas vouloir démarrer et m'obligeait à maintenir les radiateurs électriques branchés jour et nuit sur une électricité qui me parvenait par câble sous-marin. L'eau glacée qui sortait des robinets m'encourageait à l'économiser. J'enfournais dans la cheminée du salon un bois humide qui se consumait sans flammes et répandait une épaisse fumée blanche dans la maison.

Je passais ensuite à ma table de travail, face à la fenêtre, d'où je surveillais l'activité des lapins en train de comploter avec leurs bajoues tremblotantes. Ils avaient choisi mon jardin. J'étais l'élu. Les jardins avoisinants et leur gazon en parfait état, quand le mien était semé de plaques de terre auxquelles les crottes des rongeurs donnaient des airs de pizzas aux olives, n'avaient pas l'air de les intéresser.

Les rituels permettent de ne pas sombrer dans la folie, même si la différence entre un rituel et un trouble obsessionnel compulsif comportemental n'est pas si facile à établir. Je taillais cinq crayons en bois de cèdre californien avec mine en graphite japonais que j'alignais avec mes feutres pinceaux sur une tablette horizontale fixée au grand plateau incliné de la table à dessin. Je disposais une grande feuille A2 que je pinçais sur le bord supérieur du plateau. Je plaçais une gomme végétale en haut du plan incliné, bien parallèle au bord supérieur. La fréquentation de mes confrères me permet d'affirmer que chez les dessinateurs, la catégorie des maniaques est surreprésentée. Il est difficile de savoir si l'habitude de tout ranger dans des cases est la cause ou la conséquence de cette névrose. Un peintre peut travailler dans le chaos, comme Bacon ou Pollock, un dessinateur ne peut pas. La précision de son travail exige une attention continue, si bien qu'il évitera de poser une tasse de café ou un verre de vin à côté de sa feuille comme pourrait le faire un peintre, qui n'hésitera pas à tirer parti d'une tache sur sa toile ou à la recouvrir.

Je crayonnais machinalement des personnages, une chaise, la cheminée, un verre, la théière chinoise aussi lourde qu'une enclume, les lapins, le figuier et ses branches nues dans la brume, le figuier et ses branches nues sous la pluie, le figuier dans la nuit de cinq heures. C'était ma montagne Sainte-Victoire, ma cathédrale de Chartres, et je ne comptais plus les versions que j'en avais faites et qui s'accumulaient dans mon carnet de croquis. Comme si la main allait trouver l'inspiration à la place du cerveau et me permettre de démarrer, mais rien. Tout avait été dit, tout avait été fait, toutes les histoires avaient été racontées sous toutes les formes possibles et aucune muse ne daigna me rendre visite, sans doute trop occupée à inspirer des artistes concurrents.

L'après-midi, je recommençais. Il m'apparaissait alors clairement que le dénuement et l'absence de perspectives sont les deux mamelles de la dépression. Je parlais seul et me transformais en narrateur de mon inactivité, tant pour faire exister l'air autour de moi que pour me prouver que je n'étais pas moi-même une illusion. Allez debout, allez on se lève, attention à l'escalier, un bon thé bien chaud pour commencer la journée, oh, mais il pleut, tiens, on dirait que les lapins sont de sortie... Si un autre m'avait tenu la même conversation, je l'aurais tué sur-le-champ.

Je traînais dans le Village comme le survivant d'un monde éteint. J'y croisais parfois quelques zombies taciturnes dans l'un des commerces de première nécessité qui tournaient au ralenti quelques heures par jour.

Certains jours, j'enfourchais un vélo et pédalais jusqu'au port avec l'espoir qu'une circonstance me fournirait une idée, le point de départ de quelque chose. Dans le port, les barques inutiles et bâchées se balançaient mollement et le courant du chenal défilait en petites vagues courtes, aplaties par une pluie paresseuse qui effaçait la ligne du continent. Les voitures et les camionnettes stationnées renvoyaient le bruit sourd des milliers de gouttes qui s'écrasaient sur la tôle.

Rien ne semblait vouloir perturber l'hivernage dans lequel l'Île et mon esprit étaient plongés, et je revenais imprégné d'une humidité poisseuse et pénétrante dont je ne parvenais à me débarrasser qu'après une station prolongée devant les radiateurs électriques lancés à pleine puissance.

Je me couchais le soir avec l'espoir que le lendemain quelque chose se produirait, un événement, un déclic, une visite du chauffagiste, espérance impitoyablement déçue. Cinq semaines d'une attente stérile et solitaire, de contemplation abrutissante du jardin, dont l'hiver freinait la pousse, et des lapins transis.

Jusqu'à ce matin que rien ne différenciait des matins blafards et détrempés précédents, où le destin frappa à ma porte, trois coups, alors que la sonnette fonctionnait.

VI

UNE PIÈCE DANS LA MACHINE

Le destin était vêtu d'un pantalon noir, d'une chemise en flanelle à carreaux rouge et noir avec bretelles par-dessus, d'une veste en velours noir à grosses côtes, comme dans les films de paysans, et chaussé de bottines en caoutchouc avec fermeture Éclair sur le dessus, comme les types de l'Est avant la chute du Mur. Il affichait une surcharge pondérale qui le maintenait légèrement sous le seuil d'une obésité modérée et un crâne chauve encadré de favoris qui lui donnait l'air d'un de ces œufs en chocolat enveloppés de papier d'aluminium qui représentent le père Noël.

Il était déjà dans la cuisine quand j'ai dit Entrez.

Sur les îles, à l'exception d'Alcatraz, les portes sont rarement fermées à clef, comme sur les bateaux ou les stations spatiales. Une forme d'auto-surveillance s'exerce qui, si elle a le mérite de freiner le développement du crime en général et de prévenir l'apparition de tueurs en série, complique singulièrement les relations extra-conjugales.

Le maire aimait se présenter comme un esprit carré dans un corps rond. Sa notoriété dépassait le cadre de l'Île et s'étendait à la région, voire au-delà. Cette renommée datait d'une époque dont je n'avais pas le souvenir, car antérieure à ma fréquentation de l'Île, mais dont la geste était fréquemment remémorée dans les conversations insulaires comme un marqueur du *bon vieux temps*. C'est sous l'étiquette de "candidat nu" que l'homme qui se trouvait dans ma cuisine avait mené sa toute première et mémorable campagne électorale et conquis la mairie de l'Île à la surprise générale, à l'âge de vingt-six ans.

Afin d'éviter l'accusation d'attentat à la pudeur et de trouble à l'ordre public, les réunions avaient lieu dans des enceintes privatisées interdites aux moins de dix-huit ans, population qui de toute façon ne votait pas. La salle polyvalente et le restaurant Le Grand Large étaient habitués aux événements d'exception. La première accueillait les rencontres sportives, démonstrations gymniques et spectacles de danse quand le restaurant, dont le personnel officiait en pantalons blancs et marinières rayées blanc et bleu, hébergeait les banquets d'ouverture et de clôture de la chasse, les dégustations œnologiques et ventes de vin, les mariages quand il y avait des mariages, les réunions d'un club modéliste du continent qui s'entraînait à la pointe sud et les déjeuners d'enterrements. Les meetings du candidat nu attiraient plus de monde que ceux de ses opposants habillés, car à l'intérêt politique objectif d'un outsider prometteur s'ajoutait l'envie de découvrir la plastique d'un jeune homme bien proportionné à l'époque.

Celui qui prétendait au fauteuil suprême de l'administration locale portait, quand il était amené à faire campagne dans l'espace publique, un pagne de coton attaché par une cordelette autour des hanches, qui masquait son sexe mais laissait les fesses à découvert. Le pagne était lesté de deux plombs de pêche cousus dans l'ourlet afin d'éviter les effets de courants d'air ou autres. Derrière ce qui pouvait passer pour une promotion de la cause naturiste, il y avait avant tout une métaphore politique. C'était en partant de l'idée d'un homme nu que le candidat souhaitait redéfinir les besoins essentiels de chacune et chacun dans la cité et construire sa *plateforme programmatique*. Le candidat *qui n'avait rien à cacher*, moqué dans un premier temps par l'ensemble des forces en présence, l'avait emporté grâce à un discours développé avec méthode qui lui avait permis de se forger une stature d'homme de bon sens malgré son jeune âge et son anticonformisme. Il avait rappelé aux plus conservateurs qu'Adam et Ève étaient nus à leur première rencontre, tels que Dieu les avait voulus. Aux plus progressistes, il avait vanté le caractère égalitaire de la nudité qui bannissait les uniformes, les logos, les marques. Aux partisans d'une politique sécuritaire, il avait rappelé qu'un homme nu ne pouvait rien voler ni dissimuler aucune arme. Il avait insisté sur les enjeux d'une meilleure hygiène de vie. La peau était notre organe le plus important, sept mètres carrés en moyenne, et devait respirer. Les amoureux de la nature, les hygiénistes et les précurseurs de la décroissance s'étaient reconnus dans cette vérité. En avance sur les préoccupations de son époque, il n'avait pas manqué de souligner l'intérêt d'une telle démarche au regard des dégâts causés par l'industrie textile, mille cinq cents litres d'eau pour fabriquer un tee-shirt en coton, argumentation qui lui retira le soutien du propriétaire du magasin de tee-shirts, sur le port.

Même ses plus farouches opposants convenaient volontiers qu'il était plus agréable de se baigner *sans rien, comme dans sa baignoire*, et que la nudité était un choix de confort dès lors que les températures le permettaient.

Les télévisions locales, bientôt suivies par certains médias nationaux, avaient relayé cette candidature originale et quelques médias internationaux s'y étaient également intéressés sous l'angle "les étrangers sont vraiment étranges". Les réseaux digitaux n'en dirent rien parce qu'ils n'existaient pas encore et le souvenir de ce fait d'armes se résorba peu à peu comme une tache au soleil dont les pourtours s'étaient effacés et dont seul persistait encore le centre qui avait le contour de l'Île.

Ceux qui se rappelaient cette époque divergeaient dans l'appréciation de la longueur du pagne, selon que le conteur était un homme ou une femme.

— Thé ? proposai-je en montrant la théière en fonte chinoise que je soulevais chaque matin en alternant bras gauche et bras droit pour éviter une musculature asymétrique de joueur de tennis.

Le bec verseur avait la particularité de baver le long du corps en métal et de couler sous la théière et si j'inclinais le pot trop fortement, le thé débordait par le couvercle. C'est un défaut que des centaines de générations d'artisans chinois semblent n'avoir jamais réussi à corriger sur les théières en fonte, malgré le grand bond en avant technologique des dernières décennies.

Le maire se contenta de faire la moue en levant la main.

— Café ?

Il pointa son index vers le cœur et je hochai la tête pour rester dans le langage du cinéma muet.

Le maire tira une chaise et s'assit.

— Je peux m'asseoir ?

Je pris une tasse dans le placard, me servis un thé qui forma une flaque sur le plan de travail et m'assis en face du maire. Le maire considéra la tasse que je venais de remplir, puis dit *pourquoi pas ?* et je lui tendis la tasse. Je pris le dernier gobelet propre dans le placard, celui avec Bugs Bunny dessus, me versai du thé, agrandissant la flaque aux dimensions d'un pédiluve, et reposai la théière sur son support comme un haltérophile rejette sa charge. Ensuite, je m'assis de nouveau face au maire avec mon gobelet Bugs Bunny et j'attendis.

— Soyons sérieux, dit-il comme si j'avais dit quelque chose. La collectivité n'a pas les moyens de s'offrir une équipe de haut niveau de n'importe quoi. Non, j'ai bien réfléchi, je ne vois que l'art.

Je hochai la tête.

— La plage c'est bien, poursuivit le maire, les balades c'est bien, les pirates, tout ça, d'accord, mais la culture, la culture donne une autre dimension.

Je toussai, oui, bien sûr.

Il souleva sa tasse et but les yeux fermés. Puis, il tourna la main paume vers le ciel comme si elle tenait un globe.

— Un homme politique doit avoir une vision.

J'attendis sans hocher la tête, pour reposer les muscles.

— J'ai donc pensé à la salle des fêtes.

Sa tasse était vide et je me levai pour la remplir à nouveau. Le pédiluve prit les dimensions d'une piscine de quinze mètres.

— C'est un projet ambitieux, conclut le maire.

Je plissai les yeux pour montrer que ma concentration exigeait de la clarté en retour. Le maire reprit sur le ton d'un éducateur s'adressant à un enfant de quatre-six ans.

La salle des fêtes demandait à être aménagée. Malgré les dessins d'enfants scotchés aux murs, il fallait admettre que même un vin d'honneur prenait des airs de veillée mortuaire. Quant aux soirées dansantes, elles s'achevaient inévitablement avant vingt heures parce que tout le monde préférait se retrouver devant les informations avec les guerres, les épidémies, les tremblements de terre, les disparitions d'espèces et les meurtres de proximité, plutôt que de traîner dix minutes de plus dans cette salle sinistre.

Le maire ouvrit les bras comme Moïse dans le film.

— Et je me suis dit, pourquoi ne pas voir plus grand, dépasser l'objectif, pourquoi se contenter de rester dans la décoration ? *Think big !*

— *Think big*, répétai-je avec des points de suspension.

Il me tendit sa tasse qui était vide et comme je proposai de refaire bouillir de l'eau, il dit qu'un verre de vin ferait l'affaire, du rouge de préférence parce que le blanc et il mit la main en visière au milieu du front. Je posai deux verres sur la table, des petits de cantine, sans pied, pour que ça ne commence pas à faire apéritif avec obligation de cacahuètes et tranches de saucisson, pris une bouteille déjà ouverte et remplis les deux verres. Le maire but une gorgée de vin et regarda son verre comme s'il s'était attendu à y trouver autre chose. Je bus à mon tour et pris l'expression de celui qui trouvait que ça allait.

— Prenez la chapelle Sixtine, dit le maire, au départ c'est un problème de fissure, tout le monde sait ça. Le pape de l'époque...

— Jules II, dis-je.

— Jules II oui, Jules II dit à Michel-Ange, tant qu'à faire un ravalement, faites-nous quelque chose de joli par-dessus, quelque chose d'inspirant. Et maintenant des millions de gens se déplacent pour voir un plafond. C'est pour ça que j'ai pensé à vous.

— Pour repeindre le plafond ?

— Pas le plafond, les murs, pour en faire une œuvre - il vida son verre -, une œuvre originale, quelque chose que les touristes viendraient voir.

Je me resservis et resservis le maire. Il planta son index sur la table.

— L'art doit dépasser le cadre des églises et des musées, l'art doit aller vers le public, c'est un enjeu de civilisation. Les musées sont des cimetières, on y célèbre les morts. On y va pour se recueillir devant Renoir, devant Léonard de Vinci, devant les grands disparus. L'art vit dans les ateliers, dans la rue, pas sur des cimaises.

— La salle des fêtes ?

Mais le maire était sur sa lancée.

— Chagall a peint un plafond, Fra Angelico des murs de cellules, Matisse a posé du carrelage dans une chapelle, il s'est même occupé des fenêtres, et Braque...

— À Varangeville, un vitrail, complétai-je comme un candidat de jeu télé.

Le maire reprit une gorgée de vin avec l'air de s'y habituer.

— Varangeville... qui connaîtrait un bled pareil autrement ? et il regarda autour de lui comme si le silence de la pièce lui donnait raison. Sans parler des artistes urbains, il y en a dont on vole les murs.

La salle des fêtes était une annexe de la mairie, un bâtiment long et simple avec une porte centrale à double battant et, de chaque côté, une fenêtre à double vantail.

— Je ne suis ni Matisse ni Braque, précisai-je comme si le doute existait.

— Delacroix s'est occupé d'une salle à manger. Il n'y a pas de honte à ça.

Sous ses dehors de paysan sicilien, l'homme avait préparé son entretien comme un professionnel. Je m'en trouvai flatté et vexé qu'il puisse imaginer que je ne m'en rendais pas compte.

Nos deux verres étaient vides et je terminai la bouteille en les remplissant.

— Je ne suis pas peintre non plus.

— Vous êtes le meilleur dessinateur de l'Île, répondit le maire.

J'appréciai qu'il ne dise pas le seul.

— Je ne suis pas vraiment de l'Île.

Il fit comme si je n'avais rien dit.

— Je ne vous cacherai pas que d'autres s'intéressent à l'affaire. Une certaine retraitée, qui siège au conseil municipal et peint des bouquets de fleurs très appréciés, possède quelques appuis.

— Il faut exécuter quoi ? demandai-je avec la simplicité d'un tueur à gages.

— C'est vous l'artiste. Quelque chose en rapport avec l'Île, une célébration, quelque chose de fort. L'intervention porte sur les murs uniquement, les dalles du faux plafond doivent rester en place, en cas d'incendie. Vous n'aurez pas à peindre couché, comme Michel-Ange.

— Michel-Ange a travaillé debout, dis-je, c'est Charlton Heston, dans le film, qui fait croire qu'il peignait couché.

Il eut l'air déçu, comme si ça retirait quelque chose à Michel-Ange ou à Charlton Heston.

— Ça va prendre du temps, dis-je.

— Rome ne s'est pas faite en un jour. Mais il faut que ça secoue.

— Que ça secoue ? répétai-je comme si je réfléchissais au sens du mot.

— Que ça frappe les esprits. Il faut que les gens se déplacent, comme pour le requin coupé en deux.

Je n'eus pas le temps de commencer à réfléchir, le maire vida son verre, le claqua sur la table et se leva.

— Vous savez tout, et il se dirigea vers la porte et sortit sans la refermer.

J'allai sur le seuil et demandai à son dos qui s'éloignait sur le chemin détrempé :

— C'est payé combien ?

Il ne se retourna pas et se contenta de tapoter son oreille de l'index.

Je le regardai s'éloigner puis refermai la porte. Je débouchai une nouvelle bouteille et me servis un verre. Il n'était pas onze heures.

Tout ce qui pouvait m'éviter de dessiner éternellement les branches du figuier ou de devenir un observateur stérile de la vie du lapin commun me parut digne d'être considéré.

Le thème de la rédemption, ou du rebond, dans sa version laïque, a été essoré depuis l'Antiquité jusqu'au cinéma d'aujourd'hui. Toutes ces histoires qui disent que chacun a une deuxième chance, quand souvent il n'en a eu aucune, conservent leur charge d'espérance et leur pouvoir de fascination, même si tout le monde sait que ça ne se passe pas exactement comme ça.

Alors pourquoi ne pas mettre une pièce dans la machine ?

VII

VÉNUS

Le lendemain, je sortis peu après le jour, équipé d'un appareil photo et d'un carnet de croquis. La survie chez l'homme peut passer par la fuite mais l'artiste, s'il veut exister, n'a d'autre choix que d'affronter son sujet.

Une salle des fêtes n'est pas une chapelle, on ne peut pas se contenter d'esquisser deux angelots et trois colombes, ça n'est pas fait pour l'épure ou le minimalisme sinon c'est un réfectoire de moines. Je commençai à réfléchir à la question, à dresser mentalement un catalogue des particularités locales, de ce que je savais de l'histoire de l'Île et de ce que j'en ignorais.

Les dernières traces bleutées de la nuit avaient trouvé refuge sous les arbres. Le vent agitait les feuillages comme une grande main invisible dans la fourrure d'un chien. L'air sentait la terre mouillée. Le ciel hésitait entre le blanc et le gris. Du plus pâle au plus sombre, la gamme des verts se réveillait, luisante de la pluie de la nuit. Le vert-bleu des eucalyptus, le vert argenté des oliviers, le vert-jaune des bananiers, le vert bouteille des camélias, le vert irlandais des pelouses, le vert-noir des pins et le vert tendre des bambous chatoyaient comme le rêve d'un Douanier Rousseau sous acide. Une mousse microscopique et verdâtre couvrait les murs des maisons orientées au nord, dont les propriétaires avaient jugé inutile le surcoût d'une peinture blanche antifongique.

Devant le Café, une paire de chaises en plastique moulé trempées et une table carrée en résine imitation marbre, mouillée elle aussi, attendaient pleines d'optimisme qu'un consommateur masochiste s'installe en terrasse. Plusieurs cafés permettaient aux insulaires de se retrouver et de survivre, été comme hiver, mais quand les gens disaient qu'ils allaient au café, ça voulait dire Le Café, celui qui se trouvait sur la place Centrale, celui dont le mobilier, comptoir, chaises, tables, n'aurait même pas pu concourir à l'appel d'offres d'une cantine scolaire ou d'un commissariat, un lieu d'une laideur particulière à laquelle on pouvait trouver un charme particulier. Quand il s'agissait d'un autre café, on disait son nom, Le Vent du Sud, Le Port de l'Île, Le Bar de l'Océan, Le Bar du Chenal, Le Bar du Hameau, La Palme ou L'Ancre Seiche.

L'endroit sentait le chien alors qu'une pancarte informait *nos amis à quatre pattes* qu'ils n'étaient pas admis dans l'établissement. C'est la magie du granit. Partout où il y a du granit, même en petite quantité, on constate les mêmes phénomènes, on y parle de fantômes, de fées, d'elfes, de sorcellerie, d'univers parallèles ou d'endroits qui sentent le chien alors qu'il n'y en a pas. Un effet sur le cerveau de l'uranium 238 qui se dégrade en expulsant son lot de rayons gamma et de particules alpha est plus que probable.

Derrière le comptoir du Café, le mari de la patronne regardait un écran fixé en hauteur dans un angle, avec des chevaux qui couraient. L'homme était d'une taille de commerçant normale, avec des cheveux gris, des yeux clairs et un visage plat.

— Bonjour, lançai-je avec chaleur, un thé vert s'il vous plaît.

L'homme détourna les yeux de l'écran et me regarda comme s'il ne m'avait jamais vu.

— On a que du normal.

— Va pour un thé normal, alors.

Il me tourna le dos et jeta un sachet de poussière dans une tasse de cantine en céramique industrielle en accord avec l'esthétique du lieu. Il plaça la tasse sous le percolateur, ébouillanta le sachet, déposa un sucre en paille et une cuillère en inox dans une soucoupe et posa le tout sur le bar.

Fin de la cérémonie du thé.

Je retirai le sachet et bus le liquide jaunasse qui n'avait aucun rapport avec le nom que le mari de la patronne lui donnait.

— Ça a l'air de se lever, dis-je en regardant la porte.

J'eus droit en retour à un bruit qui venait de la gorge ou du ventre, difficile à dire quand la personne reste la bouche fermée. Tous les cafés ne sont pas des salons littéraires. Celui-ci appartenait à la catégorie Salon à Onomatopées. Il arrivait que les gens du coin, ceux qui possédaient au minimum deux générations derrière eux et les papiers pour le prouver, échangent avec des mots, quand ils avaient vraiment quelque chose à dire. Mais comme la plupart du temps on ne parle pas pour dire quelque chose mais pour exister, se mettre en avant, se faire aimer, dominer, se positionner socialement, lutter contre l'angoisse ou pour affirmer qu'on est encore vivant, les gens du coin préféraient faire l'économie du contenu et n'importe quel borborygme convenait. Cette sagesse originelle, antérieure à la communication verbale et fondée sur un protolangage qui se passait de grammaire, m'impressionnait.

Je traînai un moment en buvant mon liquide et en regardant les chevaux dans l'écran, avec l'espoir qu'un jockey tombe ou que quelqu'un entre dans le Café et que l'atmosphère du lieu m'inspire autre chose que des images de suicide.

Mais rien n'arriva. Je réglai et sortis, et comme je ne m'attendais ni à un *merci*, ni à un *à bientôt* ou à un *bonne journée*, je ne fus pas déçu. De mon côté, soucieux d'éviter toute surenchère muette, j'articulai un au revoir poli.

Je traversai le Village et pris la route qui menait au Hameau.

Les gants de laine sont probablement le plus mauvais investissement que puisse faire un individu. Par temps sec, ils grattent, laissent passer le vent et rendent la manipulation d'un appareil photo ou d'un téléphone aussi aisée que celle d'une savonnette. Par temps mouillé, ils deviennent froids, sont la cause de rhumatismes articulaires et ne sécheront jamais plus. Le gant de laine et la théière chinoise en fonte sont le triomphe de l'inadéquation à leur environnement, deux pierres dans le jardin de Darwin.

Les résidences de Secondaires et de Natifs jalonnaient la route, séparées par des jardins de tailles raisonnables, avant de s'agglutiner à l'approche du Hameau comme si la route avait freiné, pour devenir un grumeau de constructions dont les jardins avaient disparu sous le ratatinement.

Derrière le voile humide qui estompait les constructions, le Hameau ressemblait à une cité maya désertée par ses habitants dans les brumes du Yucatán. Sur la Petite Place, un monument aux morts sans statue conservait la mémoire des enfants de l'Île tombés pendant les deux guerres mondiales. Le conseil municipal avait voté la pose d'une plaque supplémentaire consacrée aux guerres modernes en incluant celles encore en cours. Le bar du Hameau était désert. Une bouteille de vodka vide était posée sur la coupole de l'ancien four en pierre comme une divinité alternative. Au rez-de-chaussée d'une résidence de huit appartements à loyers modérés, un homme parlait derrière une fenêtre allumée à quelqu'un que je ne voyais pas, comme dans un tableau de Hopper, et qui peut-être n'existait pas.

Je suis sorti du Hameau et j'ai continué sur la route avant d'emprunter le large chemin qui descendait sur la côte occidentale. Je contemplai l'eau froide du chenal depuis la plage des Amours et sa grande bande de sable humide populaire en été. Je pris quelques photos avec les gants mouillés et regagnai la route par le sentier littoral désert et boueux. Les herbes et les ronces trempaient le bas du pantalon jusqu'aux genoux. Les îles sous la pluie dégagent une tristesse apaisante qui pousse à boire avant midi et à écouter du jazz des années 1960. Toutes les îles, qu'elles soient tropicales, australes ou septentrionales.

La route de la pointe sud se divisait en deux. La branche dissidente menait à la plage des Noyés sur la côte orientale. Un panneau indiquait qu'elle conduisait aussi à la résidence Nouvel Horizon. À l'intersection des deux routes, une maison blanche au toit plat se dressait au bout d'une allée dont l'accès était défendu par la fourgonnette de la maraîchère. C'était une camionnette avec le flanc qui s'ouvre et une partie qui fait comptoir et l'autre auvent. Une corbeille de fruits et légumes était peinte sur le flanc, surmontée des mots "Le jardin des délices" en écriture anglaise.

La route qui menait à la plage des Noyés longeait un verger pour avancer ensuite sur une terre où poussait l'essentiel de la production de l'Île, un ensemble de parcelles de quelques hectares à peine. Mais un enfant aurait pu apprendre l'alphabet rien qu'avec les fruits qui y poussaient, à l'exception du E car il n'y a pas de fruits commençant par la lettre E.

Les fruits et légumes insulaires étaient meilleurs que ceux du continent mais ils étaient aussi plus chers, alors que ceux du continent empruntaient un circuit analogue à celui des vis. Les îles sont des terres de paradoxes.

Passé la zone agricole, un chemin carrossable quittait la route et s'insinuait dans un vallon miniature entre le champ de lin et le champ de lavande, aux bleus éteints en cette saison, et dont les images estivales produisaient plus de Co_2 dans les hangars de stockage numérique qu'une usine de charbon. Puis le chemin traversait un maquis de genêts, d'immortelles, de romarin et de marjolaine avant de déboucher sur la dune herbeuse qui dominait l'océan et la plage des Noyés, souvent estompée en hiver par une brume de terre ou par la pluie. De belles vagues aux rouleaux réguliers projetaient leur vapeur d'embruns sur le sable blanc et malgré un ciel terne et plat, l'endroit ressemblait à un rêve de promoteur. La découpe minuscule à demi effacée par la pluie d'un cargo se traînait au large.

Je m'assis sur le banc poisseux et rouge au sommet de la dune, face à la plage, et laissai le vent froid se promener sur mon visage.

> *Furieux tourbillons d'un Nérée aux mille tracés*
> *lient les jambes épuisées du nageur emporté.*

pouvait-on lire sur l'écriteau rouge qui se détachait sur le ciel gris.

À l'extrémité de la plage, le chemin côtier permettait de gagner la résidence Nouvel Horizon par l'arrière car, étonnamment, l'établissement tournait le dos à l'océan, ce qui pouvait laisser penser que l'architecte ou le maître d'œuvre avait entrepris sa construction en tenant son plan à l'envers. C'était un bâti de plain-pied dont la qualité première était sans doute d'être entièrement lessivable, à l'intérieur comme à l'extérieur, volets roulants en plastique compris. La résidence Nouvel Horizon profitait, selon les vents, de l'air salin de l'océan et certains jours d'été, de l'odeur de la station d'épuration voisine sursollicitée par une population touristique en constante augmentation.

Une silhouette marchait le long de la ligne d'algues dessinée sur le sable comme dans plus de cent films. Il y a toujours quelqu'un sur les plages désertes, un homme avec un chien, un enfant qui ramasse des coquillages, un indigène poursuivi par des cannibales. À cette distance, ça pouvait être n'importe qui, à cause de la longue robe et de la capuche, une femme, un moine, le fan égaré d'une convention californienne. La silhouette s'arrêta au milieu de la plage, porta la main à sa capuche et d'un seul geste, aussi soudainement qu'un transformiste, se débarrassa du vêtement qui atterrit à ses pieds. À la place du moine, une femme nue apparut. Ses cheveux étaient dissimulés sous un bonnet de bain vert mais même à cette distance, la confusion avec un ecclésiastique était impossible. Mon premier réflexe fut de regarder autour de moi si quelqu'un m'observait en train de la regarder, puis je compris que si je la voyais, elle aussi pouvait me voir. Je me laissai glisser à terre comme un serpent pour me recroqueviller derrière le banc.

La femme se dirigea vers l'océan. Je l'observai, entre les planches du dossier, avancer dans les vagues et me demandai comment un corps pouvait résister à une température aussi basse. Je voyais son dos et sa taille que l'écume enveloppait et je devinais sa poitrine lorsqu'elle levait les bras pour laisser passer les rouleaux. Puis elle s'immergea et disparut dans l'océan avant de réapparaître plusieurs secondes plus tard derrière une vague. Je la regardai nager, au-delà de là où j'aurais nagé, et mes yeux la suivirent jusqu'à ce qu'elle regagne la plage où elle retrouva ses jambes. Elle se baissa vers son vêtement sur le sable et recouvrit son corps blanc de nu romain aussi rapidement qu'elle s'était déshabillée. Puis elle ôta son bonnet de bain et une vague de cheveux roux roula sur ses épaules, comme une Vénus sortant de l'eau. Je reconnus la maraîchère que j'avais vue officier les jours de marché dans son stand camionnette et me sentis soudain misérable de l'avoir espionnée. Je rampai à reculons au milieu des touffes de graminées océaniques qui habillaient la dune.

Sur le chemin du retour, la scène de la plage m'accompagna sans que je cherche à la chasser de mon esprit. Je traversai le Hameau à nouveau. Sur l'ancien four à pain, sainte vodka avait disparu mais l'homme au rez-de-chaussée continuait de parler dans le cadre de sa fenêtre qui maintenant vibrait de la lumière bleutée d'un écran invisible.

Quand j'arrivai sur la place Centrale, la pharmacie et l'Épicerie étaient ouvertes. C'est là qu'en basse saison se croisaient les Îliens et les rares Secondaires venus le temps d'un week-end vérifier que la maison ne s'était pas envolée, que l'électricité fonctionnait, que le robot nettoyait bien la piscine, que les congélateurs continuaient de congeler et qu'un arbre n'était pas tombé dans le jardin. C'était l'occasion de goûter la poésie du feu de bois avec brume au-dehors et bottes en caoutchouc dans l'entrée. Marcher sur un chemin boueux sous une pluie raisonnable, s'exposer sans exagération au vent coupant de l'océan, respirer à pleins poumons, se frotter aux éléments, tout ça purifiait l'âme et permettait d'oublier, le temps d'une fin de semaine, l'énergie qu'il avait fallu déployer tout au long de l'année pour rester au sommet ou simplement dans la course.

La pharmacie faisait une large place aux produits de soins et d'hygiène biologiques. Elle était tenue par une veuve efficace, aux cheveux noirs coiffés à la garçonne. Les gens de l'Île n'étant pas suffisamment nombreux ni suffisamment malades pour qu'elle pût vivre uniquement de son commerce, la pharmacienne proposait plusieurs chambres à la location, destinées au personnel saisonnier venu du continent travailler dans la restauration ou à des professionnels en mission pour quelques jours ou quelques semaines.

L'hiver, la pharmacie était plus fréquentée que l'Épicerie dont les rayons à moitié vides ne proposaient que des produits de base ou de dépannage, les seuls qu'achetaient les Îliens, huile, pâtes, riz, alcool, bougies, ouvre-boîtes, sardines en boîte, eau de Javel, stylos quatre couleurs, antimites, parce que pour le reste, comme pour les vis, ils préféraient se fournir sur le continent bien moins cher.

Je tournai dans les rayons et choisis, parmi les produits à préparation rapide qui restaient de la saison précédente, ceux qui ne dépassaient pas les trois minutes : purée en flocons, thon en boîte, steaks hachés en barquette, saucisses sous vide orange comme aucune orange n'ose l'être. Désœuvrement et frustration sont les deux mamelles de la consommation. La fille de l'épicière, une jeune femme avec un diamant dans la narine, des traces de teinture rose dans ses cheveux clairs et un téléphone portable sur les genoux, tenait la caisse. Je déposai mon panier sur le tapis. Sans jamais quitter des yeux l'écran du téléphone, elle scanna les emballages, imprima la note et enregistra mon paiement, ce qui démontrait une bonne coordination motrice et une grande plasticité neuronale.

Je remplis un sac en papier et lançai un au revoir chantant en me dirigeant vers la sortie. Un "r'voir" minimaliste mais encourageant me parvint en écho. Je rentrai enveloppé par la nuit tombante sans avoir à aucun moment éprouvé la jouissance de m'être abandonné à la fièvre de la surconsommation. Quand je passai devant le Château, les réverbères anglais entrèrent en action.

Je fabriquai une purée instantanée et plongeai deux saucisses sous vide dans l'eau chaude. Quand je réunis les deux, l'assiette ressemblait à une bassine de ciment à prise rapide d'où émergeaient deux moignons orange. Je mis des bûches dans la cheminée et dînai, l'assiette sur les genoux, en regardant les volutes de monoxyde de carbone s'enrouler en fumée blanche autour des bûches humides et venir ramper sur le parquet. Mon reflet dans la fenêtre noire m'offrit l'illusion d'une compagnie. J'écoutai du jazz des années 1960, puis me couchai.

La vie d'artiste.

Quand je fermai les yeux, l'image de la maraîchère nue dans les vagues m'apparut. Je me repassai la scène de la baignade en boucle, comme Morel sur son île privée, dont l'invention faisait revivre la femme aimée.

VIII

ARTISTES ET MODÈLES

J'ai ouvert la fenêtre et les volets. Une brume épaisse et blanche avait effacé le paysage. Une grande case vide s'étalait devant moi, tel un écran blanc, dans un silence surnaturel qui me bouchait les oreilles, comme si la maison s'était déplacée dans un non-espace. La fenêtre n'ouvrait sur rien. Je pensai à toutes ces îles où les gens devenaient fous, les Almayer, les Zaroff, les Dr No. La solitude est peut-être l'antichambre de la sagesse, pensai-je, mais elle est d'abord celle de la folie. Comment être sûr que l'univers existe quand on ne le voit plus ?

Et puis le temps de descendre dans la cuisine et de faire du thé, le figuier, la haie et l'angle de la maison du voisin ont commencé à monter doucement comme un papier photo dans un bain de révélateur pour devenir presque réels à mesure que la brume se dissipait. La rumeur de l'océan me parvint avec le vent d'est qui l'aidait à franchir la colline.

Je passai dans le salon atelier.

N'importe quel artiste, au moment de créer, passe en revue les œuvres qu'il admire ou qui s'apparentent à son sujet. Il y fera référence ou au contraire s'en éloignera, comme une façon de s'inscrire dans une lignée ou de s'en démarquer. C'est un point de départ. Quelqu'un a dit "Toute œuvre est le fruit d'une œuvre antérieure".

Lorsqu'une personne pénètre dans une pièce, avec ou sans fenêtre, elle se trouve face à un triptyque, un mur de face et deux latéraux. *Le Jardin des délices* arriva en premier dans l'ordre de mes pensées, le tableau de Jérôme Bosch, pas la camionnette de la maraîchère, une œuvre d'une richesse telle qu'on en avait multiplié les déclinaisons et citations, comme *Le Déjeuner sur l'herbe*, *Les Ménines* ou la *Mona Lisa*. *Le Jardin des délices* serait ma boussole.

On frappa à la porte. "Entrez" dis-je, mais le visiteur était déjà à l'intérieur, comme dans les films d'horreur.

— C'est moi ! dit le Voisin sur le seuil de l'atelier.

Le Voisin est une figure généralement pittoresque. Au cinéma, il apparaît sous les traits variés du divorcé dépressif, du jardinier obsessionnel, du sécuritaire paranoïaque, du terroriste dormant, du retraité attentionné, du témoin sous fausse identité ou du pot de colle jovial qu'on ne suspecte pas d'être l'auteur de tous ces meurtres horribles commis dans la région, parce qu'il est amical avec le héros et profite de leurs bons rapports pour connaître les avancées de l'enquête, jusqu'à ce que le héros lui tende un piège et le pousse à se trahir.

Lui n'était rien de tout ça, ce qui, d'une certaine façon, créait une catégorie. C'était une espèce de moyenne de tous les voisins, quelqu'un dont le visage s'effaçait dès lors que je ne l'avais plus sous les yeux, dont j'aurais été incapable de dire s'il était blond ou brun, s'il avait des yeux clairs ou foncés. Son visage était fait de mille autres visages.

— Entrez, dis-je pour rappeler que la vie civilisée obéissait à certaines règles.

— Alors on planche ?

C'était sa marque de fabrique, le mot d'esprit sur mesure. J'avais déjà eu droit à des expressions comme "s'emmêler les pinceaux", "un sang d'encre", "une case en moins", "en voir de toutes les couleurs", qu'il accompagnait systématiquement d'un clin d'œil pour que je ne passe pas à côté de la subtilité du calembour. Il m'avait avoué avoir lu deux ou trois de mes albums et quand je lui demandai ce qu'il en avait pensé, il avait dit "C'est marrant". Personne n'avait jamais dit ça de *Moi, Galacteon, seigneur des infra-mondes*, ni de *La Sentinelle des cordes* ou de *Dans le bras spirale d'Orion*.

Je levai le pouce pour indiquer que j'appréciais ses efforts.

Sans doute le voisin souffrait-il de solitude pour éprouver le besoin de débarquer à l'improviste et parler de rien plutôt que de tout. Parfois, il faisait l'effort de trouver un prétexte et m'empruntait quelque chose qu'il serait heureux de me rapporter, un outil, un ustensile de cuisine, un produit.

Il repartit trente-cinq minutes plus tard avec une râpe à fromage dont il aurait *finalement peut-être besoin*. Plus avant dans la matinée, je repensai à sa visite mais sans parvenir à me souvenir de quoi nous avions parlé, ni si nous avions parlé de quelque chose.

Le marché est un événement couru qui se tient sur la place du Marché trois fois par semaine, une activité commerciale et culturelle importante, répétait le maire chaque fois qu'on l'y croisait, créatrice de lien social et de mixité. La société de l'Île s'y retrouvait et c'était l'occasion d'échanger sur l'état et les mouvements de la communauté. L'hiver, les étals se réduisaient à l'essentiel et l'assistance à une poignée de silhouettes en imperméables, manteaux, vestes de chasse ou capes de pluie, qui tournaient sur la place comme un groupe de prisonniers dans la cour d'un pénitencier, entre la camionnette de la maraîchère, l'étal du poissonnier, le stand du boucher et la vitrine du traiteur qui proposait des quiches, des omelettes aux herbes, du hachis Parmentier, des poivrons farcis, des pennes à la napolitaine, des cœurs d'artichauts, des champignons à la grecque ou des flans d'aubergine.

En été, d'autres commerces s'installaient sur la place, vêtements pour hommes et pour femmes, quincaillerie, bougies en cire d'abeilles, paniers en osier, ceintures et sacs en cuir artisanaux, miroirs encadrés, matelas, draps et taies d'oreillers, plantes en pots, savons à l'huile d'olive, tire-bouchons en cep de vigne, nappes et serviettes brodées, mouchoirs en lin, sacs de lavande séchée.

Les touristes venaient du continent pour assister à cet événement qu'était un marché indigène avec ses produits exotiques. Ils y venaient pour faire provision de spécialités locales comme la tarte au thym ou la courge aux olives noires. Les Secondaires étaient heureux de l'occasion qui leur était donnée de partager la vraie vie des Îliens et de les observer jouer aux boules à l'ombre du tilleul révolutionnaire. Parfois, un Secondaire était sollicité pour remplacer un joueur défaillant. C'était un grand honneur.

Je pris place dans la file d'attente devant la camionnette. La maraîchère portait un pull-over fin en cachemire vert pomme qui s'harmonisait avec sa carnation crayeuse et ses joues pleines et roses à la Renoir, et un long tablier vert olive en toile par-dessus. Ses cheveux roux étaient ramenés sous un turban d'où s'évadaient quelques boucles incandescentes. Elle avait cette façon particulière de se pencher en travers du comptoir et de rendre la monnaie qui donnait l'impression qu'elle distribuait des autographes. J'observai son profil et l'attache de ses oreilles. Il y a beaucoup plus d'oreilles différentes que de nez différents. Les oreilles sont comme les empreintes digitales, personne n'a les mêmes. Peu d'artistes pourtant se sont intéressés aux oreilles.

Mon tour arriva et je fis attention à ce que le souvenir de son image dans les vagues ne se lise pas sur mon visage. Je pris des tomates, des citrons, des courgettes, des pommes de terre, des poireaux, des oranges et des mandarines et des grenades et des pommes. La maraîchère vendait aussi une gamme de conserves de la mer, sur une étagère derrière elle, avec une étiquette à l'ancienne qui plaisait aux touristes. Je désignai deux bocaux de soupe de poissons et m'arrêtai là, c'était suffisant pour faire plaisir. La maraîchère me demanda si je recevais, à cause des quantités, et je dis d'abord non et comme en le disant j'eus l'impression de donner l'image d'un type qui se goinfre tout seul, je dis finalement, oui, peut-être, ce qui était pire. Elle se tourna vers le rayonnage derrière elle et prit un pot de rillettes de sardines.

— De la part de la maison.

Je souris sans trouver rien à dire d'autre qu'un merci de distributeur automatique. C'était la première fois qu'on m'offrait des rillettes.

Sur le chemin du retour, alors que les sacs m'étiraient les bras presque au niveau des chevilles, je me dis que ça n'était qu'un geste commercial.

Quand j'entrepris de dessiner la maraîchère, ce furent les formes d'Evelyn West qui apparurent sous la mine de graphite avec la mémoire des doigts, celle des pianistes et des dessinateurs, et qui permet de retrouver le digicode de la porte d'entrée, en laissant faire la main. Evelyn West était une femme dont la poitrine était assurée cinquante mille dollars en 1940, la mère de toutes les pin-up, la Hubba-Hubba Girl, selon son surnom. À douze ans, à l'âge ou les pulsions artistiques coïncident avec les pulsions sexuelles, j'avais trouvé une poignée d'images cartonnées au format cartes à jouer dans une caisse de livres abandonnés devant un hôtel du quartier qu'on démolissait. Ça n'avait rien à voir avec tout ce qu'on pouvait trouver sur le flux, c'était de la pornographie du Moyen Âge, de la pornographie courtoise. Evelyn West en guêpière, Evelyn West en culotte et nuisette transparente, Evelyn West dans un manteau de fourrure ouvert sur sa poitrine extraordinaire, accroupie devant un tam-tam en bikini léopard, Evelyn West minaudant comme si on l'avait surprise sortant de la douche. J'aurais préféré qu'on découvre un vrai film de sexe sur mon portable plutôt que ce genre d'images. J'étais convaincu à l'époque d'être une espèce de pervers, comme ces types qui aiment les collants ou la cire chaude. Chaque jour, je glissai une fiche cartonnée dans un cahier. J'alternais, la nuisette, le bikini, la douche, le manteau, selon l'humeur du jour. Une ferveur inexplicable s'était emparée de moi, comme ces grandes conversions ou ces gens qui se mettent à parler des langues qu'ils ne connaissent pas après un choc sur la tête et je me mis à dessiner des femmes nues qui ressemblaient toutes à Evelyn West. Evelyn West détermina ma vocation et me servit d'inspiration et de modèle, comme Jeanne Hébuterne avec Modigliani, Dora Maar avec Picasso ou Dina Vierny avec Maillol, la rencontre d'un artiste et de son modèle, autre sujet d'animation de dîner.

La plupart des gens croient qu'ils ne savent pas dessiner, alors qu'ils ne savent pas regarder. Les hanches sont toujours moins larges que le haut des cuisses, mais personne ne le remarque. Un regard non exercé ne voit pas la réalité, mais l'idée qu'il s'en fait. L'homme voit ce qu'il croit. Cette capacité à nier l'évidence permet d'expliquer aussi pas mal de faux pas depuis qu'il a appris à marcher.

J'essayai de retrouver la posture de la maraîchère rendant la monnaie par-dessus le comptoir de sa camionnette, le dos plat, l'épaule droite en avant et le bras replié comme le cou d'un cygne. Je crayonnai quelques natures mortes, les fruits et légumes du marché qui me ramenaient inévitablement aux formes d'Evelyn West et à la maraîchère.

IX

POW-WOW

L'employé de mairie, un homme presque aussi large que bas dont la tête rose dépassait à peine du guichet, avait garé sa trottinette derrière lui, appuyée contre une armoire métallique grise.

— Oui ?

J'ai dit que c'était au sujet du conseil, j'avais rendez-vous.

— Du conseil ?

Il fronça les sourcils, sembla réfléchir à la question, prit le téléphone devant lui, composa un numéro à quatre touches, mit sa main devant sa bouche et parla à voix basse. Ensuite, il demanda :

— Vous êtes monsieur ?

— Le peintre.

— Les prestataires, c'est le mercredi, dit-il, c'est avec le secrétaire de mairie qu'il faut voir ça.

— C'est pour la salle des fêtes.

— Oh, ce genre de peintre, et je sentis que c'était pire.

Il retira sa main du combiné et dit à son interlocuteur invisible *Le peintre de la salle des fêtes*. Il attendit, fit *Hun-hun, hun-hun*, raccrocha avec une grimace vers le bas, désigna le bout du couloir du menton et dit *C'est là-bas*.

Je lui souris plus longuement que si j'avais vraiment voulu être poli et me dirigeai vers la porte du conseil face à celle des toilettes. Je frappai et entrai, dans cet ordre.

C'était une grande pièce aux murs jaunes éclairée au néon, sans fenêtre, avec trois tables disposées en U, une grande photo de l'Île vue du ciel et un ventilateur sur pied débranché qui montait la garde dans un coin. Aucune distraction visuelle, rien qui empêchât de se concentrer sur le fond et l'essentiel, un espace de réflexion et de délibération idéal, un lieu étranger à la futile agitation du monde. L'équipe municipale au grand complet était déployée autour des tables, avec un stylo et un bloc de papier devant chacune et chacun des quatorze conseillères et conseillers à parité à qui je devais exposer les grandes lignes du projet, dans un exercice que le maire avait qualifié de "pratique horizontale de l'exercice du pouvoir et d'appropriation citoyenne". Le postier était là, la propriétaire de la droguerie, le gérant du Grand Large, la directrice de la résidence Nouvel Horizon, l'entrepreneur, Lenny et d'autres que je ne connaissais pas. Des visages que je croisais mais qui prenaient autour de la table une autre dimension. Je me raclai la gorge, dis bonjour et restai debout à attendre le maire comme tout le monde. Certains griffonnaient sur leur bloc, d'autres me fixaient comme pour jauger ma sincérité ou mon honnêteté ou je ne sais quoi, en tout cas pour jauger.

Quand ils ne dessinent pas, les dessinateurs donnent des cours de dessin, animent des ateliers pour enfants, assistent des thérapeutes ou conduisent des séminaires sur la créativité en entreprise. J'avais le souvenir d'expériences de ce type et la situation ne m'effrayait pas.

Finalement, le maire pénétra dans la salle. Il portait un gilet brodé sur une chemise blanche bouffante, et un pantalon noir trop serré qui le faisait ressembler à un lanceur de couteaux mexicain senior. Il salua tout le monde et s'installa au centre du U. Ensuite, il rappela qui j'étais et pourquoi j'étais là et tendit la main vers moi pour me laisser la parole. J'avais préparé une allocution destinée à définir mon champ d'intervention et à rappeler les objectifs qui m'avaient été fixés, afin d'être sûr que tout le monde était sur la même ligne. Je résumai. J'étais là pour décorer la salle et "surprendre le visiteur par la représentation d'éléments caractéristiques de l'Île". Tout le monde fit oui, oui, en se regardant, comme pour s'assurer qu'il n'y avait pas de piège dans l'énoncé.

Je m'en tins aux généralités. Bien évidemment, je m'engageais à rendre compte de la richesse botanique de l'Île. Bien évidemment, je comptais y intégrer des éléments de l'histoire et de la culture locale. Bien évidemment, il y aurait des gens qui avaient compté dans l'Île, des anciens, mais aussi des vivants, des contemporains.

Le maire hocha la tête et commenta "Comme sur la pochette de *Sergent Pepper's*". Le postier leva la main. C'était un homme mince avec presque pas de nez et des petits yeux sombres que protégeaient des sourcils qui ressemblaient à des brosses métalliques pour nettoyer les moteurs. Comme le volume de courrier sur l'Île n'était pas suffisant pour lui assurer un emploi à plein temps, le postier émargeait aussi comme autoentrepreneur auprès de sociétés privées de transport de colis et assurait également les livraisons à domicile des restaurateurs locaux, ce qui amenait parfois quelques réclamations concernant le courrier qui sentait la pizza, le burger ou le poisson.

— Sur *Sergent Pepper's*, il y a Marx et Einstein, dit le postier.

Le maire dit *Si c'est pour dire ça* et le postier regarda autour de lui mais personne ne vint à son secours.

Je précisai qu'il n'y aurait ni Marx ni Einstein ni personne de la pochette des Beatles, mais qu'il y aurait du monde quand même. Par exemple, il pourrait y avoir le conseil municipal.

Tout le monde se mit à rire et après les rires, tout le monde se regarda, changea de position sur sa chaise, considéra son bloc et son crayon, se gratta la joue, essuya ses lunettes, fronça les sourcils, fit quelques bruits de bouche et puis une majorité se dégagea qui hochait la tête, après tout, pourquoi pas, ce n'était pas une mauvaise idée, oui, c'était même plutôt une bonne idée. Le maire leva la main et se prononça en faveur de la proposition.

— Une reconnaissance symbolique du rôle joué par ceux qui ont à charge d'administrer la cité possède d'incontestables vertus pédagogiques et civiques.

Je dis que j'en prenais bonne note et demandai au maire si lui-même souhaitait figurer sur la fresque.

Le maire fronça les sourcils et chercha la réponse par terre.

— L'opposition va s'imaginer des choses, c'est couru d'avance. Je les entends d'ici, culte de la personnalité, Mao, Castro...

— Staline, ajouta le postier.

Je suggérai de le représenter sans l'écharpe, comme tout le monde. Le maire se gratta le nez, passa la main sur son crâne poli et tira sur son gilet.

— Oui bien sûr, mais les gens ne comprendraient pas, je suis le maire après tout.

Il se tourna vers son conseil et tout le monde se regarda avec des sourcils levés, des joues gonflées et des regards au plafond et le maire dit :

— Bon d'accord, avec écharpe.

— Dans quel style, ça va être ? demanda l'entrepreneur.

L'entrepreneur entreprenait dans le bâtiment. C'était un homme dégarni, grand, avec une moustache de morse jaunie par la nicotine. C'est à lui que je devais les dépassements de devis, les retards de chantier et le surcoût de la maison, à lui et à son complice le contremaître, un type avec un bras plus court que l'autre qui ne servait pas la cause de son handicap. Malgré l'incompétence et la malhonnêteté dont ils avaient fait preuve, l'entrepreneur adoptait l'attitude du gars que j'aurais dû remercier, celui qui avait limité la casse grâce à sa gestion avisée de la crise de la demande chinoise, parce que ça aurait pu me coûter beaucoup plus cher, il avait dit, beaucoup, beaucoup plus cher. Il avait ajouté que les artistes comme moi, bien souvent n'avaient pas conscience des réalités économiques.

L'entrepreneur avait écrit un livre, *À la force du poignet*, édité à compte d'auteur. Il en avait généralement un exemplaire sur lui et il lui arrivait de sortir l'ouvrage de sa poche pour en lire un extrait. Il y édictait les principes en lesquels il croyait et qui avaient fait de lui et d'autres entrepreneurs célèbres, comme Ford, Jobs, Edison ou Musk, ce qu'ils étaient. Quand il ne se citait pas, il employait des métaphores comme “l'entreprise est un poumon qui irrigue le cœur de la société” ou “construire c'est forger le futur des enfants de demain”. C'était un défenseur de l'écrit. Ses constructions grammaticales étaient à l'image de celles qu'il réalisait en dur.

— Dans quel style ?

J'évitai de parler du *Jardin des délices*. On réduit souvent Bosch à des visions d'enfer, de corps évidés, embrochés, amputés, brûlés, enfermés et de créatures monstrueuses.

— Ce sera figuratif, dis-je, sans m'engager.

— Figuratif dans quel genre ? demanda quelqu'un.

— Dans le genre de ce que je fais en général, mais en plus grand.

— Picasso n'a pas toujours fait du Picasso, intervint l'entrepreneur.

— David Bowie, non plus, ajouta le postier de la nouvelle économie.

J'ai eu comme une sorte d'absence, un blanc, et je me suis demandé pourquoi j'étais dans cette pièce, candidat à la décoration d'une salle des fêtes de mairie, m'enfonçant dans le non-sens, ne sachant comment survivre à mon naufrage, barbotant dans l'imposture.

— Ce sera moderne, dis-je parce que je savais que le mot plaisait dans le bâtiment.

Quelqu'un voulut savoir si j'avais une liste des personnes qui seraient sur la fresque.

— Comme une liste électorale ?

Tout le monde rigola et je répondis qu'il y aurait des choix à faire et donc des frustrations.

— Avec quatre murs, on doit pouvoir tous tenir, dit la droguiste.

C'était une femme brune, menue, avec un visage joliment dessiné, un hippocampe tatoué sur l'épaule et deux anneaux par oreille. Son mari louait des bateaux sur le port et faisait du convoyage en basse saison vers le sud et les Caraïbes.

— Dans *Le Sacre de Napoléon*, dis-je, David a réussi à faire tenir deux cents personnes.

J'ajoutai après un blanc :

— Mais Notre-Dame en contenait neuf mille. Il a aussi dû faire des choix.

Le maire leva la main, se racla la gorge et se tourna vers moi.

— Au risque de me répéter, la municipalité n'a pas vocation à intervenir dans les partis pris artistiques. Cela a déjà été discuté, je le rappelle, et voté à la majorité absolue moins une voix.

— Parfaitement, moins une voix, répéta une femme à la droite du postier.

Elle portait des lunettes ornées de deux marguerites en plastique à l'articulation des branches et des joues poudrées de mauve, comme une vieille Anglaise.

Le maire acquiesça d'un clignement des yeux en direction de la dame, avant de reprendre face à l'assemblée.

— Nous n'en sommes plus à l'époque où le prince commandait un sujet et le peintre l'exécutait, nous n'en sommes plus là.

Le maire fit une pause, lança un regard circulaire comme pour être sûr de l'attention qu'exigeait le propos qui allait suivre, puis se tourna à nouveau vers moi.

— Quand Titien laisse tomber son pinceau devant Charles Quint, c'est l'empereur qui se baisse pour le ramasser.

Plusieurs conseillères et conseillers se regardèrent en hochant la tête et en appréciant d'avoir un tel érudit comme représentant. Le maire poursuivit.

— Il a été décidé par nous-mêmes, dans un souci d'horizontalité démocratique, que nous découvririons la salle des fêtes en même temps que nos administrés, le jour de l'inauguration. Nous ne réclamons aucun privilège. Cet espace sera celui de tous, sans discrimination d'âge, de sexe, de couleur et de position sociale, et le jugement esthétique du maire et de ses conseillers ne doit pas interférer ni se substituer à celui des citoyens, mes opposants me le rappellent assez.

Chacun comprit que le maire souffrait encore des critiques concernant les trois bancs de granit brut installés quelques années plus tôt sous le tilleul de la Révolution, bien avant l'adoption de la charte et des bancs en bois rouges. Car si les parallélépipèdes de granit brut conféraient une touche contemporaine à la place, ils n'en râpaient pas moins sérieusement les jupes et les pantalons. Personne ne se rappelait qui, le premier, les avait qualifiés de "râpes à fesses", mais le mot était resté.

Le maire se tourna vers son conseil et tendit les bras pour donner la parole à qui voudrait la prendre, comme une offrande généreuse.

— Et Christopher Condent, vous comptez lui donner quelle place ?

La question venait de Lenny, assis sur la gauche des tables en U. Lenny était ce qu'on appelle un bel homme, sec, avec une implantation capillaire noire et drue de vendeur de voitures. Été comme hiver il portait une chemise noire déboutonnée jusqu'au sternum et des bottes mexicaines. Lenny était borgne. Il ne portait ni bandeau ni cache-œil mais un œil de verre vraiment bien imité, au point qu'il était difficile de savoir lequel regarder. Son infirmité l'obligeait à regarder de côté comme les oiseaux mais ne nuisait en rien à son charme, voire l'accentuait. Il se racontait depuis longtemps que plusieurs femmes du Village et du Hameau y avaient succombé et les plaisanteries à ce sujet s'échangeaient à haute voix, souvent en sa présence, au Café ou dans d'autres cafés. Personne, en revanche, ne disait jamais de quelles femmes il s'agissait. L'omerta qui règne sur les îles est aussi un facteur de paix sociale.

On devait à Lenny d'avoir ressuscité et entretenu la légende de Christopher Condent et de son trésor caché. Sans son engagement dans la promotion du pirate et de sa mythologie, celui-ci serait demeuré un entrepreneur oublié parmi d'autres et l'Île y aurait sans doute perdu une partie de son attractivité. La contribution de Lenny au rayonnement de l'Île rejoignait l'intérêt qu'il portait à la bonne marche du magasin qu'il tenait sur la place Centrale et dont l'enseigne *Le Frère de la Côte*, surmontée d'un drapeau à trois têtes de morts, ornait la façade blanche. Tout ce que l'homme était capable de fabriquer et sur lequel on pouvait apposer une image de tête de mort pour un prix abordable avait sa place dans le magasin. On y trouvait pour l'essentiel des produits dérivés Christopher Condent et des accessoires de pirates en général, drapeaux aux armes des trois crânes, chapeaux en plastique recouverts de feutrine noire, crochets en plastique, bagues tête de mort, tatouages éphémères, maquettes de galions à monter, mugs ornés de tibias, sacs de pièces d'or en chocolat, sets de table, cendriers, décalcomanies, porte-clefs, tee-shirts, magnets. On y proposait aussi quelques livres sur l'histoire de la piraterie et *L'Île au trésor* de Stevenson, bien évidemment. La meilleure vente de la boutique était une carte de l'Île dessinée à la main sur du faux parchemin avec la mention *Emplacement du trésor à ajouter soi-même.* La pire, un lot de sabres d'abordage *made in China* en plastique qui, même soldés à cinquante pour cent ne trouvaient pas preneurs, un échec commercial que Lenny imputait à l'inscription *Christopher Contente* sur la poignée.

— C'était pourtant bien écrit sur le bon de commande.

Un bug de la mondialisation. J'avais essayé de le consoler.

— Un homme qui a eu autant de noms peut bien avoir celui-là.

Lenny avait secoué la tête :

— *Contente* ça fait pas pirate, ça enlève de la férocité.

La question de Lenny se ralluma dans mon esprit.

— Toute la place qui lui revient, dis-je et Lenny gratifia la salle d'un sourire d'une blancheur sincère.

Une main se leva, c'était le postier.

— Le vent, vous comptez le peindre comment ? Je dis ça parce que des fois ça souffle drôlement.

Un véritable artiste n'est pas censé se laisser surprendre par quoi que ce soit, car il est le seul élément de surprise acceptable de son univers.

Je dis que pour le vent, on pouvait montrer un parapluie retourné, l'inclinaison d'une fumée, un linge qui vole, des herbes couchées, l'océan qui moutonne, une voile gonflée, on pouvait même faire des petits traits comme dans Tintin.

— Ça fait pas très peinture, les petits traits, commenta le postier.

— En art, on fait ce qu'on veut, intervint le gérant du Grand Large en regardant sa montre. Tu peux écrire R I E N sur les murs, c'est de l'art.

— Si c'est pour avoir ça ! intervint la conseillère aux joues mauves qui n'avait pas voté mes pleins pouvoirs.

Elle essuya ses lunettes en faisant attention aux marguerites et déclara qu'elle prenait la parole en tant que conseillère municipale et présidente en exercice de l'association Retraite vitaminée. Je hochai la tête pour l'assurer que je prenais acte de l'importance de son rôle dans la communauté et l'invitai à poursuivre.

— Et les senteurs insulaires, vous allez faire des petits traits qui ondulent vers le haut comme pour un camembert trop fait ou une déjection canine ?

Je serais probablement encore en train de réfléchir à la réponse, sans l'intervention de la directrice de la résidence Nouvel Horizon, une femme avec des yeux sombres, une belle forme de crâne et des cheveux tellement courts qu'il était difficile de savoir de quelle couleur ils étaient.

— On parle de peinture, pas de senteurs insulaires, dit-elle en regardant sa montre, avec le ton de quelqu'un qui a des choses à faire par ailleurs, vos bouquets sentent la peinture, ils ne sentent ni la rose, ni le mimosa ni le tournesol.

Je compris alors que la femme qui m'avait refusé les pleins pouvoirs n'était autre que celle qui peignait des bouquets et possédait des appuis, l'autre candidate à la décoration de la salle des fêtes.

La conseillère aux marguerites haussa les épaules et tritura son crayon comme si c'était moi, avant de sortir un téléphone de son sac et de tapoter.

Il est souvent question de "famille" lorsqu'on parle de certaines corporations, la famille des artisans verriers, la grande famille du cinéma, celle du sport, mais jamais personne n'a entendu parler de la grande famille des artistes plasticiens. Vinci et Michel-Ange se détestaient, et pour éliminer ses concurrents, Rodin exécutait des statues commémoratives avant même que les appels à concours soient lancés. L'art est un combat de rue.

Pour finir, le maire se félicita de cet exercice de démocratie participative, remercia les membres du conseil pour la qualité de leurs interventions, moi-même pour la clarté de mes réponses et salua ce fructueux dialogue entre créateur et représentation citoyenne. Tout le monde se leva et le maire ajouta :

— C'est un projet ambitieux qui nous réunit et engage notre communauté, un projet qui fera date dans l'histoire de l'Île et probablement dans celle de la promotion touristique, une initiative qui confirme la volonté municipale d'engager une politique à forte valeur culturelle ajoutée et génératrice de retour sur investissement. Fin du discours.

— Éléments de langage, marmonna le postier.

Le maire explora la poche gousset de son pantalon de cabaret et en sortit une clef jaune au bout d'une étiquette jaune et me la tendit. Sur l'étiquette, je lus "salle des fêtes" au marqueur rouge.

— Vous pourrez masquer les fenêtres pendant la durée des travaux.

Je fus sensible à l'attention. Personne n'aime être observé dans son travail. Les peintres de plein air le savent mieux que quiconque. Sentir la respiration d'un inconnu dans son dos, sans savoir s'il sort d'un hôpital psychiatrique ou s'il est armé et déteste les artistes parce que sa mère est partie avec un musicien, et conserver le poignet délié et l'œil attentif aux variations de la lumière demande une certaine capacité de concentration.

Le maire a regardé l'heure et il a dit *la séance est levée*. Tout le monde est sorti et j'en ai profité pour le prendre à part et lui glisser que j'avais apprécié l'anecdote sur Charles Quint. J'ai dit que je souhaitais représenter l'actrice sur la fresque, une simple évocation, rien de direct, une silhouette, mais j'avais besoin de son accord, de son accord à elle. Elle faisait partie de la mythologie de l'Île. En tant qu'autorité suprême, il était l'intercesseur idéal.

— Je vois, il a fait, comme au théâtre, en se frottant le menton, je vois. Je ferai au mieux, je promets rien, vous savez comment sont les actrices.

Je ne savais pas, mais je reconnus le slogan qui lui avait permis d'être réélu pour la septième fois, *Ne rien promettre mais faire au mieux*.

J'oubliai de parler de ma rémunération, une erreur que ne commettent pas les vrais artistes.

X

DOSTOÏEVSKI

Je pris la clef de l'annexe dans la poche de la parka, ouvris la salle et actionnai l'interrupteur. Les néons au plafond se réveillèrent doucement, clignotèrent puis répandirent leur belle lumière blanche de morgue dans l'espace. Trois grandes tables couvertes de formica imitation bois, identiques à celles de la salle du conseil municipal, avec des pieds chromés, étaient rangées le long d'un mur et voisinaient avec un empilement de chaises et un portant d'où pendaient des cintres en plastique. J'abandonnai la parka sur l'un des cintres et disposai les tables au centre de la pièce. Sur la marche supérieure d'un escabeau apposé près de la porte, on avait placé à mon intention un décamètre ruban avec poignée moulée et manivelle et un bloc-notes accompagné d'un crayon de charpentier et d'une gomme, et sur la marche inférieure un ruban adhésif marron de déménagement, celui qui s'entortille et se colle sur lui-même et laisse des marques brunes sur les vitres, un rouleau de sacs poubelles noirs et une boîte de craies six couleurs. J'admirai la prévenance, la capacité d'anticipation et l'efficacité d'une administration dont les rouages semblaient parfaitement huilés.

La pièce faisait six mètres de large, douze mètres de long et trois mètres cinquante de haut. Je plaçai l'escabeau au centre de la salle, m'assis sur la dernière marche comme un arbitre de tennis ou un surveillant de baignade et observai les murs. Je pris soudain conscience devant les quatre écrans blancs qui m'entouraient du niveau d'inconscience que j'avais atteint dans ma solitude pour me lancer dans une telle entreprise. L'image banale du sablier qui s'écoule se forma devant moi. J'obstruai les fenêtres avec les sacs poubelles et l'adhésif infernal, puis quittai la pièce dont je fermai à clef la porte à double battant.

Des lambeaux de ciel rouge déchiraient le plafond sombre et nuageux du crépuscule. Le tilleul révolutionnaire et les râpes à fesses se fondaient dans l'obscurité qui descendait sur le Village en attendant que les lampadaires du XIXe siècle à déclenchement automatique s'allument. Un blouson sur les épaules, Lenny fermait boutique quand il m'aperçut. Il me fit signe de l'attendre, pénétra à nouveau dans le magasin puis en ressortit avec une grande enveloppe en papier kraft. Il verrouilla la porte de la boutique et je le retrouvai au milieu de la place comme pour un duel. J'évitai de demander comment marchaient les affaires. En cette période de l'année, personne n'employait le mot et il fallait attendre la saison touristique pour qu'il revienne dans le vocabulaire, avec les hirondelles.

— Tenez, dit-il à voix basse.

C'est un réflexe de prendre quelque chose qu'on vous tend. Le bébé attrape l'index, les singes font ça aussi, la chenille s'enroule autour de la brindille. Je pris l'enveloppe.

Elle n'était pas fermée et j'en sortis un paquet de feuilles maintenues ensemble par deux pinces.

J'inclinai le manuscrit vers le lampadaire et lus *L'Émouvante et Singulière Histoire du grand pirate Christopher Condent* et, en dessous, *scénario pour bande dessinée.*

— C'est fait pour vous.

Je répondis que le récit historique était un genre déjà très encombré et qu'à titre personnel je préférais créer des costumes de science-fiction plutôt que de me documenter sur ceux du XVIIIe et risquer de me mettre à dos un paquet de lecteurs parce qu'il manque un bouton à une guêtre. Dans le futur, on s'habillait comme on voulait.

Lenny plongea son regard borgne dans mes yeux et dit :

— Lisez-le à tête reposée, on en reparle.

— J'ai d'autres projets, lui rappelai-je en me tournant vers la salle des fêtes, ça va prendre un moment.

— Voyez ça comme une récréation, pendant les pauses.

C'était un professionnel de la négociation.

Je roulai le manuscrit, le glissai dans la poche de ma parka et tapotai par-dessus pour rassurer Lenny, son texte était en sécurité. Je regardai ma montre, pris l'expression du gars en retard à un conseil d'administration et le quittai sur un geste de la main.

J'étais dans cet état de pensées flottantes que permettent les environnements calmes et familiers, ignorant du mouvement de mes jambes qui me portaient vers mon refuge. J'arrivai à l'Embranchement, qu'un lampadaire défaillant livrait aux ténèbres, quand une forme surgit de l'obscurité, une ombre entourée d'éclats métalliques qui me barra le chemin en une fraction de seconde. Instinctivement, j'agitai les bras, une réaction brouillonne qui dut passer dans l'obscurité pour une parade d'art martial, car la forme poussa un cri comme si c'était moi qui la surprenais. Quand l'adrénaline cessa de me brouiller les yeux, j'identifiai Dosto armé d'un taille-haie dont les dents étincelaient sous la lune.

L'idiot du village est une figure de la culture populaire encore vivante dans les villages. Il est au singulier parce qu'il n'y en a qu'un par village. Tous les autres habitants du village sont intelligents. Il y a aussi des idiots en ville, mais en nombre tel qu'ils passent inaperçus. C'est lui qu'on envoie chercher les courses, qu'on charge de surveiller la bicyclette ou d'arroser le jardin. On lui fait souvent plus confiance qu'à n'importe qui parce que des gens moins idiots feraient sûrement moins bien en réfléchissant trop. Quand on ne le désigne pas par son prénom, l'idiot possède un surnom. Celui de l'idiot de ce village était Dostoïevski, comme le romancier épileptique, mais dans les coins où on économise les mots, on fait de même avec les syllabes et la plupart des gens l'appelaient Dosto. Personne ne se rappelait qui avait trouvé son surnom et personne ne l'appelait plus par son vrai nom, celui qu'il portait avant de tomber d'un chalutier-congélateur dès sa première sortie dans une mer éloignée et trop froide. À son réveil, après six jours de coma qui lui firent rater l'anniversaire de ses dix-huit ans, un certain nombre de choses ne fonctionnaient plus très bien.

Dosto avait des cheveux jaunes peroxydés, des racines noires et des sourcils noirs et portait été comme hiver un pantalon large de camouflage olive et kaki. Il ressemblait à Nijinski en costume de faune. Il avait à charge l'entretien des bordures des routes et des chemins. Les gens disaient qu'il était cantonnier quand l'administration essayait d'imposer depuis des années le mot "accoroutiste", que même les correcteurs orthographiques ne connaissaient pas. On lui confiait des responsabilités importantes comme l'utilisation de la débroussailleuse, une espèce de tracteur avec un bras mécanique et au bout, un rasoir géant avec des dents de T-Rex qui s'entrecroisent pour cisailler les arbustes ayant eu la mauvaise idée d'empiéter sur l'espace communal. C'est au volant de l'engin que Dosto avait pratiqué une ouverture de trois mètres dans la haie de troènes d'un retraité secondaire, à cause d'un couple d'écureuils dont l'accouplement sur un muret l'avait vivement intéressé. C'était le seul accident à son actif, et chacun convenait que n'importe qui aurait pu se laisser surprendre parce que des écureuils on n'en voyait plus si souvent, et en train de s'accoupler, encore moins.

— Bonsoir, dis-je en reprenant mon souffle et en gardant un œil sur le taille-haie au bout du bras.

— Monsoir, répondit Dosto en me regardant en coin, na va la peinture ?

Il avait une grande bouche qui se tordait quand il parlait et de belles dents.

— Quelle peinture ? demandai-je.

— Na peinture-peinture.

Dans le Village global les nouvelles vont vite, pensai-je.

— C'est le début du début.

— Bon, bon, dit-il, pinceau-pinceau, et il agita la cisaille au-dessus de sa tête.

— C'est ça, dis-je en reculant, y a plus qu'à s'y mettre.

Il pointa un index vers moi.

— Nartiste !

Dans la phase de reconstruction dans laquelle je me trouvais, ça m'a fait plaisir qu'il dise ça. J'ai pris un air modeste.

— Peindre nes arbres, dit Dosto en désignant les jardins plongés dans la nuit.

— Oui, bien sûr.

— Nes feuilles.

J'étais d'accord aussi pour les feuilles.

— Et nes nécureuils.

— Et les écureuils, répétai-je comme un serveur qui finalise sa commande.

Dosto semblait satisfait.

— Rent' cé moi, rent' cé moi, et il bascula la tête loin en arrière et la ramena brutalement sur la poitrine plusieurs fois de suite.

— Attention à ne pas trébucher, dis-je en désignant le taille-haie.

Il se mit à rire en découvrant les dents du haut et du bas comme si j'avais dit la chose la plus drôle du monde et il agita les bras avec le taille-haie qui passa en sifflant près de mon oreille.

J'attendis que son rire s'achève dans une série de petits gloussements et quand il baissa le taille-haie, je pris congé pour ne pas devenir le deuxième peintre avec une oreille coupée.

Les lapins avaient regagné leur terrier depuis longtemps et seule la chouette veillait dans l'obscurité. Je fis chauffer de l'eau, en réservai une partie pour la théière et l'autre pour me laver. Je me couchai de bonne heure et avant de m'endormir, répétai à haute voix *Nartiste*...

XI

ENTERREMENT DE VIE DE MAÇON

De quand date le premier suicide ? Les premiers hommes à avoir posé le pied sur l'Île quand elle n'était encore qu'une colline ne se suicidaient probablement pas, peut-être parce qu'ils mouraient trop jeunes et n'avaient pas le temps de se poser la question. Par ailleurs, ils ignoraient le surendettement, ne savaient pas qu'ils avaient un cancer du pancréas, n'avaient rien à perdre, ni propriété, ni job en or, ni fortune personnelle, et se remettaient dans la journée de la disparition d'un proche dans un accident de la route ou ce qui en tenait lieu. Sans parler des difficultés techniques, pas de corde, pas de tabouret, pas de gaz ni de train, ni de construction de plusieurs étages, ni d'arme à feu. Le suicide est une démarche de Sapiens tardif.

Le maçon s'était pendu dans sa cuisine et c'est le réparateur de Chaudières & Chaleur humaine qui l'avait trouvé, l'habitude d'arriver en retard. Le maçon était célibataire et habitait le Hameau. D'autres maçons travaillaient sur l'Île mais ils vivaient sur le continent, ce qui fait que quand on parlait du maçon, c'était lui.

L'artiste se montre souvent réticent à participer aux liturgies populaires s'il n'en est pas le centre. L'idée de se retrouver au diapason de l'humeur générale va à l'encontre de sa vocation première qui est d'être différent tout en aspirant à ce que tous soient à son unisson. Je suis pourtant allé à l'enterrement du maçon que je ne connaissais pas. Il me semblait naturel de participer aux rites funéraires d'une communauté dont j'étais chargé de restituer la singularité.

Le cimetière côtoyait l'église pour des raisons de praticité, comme souvent. Il n'était ni marin ni rien de particulier, si ce n'est que la grille en fer forgé était rouillée et à moitié dégondée et que l'entretien des pierres laissait à désirer, car c'est une activité qui nécessite de se baisser et de se relever souvent et de frotter dur, ce qui n'est pas dans les aptitudes premières d'une population dont la pyramide des âges se tenait sur la pointe.

L'église dominait l'Île et le Village tel un pique-bœuf sur l'échine d'un buffle. Son clocher, effilé comme une lame à couper le vent, servait d'amer aux navigateurs. Elle était construite au-dessus du cimetière, sur un socle de pierres granitiques. Depuis le Village, une ruelle conduisait au pied d'un large escalier de pierres plates qui menait au parvis. À soixante-sept mètres au-dessus du niveau de la mer, c'était le point le plus élevé de l'Île, ce qui la préservait des skieurs et des alpinistes. Le parvis surplombait les toits du village et le port. Le panorama qui s'étendait vers le sud offrait la vision du chenal et de l'océan et de l'Île entre les deux comme un supertanker au mouillage. Une route permettait d'accéder à l'église et au cimetière pour ceux qui avaient du mal à marcher, handicapés, vieillards, défunts.

Le cimetière était protégé des vents par une double rangée de cyprès serrés, un arbre dont la qualité est d'être toujours vert et d'avoir des racines verticales pour ne pas déranger les gens allongés autour.

C'était agréable de voir des humains regroupés, de les voir marcher lentement, parler à voix basse et faire quelque chose en extérieur, parce que l'hiver les choses se faisaient à l'intérieur. Les occasions de se retrouver en grand nombre n'étaient pas si nombreuses et c'est sans doute ce qui expliquait qu'il y avait autant de monde, alors qu'une pluie légère et de circonstance traînait dans l'air. Les enterrements constituent une activité à part entière dans les îles et leur fréquence permet de se faire une idée de l'évolution démographique et de l'avenir des ressources entre déclin et surpopulation.

Ce n'était pas un enterrement très différent des autres, une lumière grise et bleutée enveloppait le cimetière. Les gens devant pleuraient et ceux derrière avaient juste l'air triste et parlaient entre eux à voix basse. Tout le monde se saluait d'un signe de tête, ceux qui me connaissaient me saluèrent et d'autres aussi et j'appréciai que cette reconnaissance ait lieu de mon vivant. Depuis mon audition devant le conseil, personne n'ignorait ma qualité d'artiste officiel en charge de la nouvelle basilique Saint-Pierre.

Le maire était là, parmi la petite foule sombre, coiffé d'un borsalino noir, dans un manteau anthracite. Je reconnus le postier malgré l'absence de casquette. Le Dr M. était là aussi même si ça ne servait plus à rien. Le Dr M. avait un nom complet, mais sur la plaque extérieure de son cabinet, un lierre que l'intéressé n'avait pas cru utile d'arracher n'en laissait apparaître que l'initiale. Mabuse, Mengele, Moreau, March, Müller, les noms de docteurs commencent souvent par M.

Le Dr M. ressemblait au personnage du *Cri* d'Edvard Munch, avec un visage en forme de cacahuète non décortiquée, des yeux tombants qui avaient l'air de fondre, et de minuscules oreilles, bien plus spectaculaires que si elles avaient été grandes. Il est rare d'être toujours surpris par la même chose, mais ses oreilles étaient vraiment petites, peut-être une évolution qui nous guettait tous, même si le réchauffement implique des oreilles plus grandes pour une meilleure ventilation, comme les éléphants d'Afrique.

La maraîchère portait un imperméable bleu nuit et un fichu transparent sur un chignon banane cuivré qui lui donnait un air d'hôtesse de l'air des années 1960. Je me déplaçai dans l'affluence éplorée pour l'observer de trois quarts et peut-être pour qu'elle me voie. L'entrepreneur était là aussi, dans un grand manteau australien en coton huilé, avec une cape courte sur les épaules et un chapeau à large bord que j'ai trouvé ridicule sous ces latitudes. D'autres personnes, que je reconnaissais sans les connaître, étaient présentes et d'autres, que je n'avais jamais vues. L'actrice n'était pas là. La foule commença à faire masse autour du trou et je restai en arrière, sous la même petite pluie que tout le monde.

J'espérai que la cérémonie me donnerait l'occasion d'apercevoir le réparateur de chaudières, mais c'était sans compter sur le talent que je commençais à lui reconnaître de n'être jamais là où on l'attendait. Près de la tombe, une jeune femme d'environ trente-cinq ans, avec des cheveux blonds mouillés qui lui dégoulinaient sur les épaules, dit quelques mots que je ne compris pas à cause de la distance et parce qu'elle ne devait pas avoir l'habitude de parler en public. Quelqu'un de plus âgé avec une grosse tête fatiguée couverte de cheveux blancs l'a serrée dans ses bras mais elle n'avait pas l'air d'en avoir besoin. Et puis tout le monde a défilé devant le cercueil et ceux qui connaissaient le maçon ont dit quelques mots à la femme blonde, l'ont embrassée ou lui ont serré la main et ceux qui venaient à la fin, comme moi, se sont contentés d'un signe de tête. Ensuite, sans se presser le cortège est sorti du cimetière.

De petits groupes se sont formés, de trois ou quatre, parce que ce n'était pas non plus l'enterrement de Victor Hugo.

Le Voisin m'attendait.

— C'est bien triste.

J'ai cherché ce qu'il aurait pu dire d'autre, mais je n'ai rien trouvé. Il possédait cet art de l'évidence qu'il est difficile de prendre en défaut et sur lequel il n'est pas aisé de rebondir car les évidences se suffisent à elles-mêmes.

J'appréciai néanmoins qu'il reste à mes côtés et me donne le sentiment d'être intégré. Le Dr M. passa près de moi.

— Bonjour, vous allez bien ?

La question me parut pertinente venant d'un médecin.

— Bonjour, répondis-je avec le ton de celui qui allait bien et qui, étant donné les circonstances, en appréciait le privilège.

— Pas trop difficile ?

Le Dr M. était lui aussi un produit d'importation et j'en conclus qu'il cherchait à confronter nos expériences d'expatriés.

— C'est une grosse responsabilité, dis-je en feignant de croire qu'il s'adressait à l'artiste.

— Montrer ce qu'il y a sous la surface, c'est tout le travail du peintre, dit le docteur. Vélasquez, Rembrandt...

Il laissa la phrase en suspens pour montrer qu'il pouvait en aligner d'autres.

— Je ferai au mieux, mais je ne promets rien.

Il plissa ses yeux tombants dans un effort pour sourire à la citation.

— Ça aide d'avoir un projet, pour s'intégrer.

Le sujet avait l'air de lui tenir à cœur et je hochai la tête.

— Se sentir utile, être en contact avec les gens, ajouta le docteur.

Puis, sans transition, il s'inclina à la japonaise ou à la prussienne et rejoignit sa voiture électrique sans permis garée sur le terre-plein derrière l'église. Il monta dans l'auto, démarra et la voiture s'enfuit en chuintant vers le Village.

Les groupes se décomposèrent et la dizaine de personnes qui restaient comme des neutrons en perdition formèrent un nouveau noyau qui se mit à dériver lentement et à descendre les larges marches de l'escalier vers la place Centrale et le Café, comme un liquide qui suit la pente. Je me laissai entraîner dans le sillage tandis que la bruine continuait d'humidifier l'ambiance. Il n'y avait qu'une seule femme dans le groupe, ce qui rendait sa présence plus surprenante que s'il n'y en avait pas eu du tout. Elle portait une veste de chasse en toile, un pantalon de cheval avec des mocassins marron et un chapeau en nylon imperméable kaki d'où dépassaient des cheveux argent coupés au carré. Elle avait un visage facile à reproduire parce qu'il était déjà dessiné, un nez droit un peu long, une mâchoire inférieure compacte et carrée et des yeux clairs. Un homme d'une soixantaine d'années, fine moustache, marchait à ses côtés, vêtu d'un costume roux écureuil et d'un gilet à motifs écossais qui trahissaient une forte envie qu'on le prenne pour un Britannique. L'homme s'accordait si parfaitement avec la femme que je fus surpris de constater par la suite qu'ils n'étaient pas ensemble. Le postier était là aussi et le Voisin également, pareil à lui-même et à beaucoup d'autres. Un homme en imperméable noué, tête nue, qui aspirait à ressembler à Albert Camus ou à Humphrey Bogart, marchait en tête avec un homme dont le nez était bleu. Je parle d'un bleu saphir, bien plus bleu que le bleu qu'on se fait en se cognant. La couleur est un marqueur ancien en médecine qui permet de nommer certaines maladies, la jaunisse, la rougeole, la roséole, la peste noire, le purpura. Là, c'était la cyanose, un problème d'oxygénation du sang. L'homme portait un bonnet de laine d'un bleu identique et il me parut impossible qu'il ne l'ait pas remarqué.

Le mari de la patronne du Café nous accueillit avec sa tête normale. Il compta tout le monde sur ses doigts pendant que chacun sautait sur place et se secouait, à qui formerait la plus grande flaque sur le carrelage. Ensuite, il disposa autant de verres sur le zinc. Il prit une bouteille de vin blanc sans étiquette de sous le comptoir qu'il déboucha et lui fit survoler les verres d'un seul mouvement comme un Stuka arrosant un convoi. J'imitai mes accompagnants, je pris un verre et le portai à mes lèvres. Le tenancier m'adressa un signe de la tête et j'y vis la confirmation que je venais de franchir un échelon. J'échappai à ma condition d'invisible pour me retrouver admis au sein d'une communauté où mon existence était prise en compte. Je gonflai inconsciemment la poitrine.

Une pile d'exemplaires du livre de l'entrepreneur, *À la force du poignet*, était disposée sur une table avec un carton qui annonçait au stylo-feutre un prix inférieur de moitié à celui mentionné au dos du livre.

— À la force du poignet, dit le postier en agitant sa main devant sa braguette.

Tout le monde fit comme si personne n'avait rien remarqué, à l'exception du patron qui haussa les épaules.

— Ça lui ressemblait pas de se pendre dans la cuisine, dit l'homme au nez bleu en retirant son bonnet pour laisser respirer ses cheveux gris.

— Ça veut dire quoi ? demanda le faux Anglais au costume roux en retirant sa moustache du verre où il l'avait mise à tremper.

— Ça veut dire qu'il aurait pu choisir une autre pièce.

L'anglophile haussa les épaules et ramena sa lèvre inférieure sur sa moustache pour l'essorer. Le postier bougea la tête de gauche à droite plusieurs fois.

— C'est fréquent chez les hommes, dit Camus-Bogart en toussant dans sa main pendant que les plus rapides reposaient leur verre vide sur le bar.

— Dans la cuisine ? demanda le Voisin.

— Non, la pendaison. Les femmes, c'est les médocs.

— Savais pas, dit le mari de la patronne comme s'il se parlait à lui-même en ouvrant une deuxième bouteille sans étiquette.

L'alcool survola le comptoir à nouveau et chacun reprit son verre. L'établissement rajouta un bol de cacahuètes en bonus. J'écoutai en hochant la tête de temps en temps, en auditeur libre et néanmoins studieux.

— Faut que ça aille mal pour en arriver là, dit le Voisin.

— C'est dur sans femme, dit la femme en retirant son chapeau imperméable et en le secouant contre sa veste de chasse pour que chacun profite des gouttelettes.

Tout le monde fit oui de la tête, et le faux Anglais dans son costume écureuil dit "Oui, c'est tout à fait vrai" avec un regard à la dame.

Je fis oui de la tête moi aussi pour montrer que je participais.

— Ça explique l'endroit, dit le postier.

Personne ne lui demanda ce qu'il voulait dire et je ne le fis pas non plus. Ensuite, chacun rappela des choses que le maçon avait faites de son vivant, comme des éléments de biographie possibles, un mur écroulé qu'il avait très bien remonté, un carrelage de salle de bains très bien posé, un bassin de récupération d'eau de pluie parfaitement étanche, et même le muret autour du jardin de la Navette il était très bien, monté sans aucun mortier, précisa la dame au carré d'argent. Tout le monde était d'accord, le muret autour du jardin de la Navette était vraiment très bien.

— Ça fait un jeune de moins, dit le Voisin, et tout le monde remua la tête en même temps et la femme soupira.

Le mari de la patronne proposa une troisième tournée et quelqu'un demanda si la sœur du maçon allait vendre la maison et j'en déduisis que c'était la sœur du maçon qui avait parlé au cimetière. Le postier dit que le pilote du traversier lui avait raconté qu'on avait vu la sœur du maçon sortir d'une agence immobilière sur le continent, celle qui se trouvait face au nouveau quai, celui construit avec les gravats de l'abattoir. Le faux Anglais passa un doigt sur sa moustache pour s'assurer qu'elle était sèche ou toujours là et dit :

— Ça par exemple.

— Elle a pas perdu d'temps, marmonna l'homme derrière le comptoir comme s'il parlait au chiffon qui séchait sur le robinet.

— Qui a envie de vivre dans la maison d'un pendu ? dit la femme.

— Quelqu'un qui serait pas au courant, répondit le Voisin en récupérant de la pointe de l'index les grains de sel et les éclats de cacahuètes au fond du bol. Quelqu'un du continent.

— Y a quand même les vibrations, dit l'homme à la cyanose, c'est dans les murs.

Quelqu'un dit quelque chose à propos d'une nouvelle réglementation de la circulation dans le port. Le Voisin dit quelque chose à propos de l'intégration des conteneurs à poubelles sur le port. La chasseuse avait vu un documentaire sur les pigeons qui parviennent à faire la différence entre un Monet et un Picasso et elle se tourna vers moi, parce que j'étais l'expert.

— Beaucoup de gens y parviennent, dis-je.

Le postier dit Oh-là, oh-là en regardant sa montre et tout le monde vérifia l'heure et se trouva des obligations et le Café se vida en un clin d'œil. La femme remit son chapeau sur son carré d'argent, l'homme à l'imperméable releva le col de son imperméable de philosophe hollywoodien et renoua sa ceinture, le Voisin épousseta les grains de sel et fragments de cacahuètes tombés sur son pullover sombre de circonstance, le faux Anglais ne fit rien de spécial et c'est lorsque l'homme à la cyanose remit son bonnet que la chose m'apparut, comme la solution à une énigme dont je n'avais pas conscience qu'elle vivait sa vie de question non résolue dans une partie de mon cerveau. Bonnet bleu – Beau nez bleu. Je n'en revenais pas.

Se pouvait-il qu'il s'agisse d'une sorte de rébus, un défi malicieux lancé à la communauté ? La question ne me quitta pas.

Beau nez bleu...

Une enveloppe blanche de petit format m'attendait, coincée entre la porte et le chambranle. L'enveloppe n'était pas collée et le rabat était glissé à intérieur. J'en tirai un carton sur lequel je lus une date et une heure écrites à l'encre verte et en dessous, une signature que je déchiffrai comme étant celle de l'actrice. Un post-scriptum ordonnait : pas de fleurs. Aucune autre indication, pas de numéro de téléphone, pas d'adresse électronique, rien, aucune marge de négociation.

J'ai ouvert la fenêtre de la cuisine et en agitant le carton j'ai annoncé aux lapins qui profitaient d'une accalmie du ciel :

— Dans un mois les gars, un mois ! C'est une actrice, expliquai-je.

Les lapins continuèrent de brouter au pied du figuier tandis que leurs oreilles braquées vers ma voix tels des radars autonomes indiquaient qu'ils avaient enregistré l'information. Les plus jeunes continuaient de faire des bonds et de se pourchasser en exhibant la doublure blanche de leur fourrure à l'endroit des fesses et de la queue. La nouvelle ne semblait pas les émouvoir. J'avais, à force de neutralité bienveillante, fait d'un gibier qui vit dans la peur permanente de tout ce qui l'entoure, que le moindre bruit effraie et dont le cœur monte à deux cent cinquante pulsations minute, un animal tranquille et confiant. C'était une forme de réussite.

Encouragé par ce flux d'ondes positives, j'appelai Chaudières & Chaleur humaine. Une voix de femme me rassura, oui, oui, je suis au courant, mais insista tout de même pour vérifier que c'était bien moi qui appelais. Elle me fit répéter ma référence client, mon nom, ma date de naissance, mon adresse et mon numéro de téléphone, comme si j'allais m'amuser à faire réparer la chaudière d'un autre. J'expliquai que ce n'était pas la première fois que j'essayais de joindre le fixe de l'entreprise et le portable du réparateur et quand elle me demanda de décrire les symptômes de la panne, je répondis qu'ils étaient déjà au courant, c'est elle-même qui venait de le dire. La chaudière ne s'allumait pas, il n'y avait rien d'autre à expliquer. Elle reprit mon nom et mon numéro, dit qu'elle était désolée et m'assura que le réparateur passerait le lendemain, oui, demain c'est sûr, promis, demain, oui, bonne soirée à vous aussi, à demain. Elle ne pouvait pas s'engager sur l'horaire parce qu'on ne sait jamais combien de temps prennent les réparations chez les clients d'avant, n'est-ce pas ?

J'ai dit que je comprenais.

L'Émouvante et Singulière Histoire du grand pirate Christopher Condent, scénario bande dessinée m'attendait depuis la veille sur la desserte de l'entrée. Ce n'était pas un scénario au sens technique du terme mais plutôt un récit des épisodes marquants de la vie du pirate.

Christopher Condent avait débuté en piraterie dans les Caraïbes autour de 1715. Quartier-maître, il s'était rendu célèbre en sautant armé d'un sabre et d'un pistolet dans la cale du navire, pour y affronter un Indien qui menaçait de faire sauter les réserves de poudre et l'équipage avec. L'Indien avait sans doute des raisons tant personnelles que philosophiques d'en arriver là, mais l'époque n'était pas à l'écoute et malgré l'obscurité de la cale, Condent réussit à tirer un coup de pistolet en pleine face de l'Indien et sauva ainsi l'équipage et le navire. L'Indien, de son côté, eut le temps de lui tirer une balle dans le bras et emporta dans le monde des esprits la satisfaction d'avoir rendu le pirate manchot. L'équipage avait ensuite démembré le corps de l'Indien et le cuisinier du navire fait rôtir son cœur avant de le dévorer. L'épisode valut à Christopher Condent son surnom de Billy One Hand et le titre envié de capitaine pirate.

Mais en 1718, un nouveau gouverneur des Bahamas, ancien corsaire lui-même, entra en poste, Woodes Rogers. Une note en bas de page précisait *C'est le même Woodes Rogers qui recueillit Alexander Selkirk, un marin naufragé qui passa quatre ans et demi sur une île déserte au large du Chili et inspira Robinson Crusoé à Daniel Defoe.* Le monde était déjà petit à l'époque.

Comme tout nouvel arrivant à un poste de responsabilité, que ce soit dans la mode, l'industrie, l'armée, la grande distribution ou la politique, le nouveau gouverneur s'attacha à marquer le job de son empreinte. En finir avec la piraterie dans la région, ça c'était ambitieux. Woodes Rogers donna donc le choix aux Frères de la côte entre la reddition assortie du pardon ou une lutte sans merci avec de gros moyens. Condent fut le premier à comprendre que le business n'avait plus d'avenir dans les parages et réussit à convaincre ses collègues de se réorienter vers d'autres marchés. Quels autres marchés ? L'Asie. L'Asie était en pleine expansion commerciale, la mer Rouge, la mer d'Oman, le golfe d'Aden, le golfe du Bengale. L'avenir naviguait sur l'océan Indien.

C'est ainsi que le gros de la piraterie occidentale, sous l'impulsion du pirate aux trois têtes de morts, se délocalisa dans la diagonale du globe, des eaux caribéennes vers l'océan Indien et la mer Rouge, là où les perspectives économiques et politiques semblaient plus favorables.

XII

IMMERSION

Au matin, je retrouvai le manuscrit au pied du lit, corné à l'endroit où j'avais interrompu ma lecture. Il pleuviotait tranquillement derrière la fenêtre et le jardin baignait dans une lumière douce et grise. Je décidai d'attendre le réparateur et me préparai à une journée studieuse et introspective. Je fixai une grande plaque de liège sur le mur près de la table de travail et imprimai des images que je punaisai comme dans les enquêtes criminelles, cartes postales achetées sur le port, une fille en deux-pièces jaune qui embrasse un âne coiffé d'un chapeau de paille, le départ d'une régate, une planche de charcuterie en forme de l'Île, l'Île sous la neige, un billet de traversier, une photo de la plage des Noyés, une autre de l'ancien lavoir, des cerisiers en fleur, des portraits, des silhouettes découpées, une vue aérienne du chenal, une reproduction du *Jardin des délices*, les muralistes mexicains, Orozco, Siqueiros, Rivera. Très vite, les images débordèrent du panneau de liège et partirent à l'assaut du mur.

Puis je collai bord à bord quatre grandes feuilles à dessin pour simuler les quatre murs de la salle des fêtes et traçai dessus un quadrillage à l'échelle un dixième.

Une idée, un dispositif narratif original, *quelque chose qui secoue*, pour reprendre les mots du maire, voilà ce qu'il me fallait trouver. Je tapai le nom de l'actrice sur le clavier de l'ordinateur. J'ouvris sa notice officielle et calculai mentalement, soixante-treize ans. L'article évoquait *une figure du cinéma connue pour son naturel et sa liberté de ton*, la créditait d'une relation avec un célèbre saxophoniste américain, militant du Mouvement de défense des droits civiques, et rapportait qu'elle avait fait l'objet d'une surveillance du FBI pour cette même raison. Elle avait inspiré la chanson *Smiling Heroin*, numéro deux au *Billboard* anglais pendant quatre semaines. *Une nuit sans vous*, son dernier film, était sorti en salle trois ans après la fin de son tournage. Un lien dans sa filmographie renvoyait à une critique parue à l'époque dans une revue de cinéma :

> Au-delà du mythe de Pygmalion revisité – un riche industriel découvre une jeune femme dont il veut faire l'égérie de ses produits cosmétiques –, *Une nuit sans vous* traduit l'affrontement entre le caractère mâle et dominateur d'une société américaine repliée sur ses vieilles icônes fondatrices et la liberté révolutionnaire d'une vieille Europe émancipée interprétée par une figure féminine jeune et iconoclaste. Il ne faut pas chercher ailleurs la cause du conflit qui aboutit à la mise sous séquestre des bobines, entre un réalisateur conscient de la portée politique de son sujet et une production tétanisée de découvrir que l'un de ses acteurs emblématiques, icône cacochyme des années 1950, était renvoyé dans le passé par la modernité rafraîchissante d'une actrice

insolemment libre. Avec *Une nuit sans vous*, c'est la stérilité de la machine spectaculaire hollywoodienne qui est révélée face à l'irruption de la vie, captée dans ses frémissements les plus intimes par une caméra à l'épaule désolidarisée de ses cadres convenus.

Parmi les photos qui circulaient sur le net, deux revenaient souvent, la première tirée *d'Une femme comme une autre* qui montrait l'actrice seins nus dans une décapotable, les pieds déchaussés sur la planche du tableau de bord, la seconde en studio sous les traits d'une gitane, les yeux et les sourcils soulignés de noir, de grands anneaux dans les oreilles. Elle était ce qu'on appelait "un caractère", une jeune fille pas très différente à la ville et à l'écran. Les personnages qu'elle interprétait lui ressemblaient. D'autres images circulaient de la fin du siècle précédent, des images officielles, des portraits construits, faits par des photographes qui préféraient travailler en studio plutôt que dans les arbres ou dans des voitures en stationnement.

Un chef opérateur de renom avait dit de sa beauté qu'elle était *irradiante* comme si son visage était toujours éclairé ou lui-même source de lumière. Un portrait en noir et blanc du frère de l'actrice, blond, très beau, cheveux raides, mèche sur l'œil et cigarette non allumée entre les lèvres, revenait parfois. S'il fallait trouver une ressemblance avec l'actrice, elle était à chercher dans l'écartement des yeux et le dessin des sourcils.

Des répliques de ses films et des reprises d'interview alimentaient les dictionnaires de citations en ligne. *Je m'ennuie quand je mange* venait en première position, réplique mille fois détournée en *Je m'ennuie quand je dors, Je m'ennuie quand je baise, Je m'ennuie quand je m'ennuie*, etc.

Ce n'est pas la couleur qui fait l'homme, ce n'est pas le sexe qui fait la personne, arrivait en second.

Il n'était pas difficile non plus, de lien en lien, de tomber sur un court métrage pornographique de six minutes, tourné dans des conditions non précisées, et dont l'image floue de vieux support analogique permettait de penser qu'il pouvait aussi s'agir de quelqu'un d'autre.

Je déjeunai avec le scénario de Lenny ouvert sur la table de la cuisine. Maïs en boîte, gruyère sous plastique et flan industriel, une opération gastronomiquement nulle mais qui avait le mérite de rythmer la journée. Sur une île, c'est le rythme qui permet de survivre, dès qu'on le perd, on se laisse aller et on sombre.

Après avoir pris la décision, sans cabinet conseil ni expert stratégique, de délocaliser son entreprise vers des marchés plus porteurs et avoir participé à une mondialisation initiée par Marco Polo, Christopher Condent entama sa descente de l'Atlantique. Près de Madère, il arraisonna une flotte de vingt voiliers chargés de sel. Au large du cap Vert, il captura un navire portugais et sa cargaison de vins précieux. Ensuite, il s'empara d'une poignée d'autres bâtiments, parmi lesquels un sloop hollandais qu'il convertit en navire de guerre puissamment armé. Manœuvré par trois cent vingt pirates, le navire fut rebaptisé *Fiery Dragon* et devint son navire personnel. À Rio de Janeiro, il mit la main sur le *Dauphin*, un bâtiment de la Compagnie des Indes françaises, dix-huit canons, qui ravitaillait en vin et en cognac l'île Bourbon, aujourd'hui La Réunion, pour l'échouer, deux mille kilomètres plus au sud, sur une berge du Río de la Plata après avoir éclusé sa cargaison. Puis, Condent captura de nouveaux galions et bricks de la Compagnie hollandaise des Indes orientales, ainsi qu'un certain nombre de navires français et portugais. Une série d'aventures somme toute assez ordinaires pour un pirate professionnel. Les officiers des navires capturés qui traitaient mal leur équipage avaient droit au fouet et, s'ils avaient exagéré, on leur coupait le nez et les oreilles. Les officiers portugais étaient punis quoi qu'il arrive, façon pour Condent de venger la capture et la mort d'un collègue par la faute des Portugais et d'exprimer son désaccord avec la politique brésilienne jugée trop répressive envers les flibustiers.

Des tournures telles que "ses os brisés saillaient de la plaie béante", "des lambeaux de chair sanguinolents pendaient sur son torse", "le visage de l'Indien ressemblait à du steak haché" ou encore "en plongeant dans les tripes de l'officier, le sabre du pirate fit un bruit d'évier qu'on débouche" dissimulaient mal le plaisir que Lenny prenait à l'évocation des scènes de combat, de fouettage, de coupage de nez et d'oreilles. Les verbes "éviscérer" et "énucléer" revenaient souvent. Deux pages étaient consacrées au supplice d'un ecclésiastique que le pirate avait pris pour cheval sur le pont du *Fiery Dragon*.

Après son équipée récréative dans l'Atlantique sud, Condent fit route vers le cap de Bonne-Espérance et s'engagea dans l'océan Indien. À quelques encablures de la grande île de Madagascar, l'île de Sainte-Marie constituait un refuge parfait et il s'y installa. De là, Condent effectua nombre de raids dans l'océan Indien et en mer Rouge, en mer d'Arabie, aux Mascareignes, à Zanzibar ou à Goa, contrées de grand commerce maritime.

Je terminai la dernière cuillerée de caramel synthétique de mon dessert en plastique, refermai le manuscrit et me remis au travail devant la fenêtre, avec le jardin humide et le ciel blanc en toile de fond. Pas la queue du moindre lapin à l'horizon. Je dessinai des arbres, des rochers, des nuages, des fleurs, des fruits, des légumes. Un chat noir et blanc qui ne devait porter qu'à demi malheur traversa le jardin tel un guépard la savane, le dos droit et la tête qui pivote à gauche et puis à droite. Je l'observai uriner près d'un grand chardon avant de le voir s'enfoncer dans le jardin voisin. Je dessinai le chat, je dessinai le postier avec des sourcils qui partaient à l'assaut de la visière de sa casquette comme des araignées qui sortaient de leur nid, je dessinai le faux Anglais, la chasseuse au chapeau nylon et le Dr M., le visage pareil à un huit. Je dessinai les membres du conseil municipal comme si c'étaient *Les Bourgeois de Calais*, le maire, le mari de la patronne du Café, Dosto avec des écureuils sur les épaules, Dosto qui brandissait son taille-haie dans un chandail rayé rouge et noir. Je dessinai la fille de l'épicière, la pharmacienne et ses cheveux courts et noirs, le Voisin comme un visage flou, tout le monde y est passé.

Tous les dessinateurs n'ont pas les mêmes dispositions initiales. La mémoire a beau être un muscle qui s'exerce, la capacité de restitution du souvenir d'un passant croisé dans la rue est une qualité inégalement distribuée. Delacroix soutenait qu'un dessinateur devait savoir *dessiner un couvreur, dans le temps qu'il tombe du toit*. J'en suis bien incapable à moins qu'il ne tombe d'une tour de cinquante étages, mais je devrais en revanche pouvoir me rappeler, bien après qu'il a touché le sol, les positions qu'il avait en chutant. Si Evelyn West était à l'origine de ma vocation, la découverte de cette aptitude à me rappeler et à transposer ce dont je me souvenais l'avait consolidée.

À l'heure du thé, je mangeais des gaufrettes avec des citations de philosophes et d'écrivains. L'une d'elles disait : *Il y a des choses qu'on ne trouve pas dans les livres.* C'était de Joseph Conrad. Les citations étaient de qualité et j'essayai d'en retenir quelques-unes. Comme le réparateur n'était toujours pas là, je décidai de l'appeler. J'aurais pu avoir envie de sortir, et lui de passer à ce moment-là. Sa messagerie était saturée et le fixe de l'entreprise sur répondeur. Je laissai un message.

Je me resservis un thé. Descartes disait : *L'homme est une chose imparfaite qui tend sans cesse à quelque chose de meilleur et de plus grand qu'elle-même.* Je me reconnus pleinement dans cette phrase et la mis dans ma bouche.

Au crépuscule, je décidai de sortir. Je ne verrouillai pas la porte et laissai un message pour conseiller au réparateur d'entrer si entre-temps je n'étais pas revenu.

XIII

UN PARFUM DU PASSÉ

Les murs blancs du Village se détachaient sur un ciel bleu presque noir et la poupe du traversier s'éloignait pour sa dernière course dans un sillage d'écume phosphorescente. Une lanterne suspendue au-dessus de la porte de L'Ancre Seiche éclairait deux barriques vernies en terrasse, entourées de tonnelets pour s'asseoir. À l'intérieur, l'endroit respectait l'idée qu'on pouvait se faire d'un café de marins. Une roue de navigation en acajou était accrochée derrière un comptoir du même bois, des appliques habillées d'abat-jours jaunes parcheminés diffusaient une lumière chaude et mesurée. Des photos en noir et blanc de Cap-Horniers, un filet de pêche et la carapace d'une tortue luth ornaient les murs. Une guirlande de billets de différents pays courait au plafond, une caisse enregistreuse de plus de cent ans sommeillait au bout du bar. Le genre d'endroit où l'on s'attendait à trouver des hommes qui fument des pipes en écume de mer avec des casquettes de marin, des ancres tatouées sur les bras et des souvenirs de l'autre moitié du monde. Sur les tables, on pouvait lire des phrases telles que *Sur une île toutes les routes sont des impasses* ou *Mon cœur est une île, mon amour est une barque*, gravées au couteau ou avec une clef. Une étagère soutenait une rangée de livres à disposition des clients, mais la poussière qui les recouvrait attestait qu'ils n'étaient jamais empruntés. *L'Île des esclaves*, *L'Île des perroquets*, *L'Île mystérieuse*, une cinquantaine de titres avec les îles en commun se succédaient, d'*Alexis Zorba* au *Comte de Monte-Cristo*, de *Paul et Virginie* aux *Dix petits nègres, en passant par L'île de Prospero*, celles de l'*Odyssée* ou encore celles *à la dérive*. Il y avait même *L'île noire* de Tintin pour représenter la profession. Une affichette promettait une boisson au choix à qui apporterait un nouveau titre.

Douze ans plus tôt, L'Ancre Seiche était une laverie automatique. Après une carrière d'antiquaire sur le continent, son actuel propriétaire avait transformé la laverie en une taverne hors du temps dont il était difficile d'imaginer qu'elle n'existait pas depuis toujours. C'était un homme de corpulence moyenne, cheveux gris-bleu légèrement bouffants, épaisses lunettes d'écaille et foulard en soie imprimé d'amibes rentré dans le col de la chemise, accessoires nostalgiques de son ancienne profession.

Au fond de la salle, deux hommes entretenaient une conversation télépathique devant deux verres d'alcool brun. Le premier était un pêcheur de l'Île, tête ronde et barbe blanche façon Hemingway ou logo pour emballage de poissons surgelés, le second, un homme mince et rasé de près, dont le hâle en cette période de l'année laissait présumer l'usage d'autobronzant, était le dernier plongeur professionnel encore en activité. Au comptoir, un troisième homme, dégarni et corpulent, plongé dans la lecture d'un journal étalé devant lui, faisait tourner machinalement entre ses doigts la tige d'un verre de vin rouge. C'était le genre d'homme qui semblait naturellement fait pour un meuble auquel s'accouder, un bureau, un guichet, un pupitre ou un comptoir.

— Bienvenue, lança le maître des lieux en relevant ses grosses lunettes de l'empilement de notes devant lui. À L'Ancre Seiche, on apprécie les artistes.

Je m'installai à une table, commandai une bière et goûtai le plaisir de ces attentions qui accompagnent la notoriété en regardant l'antiquaire soigner la proportion de mousse à la tireuse, essuyer le verre et poser devant moi un sous-bock neuf accompagné d'une soucoupe d'olives vertes. Sur ma table était écrit *Une oasis est une île à l'envers, de l'eau entourée d'une mer de sable.*

— Faudra mettre des poissons.

C'était le pêcheur au fond de la salle qui venait de parler, et je compris avec un temps de retard qu'il s'adressait à moi.

— J'y connais pas grand-chose, il ajouta, mais je connais pas d'artistes qui montrent ce qu'il y a sous la surface, ça vaut le coup d'y réfléchir.

L'homme qui lisait au comptoir se racla la gorge sans lever les yeux du journal.

Je réfléchis à sa remarque et c'est vrai qu'aucun nom de peintre sous-marin ne m'est venu à cet instant, ni plus tard.

— Les fonds donnent plus comme avant, dit le plongeur en face de lui.

— Y a qu'à en mettre moins, dit le pêcheur.

Le plongeur suggéra que ce serait bien de voir les fonds sur la fresque, pas uniquement les poissons, les rochers, les algues, le sable, il a énuméré.

— Raconte le Junkers, ça peut intéresser monsieur, dit le propriétaire brocanteur en se tournant vers moi.

J'acquiesçai, même si tout le monde connaissait l'histoire du Junkers. Le Junkers Ju 87 était un bombardier de la Seconde Guerre mondiale, plus connu sous le nom de Stuka. En piqué, sa sirène hurlante, produite par deux petites hélices fixées sur le train avant, sonnait dans l'air comme des *banshees* furieuses pour effrayer ceux que l'avion prenait pour cible, des fois que la peur de mourir ne fût pas suffisante. Aux derniers jours du conflit, l'un de ces appareils avait été abattu, alors qu'il s'apprêtait à bombarder un convoi de réfugiés en route pour l'Amérique. C'est du moins ce qu'affirmait à l'époque un Îlien, propriétaire d'un fusil-mitrailleur MAC 24/29 chargé de balles perforantes avec chemise en laiton de 7,5 mm, qui prétendait être le tireur. Mais aucun témoignage direct d'Îlien ou de Continental n'avait jamais mentionné l'événement. Le navire avait continué sa route vers le Nouveau Monde et, parmi les passagers et membres de l'équipage, il ne s'en trouva aucun à la fin du voyage pour relater l'événement, peut-être parce que chacun avait d'autres priorités en tête en arrivant à Ellis Island.

Mais l'Île avait accepté la version du tireur, parce que toute chose est possible jusqu'à ce que l'inverse soit prouvé, disait Stephen Hawkins. Même si personne n'y croyait vraiment. Ce qui constituait un bon compromis entre le doute cartésien et l'envie de faire plaisir. Les îles sont le refuge de réalités parallèles et, comme dans *Shutter Island*, la vérité y jouit d'un droit d'asile au sens psychiatrique du terme.

— Raconte l'épave, insista le brocanteur cafetier, comment tu l'as trouvée.

— Dans le chenal, tiens, dit le plongeur.

— Le Junkers était dans le chenal, traduisit le pêcheur.

— J'y vais jamais par là, dit le plongeur en regardant droit devant lui comme s'il revivait l'instant sous hypnose. Y a rien à tirer que du sable et des saloperies qui se baladent.

— Tu pêchais quoi alors ? insista le patron antiquaire en retirant ses lunettes pour les passer sous l'eau du robinet.

— Je pêchais pas, je chassais, les plongeurs ça chasse.

— Tu chassais quoi alors ?

— Du poulpe en bordure, on tirait aussi un peu de sole à l'époque, mais côté océan c'était la langouste, la bonite, la saupe, la dorade, le tacaud, y avait même du turbot. Il y en a toujours un peu après les premières pluies de l'automne, mais moins qu'avant.

Le plongeur plongea son regard au fond de son verre vide tandis que le pêcheur finissait le sien. Je fis un tour d'hélice avec l'index en direction du bar et lançai une deuxième tournée en incluant le lecteur taciturne au bout du comptoir. Le patron remplit les verres, s'en servit un pour lui et chacun trempa ses lèvres dedans et le plongeur put continuer dans la lumière ancienne des abat-jours parcheminés. Il plaça ses deux mains comme un masque, de chaque côté de son visage bruni.

— Il était là, en plein au milieu du chenal, par trente mètres de fond, les ailes même pas cassées.

— Il a dû ricocher sur l'eau et se poser sur le fond en planant, expliqua le pêcheur.

— Et t'as vu quoi ? demanda le brocanteur qui devait avoir l'habitude de jouer dans la pièce.

— À travers le cockpit, rien. Le sable avait rayé le verre, avec le courant, comme de la paille de fer, ça avait décapé toute la peinture, les ailes, le fuselage, tout, jamais vu une épave aussi neuve. Y avait des algues accrochées à la queue et sur les ailes qui filaient avec le courant, on aurait dit qu'il volait, c'était plus qu'une impression.

Je connaissais la suite. L'épave avait été remontée. Il ne restait plus rien du pilote à l'intérieur, de la toile, des sangles, des crochets et des boucles métalliques qu'on aurait oubliées dans une machine à laver pendant quatre-vingts ans, le souvenir rouillé d'un pistolet, des verres de lunettes cassés, le cuir décousu des chaussures et le casque de l'aviateur couvert de mousse. Une expertise balistique attesta que c'était bien des balles de 7,5 mm perforantes qui avaient touché l'appareil.

À la suite de cette découverte qu'on pouvait qualifier d'historique, les Îliens continuèrent de croire au récit du tireur, mais leur conviction changea de nature et, de houle fluctuante, se transforma en roc granitique.

— Des épaves, y en a d'autres, côté océan, dit l'antiquaire qui veillait à l'animation du lieu.

— C'est c'qu'on dit, c'est c'qu'on dit, mais là-bas ça tombe à soixante-dix mètres d'un coup, dit le plongeur en claquant des doigts, comme ça.

Chacun demeura silencieux pour laisser les images de vaisseaux fantômes dériver dans l'espace du café et, après ce qui ressemblait à une minute de silence pour toutes les épaves de tous les océans, le maître des lieux rajusta ses lunettes sur son nez, remit son foulard en place dans le col de sa chemise et rappela que L'Ancre Seiche était un lieu chargé d'histoire, c'était le bar des marins à terre et un espace de cocktails créatifs qui avait reçu la visite de célébrités. Les célébrités en question étaient encadrées derrière le comptoir sur un Polaroïd dont les couleurs mourantes n'avaient pas la tenue d'une fresque de Giotto ni d'une mosaïque de Pompéi. On y reconnaissait l'antiquaire, avec quelques kilos de moins et quelques boucles de cheveux en plus, encadré par un couple de chanteurs blonds dont le hit *Fais patatoum, fais boum* avait colonisé les ondes dix ans plus tôt et conservait encore aujourd'hui une légion de fans hystériques dans les crèches et maternelles du pays. Oui, L'Ancre Seiche était l'authentique bar mythique de l'Île, même si parfois le fantôme d'une odeur de lessive semblait hanter le lieu. Son enseigne méritait indiscutablement une place sur la fresque, tel était le sens du message subtil qui m'était adressé.

Quand je quittai le bar, le ciel et le chenal se fondaient dans la même encre et un silence humide recouvrait toutes choses.

À mon retour, le mot laissé sur la porte n'avait pas bougé. J'entrai. La maison était froide. La messagerie du réparateur continuait d'être saturée et le numéro de Chaudières & Chaleur humaine sonnait dans le vide. La secrétaire délocalisée devait être déjà couchée ou pas encore levée. Je fis chauffer de l'eau pour le thé, me lavai à l'eau froide et branchai les deux radiateurs électriques dans la chambre.

XIV

SHOPPING

Les fêtes de fin d'année n'avaient rien de spectaculaire. Les fenêtres restaient allumées plus tard et les insulaires descendaient du traversier les bras chargés de provisions.

C'était l'occasion, pour un certain nombre de Secondaires, de traditionnelles réunions familiales où l'on profitait de la cheminée après avoir chassé les toiles d'araignées de ce qui devait être un havre reposant et reconstituant et pas un décor de maison hantée. On remplissait les congélateurs, on traînait dans les rues désertes, pas longtemps, en soufflant dans ses mains et on rentrait chez soi. On cuisinait, on ressortait les jeux de société, on regardait des vieux films, le père passait ses vinyles en disant *Écoutez la différence !*

Le traditionnel sapin solitaire se dressait, enguirlandé, au centre de la place, tandis que le tilleul sans feuilles, squelette d'une révolution laïque, déprimait dans son coin. Dans les jardins, des guirlandes clignotantes de couleur s'enroulaient autour d'un olivier, d'un catalpa ou d'un palmier sucre et donnaient à l'Île un air de parc d'attractions abandonné. L'église ouvrait pour l'occasion avec un prêtre intérimaire, et comme c'est toujours un événement quand quelque chose ouvre sur une île, les gens y vont. Ensuite c'est au vendeur, à l'intérieur, de faire en sorte qu'ils reviennent.

Devant la mairie, l'employé refermait le cadre vitré du panneau d'informations extérieur, sa trottinette appuyée contre le mur. Je m'approchai du panneau. Je l'entendis fredonner... *peinture à l'huile... difficile... bien plus beau... peinture à l'eau* avec une intonation que me parut narquoise. Je le regardai monter sur sa trottinette et disparaître comme un petit cube au bout de la Grand-Rue et je lui souhaitai de tomber dans le port.

Derrière la vitre du panneau d'affichage, la photocopie agrandie d'une coupure de presse proprement punaisée alertait sur la montée du niveau des océans et le danger d'une pénétration d'eaux salines stérilisantes sous la surface de la terre. *Depuis la dislocation du supercontinent Gondwana, il y a cent soixante millions d'années*, concluait l'article, *la mer et la terre ont toujours lutté. Aujourd'hui la tendance donne la mer gagnante.*

La conscientisation des masses, disait le maire, est la mission première de l'élu. Ça valait aussi en période de fêtes.

Sur le port, l'agitation était molle, quelques palettes de produits alimentaires et des sacs de ciment attendaient dans l'air salé d'être réceptionnés. Un chapelet d'ampoules jaunes, vertes, bleues, rouges, courait le long des terrasses fermées et se balançait au-dessus des chaises et des tables bâchées. L'eau du chenal sombre moutonnait sous le ciel blanc et un groupe de mouettes se faisaient chahuter par le vent au-dessus du quai de déchargement.

Le magasin d'accastillage était administré par un homme dont il était difficile de comprendre comment il pouvait encore tenir debout. Le mot homme était d'ailleurs exagéré. Ses bras et ses jambes pâles et maigres ne semblaient retenus que par les ligaments, comme une marionnette de bois flotté, une antiquité sans fonction décorative. Son frère jumeau administrait le chantier naval à l'extrémité du port, un hangar où il acceptait parfois de gratter une coque, de remettre un pont en état ou de remplacer un jeu de voiles. Il se disait que les deux frères permutaient parfois, que celui qui était au magasin s'occupait du chantier et inversement. C'était difficile à vérifier tant leur ressemblance était grande. Les deux hommes vivaient ensemble, mangeaient ensemble et après avoir fermé boutique, prenaient ensemble une Menthe Religieuse sur l'une des deux tables barriques de L'Ancre Seiche, un tiers de Chartreuse, un autre de vodka, le dernier d'eau gazeuse, menthe fraîche, citron vert et glace. Avec le temps, les jumeaux s'étaient transformés en mascottes que les gens prenaient en photo, comme les pélicans dans les ports grecs, ou les otaries en Afrique du Sud.

Je pénétrai dans le magasin, annoncé par un carillon qui jouait *La Cucaracha*. Une série de rayonnages fuyaient vers le fond du local, chargés de caisses sur le devant desquelles on pouvait lire "manilles", "enrouleurs", "bouts", "sandows", "mousquetons", "vis". Un bruit de chasse d'eau me parvint d'un espace invisible et le spectre d'un jumeau sortit de la remise au fond du magasin. Je lançai dans l'espace un bonjour enjoué sans recevoir aucune réponse. L'homme, ou ce qu'il en restait, portait un tee-shirt noir des Rolling Stones avec la grosse bouche rouge qui me tirait la langue sur une cage thoracique du diamètre d'un tube de chips. Je demandai à son occupant s'il faisait partie du groupe, mais comme il ne réagissait pas à mon trait d'humour continental, je demandai le catalogue des peintures et vernis. La momie renifla. Elle avait des yeux pâles abrités par des paupières fripées et cernées de rouge.

— C'est pour quel genre de bateau ? voulut savoir la momie.

— Qui résiste au vin et au coca.

Ça lui prit un bon moment pendant lequel je l'entendis farfouiller dans ses rayonnages et remettre des choses en place en toussant et en se raclant la gorge pour essayer d'en faire sortir quelque chose qui résistait, comme une bande-son expérimentale. Finalement, il rapporta un catalogue dont les pages étaient gondolées comme si elles avaient séjourné sous la pluie.

— C'est çui d'l'année dernière, mais ç'a pas dû changer beaucoup.

Je m'installai à un bout du comptoir, à côté d'un minisapin en plastique qui clignotait et notai sur une feuille les références, les couleurs et les prix des peintures dans le chatoiement des lumignons à programme aléatoire.

Puis j'ai tendu la feuille à la grande bouche rouge, en précisant :

— Les chiffres à côté des produits, c'est les quantités.

Le jumeau parcourut la liste, cracha de son côté du comptoir et dit "Ça va pas être simple" et je me dis qu'il avait sans doute atteint un âge où rien ne l'était.

Le fantôme disparut au fond du magasin et il fallut encore un autre bon moment avant qu'il rapporte les peintures et les aligne par terre devant le comptoir. Les pots étaient couverts de poussière et le vieux dit "Y sont encore bons" comme si c'étaient des yaourts. Je révisai ma liste.

— Il en manque.

— Faut les commander.

— Combien de temps ?

— Difficile à dire.

— Essayez quand même.

Le vieux re-cracha derrière le comptoir, puis compta sur ses doigts.

— Dix, quinze, peut-être plus, ça dépend, ça peut prendre moins.

Sur les îles, demain ressemble souvent à aujourd'hui et aujourd'hui n'est pas sans rappeler hier. Le temps y est mesuré avec d'autres instruments que sur le continent et un sentiment de non-urgence plane sur chaque chose. Si l'on excepte les habitants de Hong Kong et Singapour, les insulaires sont plus enclins à une forme d'économie métabolique qu'à la traque de la nanoseconde optimisatrice de transactions.

Le vieux repartit au fond du magasin et il en revint avec un pot qui semblait sur le point de lui décrocher un bras.

— J'ai ça aussi, c'est pas dans le catalogue.

C'était un vert acide, une couleur que je n'avais jamais vue sur aucun bateau ni barque ni quoi que ce soit qui flotte, mais qui rappelait le vert jaune du *Jardin des délices* de Bosch. Une étiquette sur le couvercle avertissait “Exemplaire de démonstration. Ne peut être vendu”.

— C’est cadeau, pour l’attente.

Un autre long moment fut consacré à la facturation parce qu’il fallait convertir les prix de certains produits en monnaie d’aujourd’hui.

Je demandai à l’ancêtre s’il pouvait faire livrer tout ça à la mairie et il répondit qu’il n’était pas livreur. Je dis que je savais qu’il n’était pas livreur mais qu’il pouvait sans doute trouver quelqu’un pour le faire. Comment faisaient les gens d’habitude ? Il hésita à cracher par terre encore une fois, mais finit par déglutir.

— D’habitude, ils prennent un truc et ils l’emportent, à pied ou en voiture, sinon y a la remorque, et il désigna une grosse caisse en bois avec deux roues de vélo et un manche pour la tracter.

Je chargeai les pots dans la remorque, empoignai le timon et commençai à tirer la carriole le long du port comme un haleur de la Volga.

— Faudra la ramener, dit le vieux.

Je ne répondis rien pour ne pas perdre le rythme.

Le magasin de l’entrepreneur, une construction moderne en retrait de la route à la sortie du Hameau, ressemblait à n’importe quelle construction économique contemporaine qui permet de stocker indifféremment des gens ou des marchandises. Le chemin qui y menait était boueux et creusé par le passage des engins de chantier. Devant le magasin, un panneau indiquait “Showroom”. Sur le parking, du matériel de construction en location, des bétonnières, des grues palans, des brouettes, des sacs géants de gravier et de sable, des alignements de dalles en pierre, des empilements de briques et des accumulations de palettes.

À l'intérieur, l'endroit ressemblait à un petit supermarché où chacun se servait. Un panneau au-dessus de la caisse affichait une citation de l'entrepreneur qui tenait lieu de signature d'entreprise, *La pierre est la plus belle trace du passage de l'homme sur terre*. J'achetai des brosses plates, des pinceaux plats, des rouleaux, des couteaux et des bâches en plastique. Je complétai mes achats avec de la peinture mate pour huisseries, un bleu Mykonos, un gris cendré, un rouge chinois, du marron marron, et du blanc normal. Et de l'enduit, je demandai au vendeur conseil qui avait l'air d'un enfant.

— De lissage ou de rebouchage ?

Il me revint en mémoire que Titien réalisait ses enduits avec du blanc d'œuf.

— Entre les deux, ni trop liquide ni trop dur, mollet.

— D'égalisage, alors.

— C'est ça.

Je fus tenté de demander si les laques se mélangeaient avec les acryliques, comme j'en avais l'intention, mais je n'imaginais pas un professionnel me conseiller sur une approche anticonformiste. Picasso n'est pas allé demander conseil à un marchand de cycles pour faire une tête de taureau avec un guidon et une selle de vélo.

— C'est pour la salle des fêtes ?

Je hochai la tête, avec l'air de celui qui préférait que ça ne s'ébruite pas et il fit le geste de tirer une fermeture Éclair sur ses lèvres. Puis il m'aida à charger les pots dans la remorque.

— Les laques et l'acrylique, pas sûr que ça aille ensemble.

Je le remerciai du conseil.

Il n'y avait ni marché ni enterrement ce jour-là et les rues étaient désertes. Ceux qui avaient ouvert leur commerce l'avaient fait par habitude, pour montrer qu'ils n'étaient pas morts dans la nuit. La droguerie se trouvait dans une ruelle qui hébergeait aussi la mercerie et un coiffeur unisexe qui n'avait que des hommes pour clients ou des femmes que ça ne dérangeait pas d'être coiffées comme des hommes. Les femmes que ça dérangeait allaient sur le continent. Je laissai la remorque devant la droguerie et pénétrai à l'intérieur, bien décidé à soutenir le petit commerce en centre-ville. Un capteur déclencha une sonnerie qui reproduisait le vieux ding-ding des magasins du XXe siècle. Je choisis des pinceaux de finition, des pinceaux ronds de tailles différentes, plusieurs paquets de torchons et des récipients en plastique, bols, seaux, bassines, et du white-spirit. La droguiste, qui d'habitude était brune mais là était blonde, toujours avec les piercings dans les oreilles et toujours avec l'hippocampe sur l'épaule, ce qui la poussait à choisir été comme hiver des débardeurs ou des hauts à bretelles, me dit en enregistrant mon paiement :

— On n'en voit pas beaucoup par ici, des hommes qui achètent des torchons et des produits ménagers. Vous avez tué quelqu'un ?

— Pas encore, je répondis en pensant au chauffagiste.

Les pneus de la remorque s'écrasaient sous le poids des fournitures quand je repris le chemin de la salle des fêtes. J'ouvris les deux battants du local avec la clef jaune, engageai la remorque à l'intérieur et répartis son contenu sur les trois tables centrales.

Ensuite, je pris une spatule et testai l'enduit sur un mètre carré de plâtre en bandes horizontales comme conseillé sur le pot.

Je dînai tôt, comme tous les soirs, si on peut appeler ça dîner. La chouette fit *hou-hou-houuu* pour annoncer qu'elle prenait son service. Nos solitudes nous rapprochaient, mais son intérêt pour les lapins donnait à la sympathie que j'avais pour elle un arrière-goût de culpabilité. J'allumai mon écran, passai en revue quelques peintres, des grands, des petits, pris des notes, notai des idées, des techniques.

Je me couchai tôt avec la résistance des chauffages électriques qui rougeoyait dans l'obscurité de la chambre et brûlait l'oxygène de la pièce.

Je me rappelle avoir fait ce rêve étrange et transparent. Titien marchait dans une rue de Sienne ou de Padoue. Il portait la grande barbe et le calot noir qu'on lui connaît. Une horde de poules le suivaient en caquetant sur les pavés, des centaines de poules blanches à crêtes rouges. Je me souviens d'avoir pensé que c'était une belle image. Ensuite, Titien se retrouvait devant un portail en bois gigantesque avec les poules massées derrière lui. Il ouvrait le portail avec une clef jaune et pénétrait dans la salle des fêtes qui avait les dimensions d'une cathédrale dans une lumière de néons. Les poules se mettaient alors à pondre un peu partout pendant que Titien disposait ses brosses et ses pinceaux sur une grande table centrale. Puis les poules disparaissaient comme par magie et le sol de l'immense salle se trouvait entièrement recouvert de coquilles d'œufs brisées. Titien aussi avait disparu. J'entendis le chant du coq sans savoir à quelle réalité il appartenait et me réveillai.

Les historiens s'accordant à penser que Titien a commencé son initiation à la peinture autour de dix ans et qu'il est mort à quatre-vingt-huit ans, combien a-t-il cassé d'œufs au cours de sa carrière ? Que faisait-il des jaunes ? Je n'ai trouvé cette information nulle part. C'est pourtant le genre d'anecdote qui permet d'intéresser les enfants à la peinture et d'introduire l'art dans le quotidien en fournissant l'occasion de parler de Titien devant une omelette ou un poulet.

XV

LE CHÂTEAU

Très haut dans le ciel, les cirrus se partageaient entre le rose et le bleu. Les réverbères n'étaient pas encore allumés quand je sonnai au portail du Château. Le grand châtaignier attendait tranquillement dans le parc de récupérer ses feuilles. Un mois s'était écoulé depuis le carton glissé dans la porte et j'allais enfin rencontrer le fantôme de l'Île, une légende locale au même titre que le trésor de Condent.

Je patientai en regardant sur le mur d'enceinte les pots safran coiffés de rose et comme personne ne venait, je sonnai à nouveau. La porte d'entrée s'ouvrit. Bayani descendit les marches du perron et traversa le parc en pantalon noir et veste noire, comme un guerrier bushido. Il ouvrit la grille et m'invita à le suivre.

— Je n'ai pas de fleurs, dis-je en montrant mes mains vides, mais il ne répondit pas et je le suivis dans l'allée principale.

L'herbe du parc avait la qualité d'un gazon anglais, sans chardons ni crottes de lapins. Un chemin gravillonné longeait une haie de bambous qui descendait vers le chenal. Une tondeuse rouge était garée devant la maison. Je montai les larges marches du perron, passai sous la devise d'où trois siècles me contemplaient et accompagnai Bayani à l'intérieur. Le grand hall d'entrée était plongé dans l'obscurité et mon guide alluma une lampe mandarine sur une console qui répandit sa lumière douce et orange dans un périmètre restreint. Puis il écarta deux grands panneaux coulissants de bois sombre, qui faisaient face à l'entrée comme un rideau de théâtre. Le paysage du chenal sous un ciel de nuages roses et pommelés m'apparut à travers la baie vitrée d'un salon vaste et baigné de la lumière du crépuscule, un paysage aux couleurs surnaturelles d'un Technicolor tape-à-l'œil sur un écran panoramique.

Un grand tapis en gros poils blancs accueillait un fauteuil à coque blanche, évidé comme un œuf, orange à l'intérieur. Séparé par une table basse en verre qui supportait un cendrier en céramique type Vallauris, un canapé en cuir marron lui faisait face. Le globe orange d'un grand lampadaire à pied incurvé chromé flottait comme une planète en suspension au-dessus de l'ensemble. Les meubles et la décoration des années 1970 dataient le moment de l'installation de l'actrice sur l'Île aussi précisément que le carbone 14.

Une partie de la grande pièce avait été aménagée en bureau avec un secrétaire en teck appuyé contre un mur latéral. Un grand portrait en couleur, dans un cadre plat de bois sombre, dominait le bureau. C'était une photo du frère de l'actrice dans la lumière de l'été, un portrait de trois quarts. Il avait les cheveux mouillés, les yeux d'un bleu presque transparent et des gouttes d'eau sur le front et les joues comme des diamants dans la lumière. Entre le cou et le menton, un triangle de mer bleue éclatait, tel un papier découpé de Matisse.

Contre le mur opposé, un piano droit laqué blanc accompagné de son tabouret attendait un partenaire. Une chaise longue habillée de cuir noir contemplait le chenal derrière la vitre. Je notai qu'il n'y avait dans la pièce aucun bibelot ni aucun objet personnel, pas de stylo ni de bloc-notes abandonné sur le bureau, pas de tasse oubliée sur la table basse ni de paquet de cigarettes, de livre sur la chaise longue, de partition sur le piano, pas de châle sur un dossier. Aucun signe non plus que la maîtresse des lieux avait fait carrière au cinéma, aucune photo de plateau, aucun souvenir de tournage, aucune affiche ou dédicace, aucun trophée ou récompense, aucune boîte de film en aluminium, aucun fétiche, pas de clap de tournage.

Je m'approchai de la baie vitrée. Un jardin en pente douce, invisible depuis le devant du château, descendait vers une plage de sable miniature bornée de rochers que coiffaient de longues chevelures d'algues qui s'enfonçaient et réapparaissaient à chaque train de vagues, telles des sirènes reprenant leur respiration.

— Madame arrive, dit Bayani en me désignant le fauteuil coquille d'œuf.

Je me laissai tomber à l'intérieur comme un moucheron dans le calice d'une plante carnivore et me retrouvai en position fœtale, avec l'arête du siège qui me sciait l'arrière des cuisses, et les genoux à hauteur du visage. J'essayai de me redresser et de sortir la tête par l'ouverture circulaire. Je réussis à poser la pointe des pieds sur le tapis à gros poils. Le fauteuil pivotait. Du bout des pieds, j'orientai la coquille face à la baie vitrée et observai les derniers rougeoiements du soleil dans le ciel, et le chenal qui prenait une teinte sombre et froide.

Je regardai ma montre. Les actrices sont toujours en retard, pensai-je sans avoir d'expérience en la matière. C'est à ça que servent les lieux communs, à penser sans savoir.

Je n'ai rien entendu, aucune porte qui s'ouvrait ni se refermait, aucun bruit de pas, aucun froissement de tissu, aucune respiration, juste une ombre au bord de mon champ visuel et, d'un coup, elle se trouva dans la pièce, une grande silhouette dans une robe bleu indigo que je découvris en levant la tête du fond de mon fauteuil, comme une tortue sur le dos. J'essayai de me lever mais la circulation de mes jambes était coupée depuis trop longtemps. J'agrippai le rebord du fauteuil et réussis à m'extraire de la coquille. Quand je fus debout, je me retrouvai sous la sphère orange du lampadaire comme sous un casque de coiffeur pour femme du siècle dernier. On n'a jamais deux fois l'occasion de faire une première impression, enseigne la sagesse populaire. C'était réussi.

Je sortis de l'orbite du lampadaire et me trouvai soudain face à elle. Seule la stupeur m'empêcha de retomber dans le fauteuil. Elle était grande, se tenait droit et me dépassait d'une demi-tête dans sa grande robe qui devait dissimuler des chaussures à talons. Ses cheveux longs et ondulés, qu'elle teignait d'un noir excessif, lui tombaient sur les épaules.

Son visage était méconnaissable.

Les yeux qui me regardaient, la tête penchée sur le côté, comme si elle m'examinait, étaient enfouis dans un trop-plein de matière inerte et désorganisée. Ce n'était pas le visage d'une femme que l'âge et la vie avaient modifié. Rien n'était plus à sa place dans ce masque difforme fait de protubérances, de volumes exagérés et déplacés, comme si les masses avaient coulé, chacune s'affaissant selon un chemin propre qui ne suivait pas les lois de la gravité. Les lignes du visage avaient changé de direction, comme des ruisseaux détournés qui ravinaient maintenant au milieu d'un relief ravagé par un glissement de terrain. L'œil gauche, qu'une paupière tombante recouvrait à moitié, accompagnait cette chute et la joue suivait ce même mouvement. Lèvres, pommettes, front, des nodules dispersés sous la peau organisaient un paysage de collines aberrant.

La surprise fut telle que mes muscles faciaux se figèrent avant même que mon cerveau ne comprenne la nature de son étonnement, au point qu'aucune expression n'eut le temps d'apparaître à la surface de mon visage, comme si j'étais mort dans mon sommeil.

— Le maire m'a parlé d'une requête, c'est bien cela ?

Je demeurai pétrifié, sans oser détourner le regard. Elle avait conservé cette voix rauque et cassée, reconnaissable entre toutes. Elle me tendit la main que le drapé de sa grande robe sombre accompagna.

Je parvins finalement à m'extraire de ma sidération. Sa main était grande et douce. Je résumai le projet de la mairie et j'expliquai le plus simplement possible pourquoi sa présence sur la fresque me semblait indispensable, comme un réalisateur qui chercherait à convaincre une actrice plus célèbre que lui de participer à son projet. Elle faisait partie de l'imaginaire de l'Île, et j'ajoutai sans réfléchir, le pirate Condent aussi. Le parallèle lui tira un sourire déformé.

— Ah, les pirates, dit-elle d'une voix traînante comme si elle pensait à quelqu'un.

Je précisai qu'elle ne serait qu'une silhouette.

— Une silhouette reconnaissable ?

Je dis qu'elle ne serait pas identifiable, mais on reconnaissait souvent les gens de dos, même en silhouette, surtout quand on s'attendait à les voir et c'était précisément la raison pour laquelle je sollicitais son autorisation, pour une question plus éthique que légale. Je peindrais en sachant que c'était elle que je peignais.

Je fis l'effort de continuer à la regarder dans les yeux.

— On me verra sans me voir, c'est ce que vous essayez de me dire ?

Et sa bouche se tordit en quelque chose qui était peut-être un sourire. Elle détourna le regard et considéra le grand portrait de son frère au-dessus du bureau.

— Quand nous étions ensemble, j'étais jalouse de lui. Sur son passage, les femmes se retournaient, les hommes aussi. Il a posé pour de grands photographes, il n'a jamais voulu en faire son métier. Il trouvait vulgaire de vendre quelque chose dont il ne se sentait pas responsable. Sa beauté lui pesait. Il disait que les gens ne l'écoutaient pas et se contentaient de le regarder. Il disait comprendre les jolies femmes, leur solitude. Parfois, quand il sortait, il lançait "Je vais promener ma belle gueule". N'est-ce pas qu'il est beau ?

La question n'appelait pas de réponse et je ne répondis rien.

— C'était quelqu'un de sensible. Il pouvait être très dur. Il ne se ménageait pas.

Et puis comme si elle se rappelait soudain ma présence, elle dit :

— L'actrice recluse, une silhouette, un peu de mystère sur la carte postale.

Elle se tourna vers le chenal. J'observai sa haute stature intimidante, à peine moins sombre que le ciel derrière la baie vitrée.

— Savez-vous qu'il existe une prédisposition à la folie plus grande chez les peintres ? Plus grande que chez les écrivains et les musiciens.

— J'ignorais, dis-je.

— C'est l'enfermement de la toile. Le cadre, les deux dimensions, ça rend fou.

Elle me tournait le dos et je me demandai si c'était le chenal ou son reflet qu'elle observait dans la baie vitrée.

— J'ai vécu avec un peintre. Les écrivains ont un cerveau structuré par le langage, c'est ça qui les soutient, l'habitude de la logique, comme pour la musique. C'est le langage qui fabrique la réalité.

— Je ne suis pas vraiment peintre, je suis...

— Oui, je sais, vous êtes un cinéaste, un cinéaste du pauvre. Vous faites des films avec votre crayon, vous cadrez, vous découpez, vous choisissez les angles, une case un plan. Il faut du monde pour faire un film et de l'argent. Vous, vous êtes un cinéaste solitaire et économe, c'est ça ?

Elle se tourna vers moi.

— C'est ça, économe et solitaire, c'est très bien dit.

— Ici, les gens sont sauvages, vous savez, ça n'est pas moi qui vais les effrayer. Ils respectent ce que je suis devenue, enfin ils respectent, ils ont la mémoire du malheur. Ils connaissent la mer, les tempêtes, les épidémies, les famines, ils savent ce que c'est que la poisse.

Et sans que je m'y attende, elle posa le pied sur l'interrupteur au pied du socle du grand lampadaire et le globe dessina une grande sphère de lumière chaude dans le salon. La lumière éclaira sa peau grumeleuse et tourmentée.

— Le silicone devrait toujours s'injecter sous forme encapsulée, pas directement dans le muscle, sinon il se promène.

Elle fit un mouvement circulaire de la main autour de son visage pour m'inviter à étudier les accidents de ses traits, comme si elle désignait quelque chose qui ne lui appartenait pas.

— Plus quelques petites complications métaboliques.

Elle replongea dans la contemplation du chenal dont l'eau noire et luisante rampait entre l'île et le continent comme un serpent géant.

— Je nage tous les jours, hiver comme été. D'ici, personne ne me voit. Il faut être prudent, si on va trop loin, le courant...

Elle se tourna vers la porte à double battant :

— Bayani !

Bayani entra.

— Servez-nous quelque chose à boire, s'il vous plaît.

Elle revint vers moi, brun ou blanc ?

— Brun, merci.

— Comme d'habitude, Bayani, deux verres et de la glace.

Elle s'assit sur le canapé, tandis que la nuit tendait un voile noir devant la baie vitrée et qu'un mince chapelet de points lumineux prenait la place du continent.

Je m'assis face à elle, de l'autre côté de la table basse, en équilibre sur le bord de l'œuf. Bayani apporta une coupe en cristal remplie de glaçons, avec une pince à glaçons à l'intérieur et deux verres à cognac à demi pleins sur un plateau. Il disposa des dessous de verre en bois d'olivier, posa les verres, le bol à glaçons sur une serviette en papier à côté, et sortit de la pièce en refermant les deux panneaux de bois.

— Je vais vous donner ma réponse, dit-elle, mais laissez-moi vous expliquer ce qui la motive.

Elle sortit une petite boîte en argent des pans de sa robe, l'ouvrit, avala trois pilules qui s'y trouvaient en prenant une gorgée de son verre.

— Ça vous ennuie si j'enregistre ?

Puis, sans me laisser le temps de répondre, elle appela, Bayani !

La grande porte s'ouvrit et Bayani entra avec un appareil qu'il déposa sur la table basse. C'était un ancien lecteur enregistreur de cassettes avec un compteur et de grosses touches rectangulaires comme des dents de cheval qu'on aurait alignées. Une cassette TDK Chrome de soixante minutes dans son boîtier en plastique transparent était posée dessus. L'ensemble étalé sur la table n'était pas moins étrange qu'une réunion de vestiges préhistoriques. Bayani brancha l'appareil et sortit. J'assistai à l'opération sans comprendre.

L'actrice appuya sur le capot de l'enregistreur et la trappe s'ouvrit. Elle prit la cassette, glissa la face A dans les guides en plastique vers la tête de lecture et referma le capot. Elle porta son verre à ses lèvres, le reposa et appuya sur la dent de cheval avec le rond rouge. Les deux bobines aux couronnes crantées se mirent en mouvement comme si elle avait réactivé un mécanisme ancien, une porte secrète qui ouvrirait sur un monde inconnu. Je vis les roues du compteur tourner 000 005... 006... 007... 008... 009 et elle dit de sa voix rauque et vibrante.

Il y a un commencement bien sûr...

Le commencement datait de la mort de son père. Je regardai la boîte en argent sur la table basse. Je ne savais comment lui dire que je ne cherchais pas à raconter son histoire, je n'avais pas besoin de connaître sa vie, elle avait mal compris. Ou était-ce le prix à payer pour obtenir son accord, écouter l'histoire d'une actrice presque oubliée ? Je ne dis rien et l'écoutai, sans oser l'interrompre.

La grue s'est pliée en deux. La bourrasque n'était annoncée par aucune alerte, aucune météo, rien. La cabine était perchée à soixante-dix mètres. Ça laisse le temps de comprendre ce qui arrive et de penser qu'on ne rentrera plus jamais chez soi, qu'on ne reverra plus jamais personne. Papa ressemblait à un acteur américain, disait maman. Elle disait que ce n'était pas elle qui disait ça mais tout le monde, et sur les photos qui me restent de lui, je dois dire que c'est vrai. Même si pour faire le métier qu'il faisait, il faut être plus courageux que les acteurs que j'ai connus, américains ou autres. Je sais de quoi je parle.

La mère était couturière, jamais remariée, deux enfants à élever, le fils avait moins d'un an à la mort du père, elle en avait six.

Nous n'avions pas d'argent mais nous étions toujours bien habillés. Maman disait, il ne peut rien arriver à quelqu'un de bien habillé. Je me rappelle avoir pensé que papa était peut-être mal habillé le jour de l'accident. À l'école, je disais mon père voyage, pour expliquer qu'on ne le voyait jamais, il est dans les affaires, courtier en énergies fossiles, j'avais entendu ça quelque part et je trouvais que ça faisait bien. Et ton papa, il fait quoi ? Il est courtier en énergies fossiles.

J'avais fini mon verre. Elle appela Bayani pour qu'il m'en serve un autre. Elle ne me regardait pas quand elle parlait, elle regardait l'appareil et le petit compteur qui tournait. Parfois elle levait les yeux vers moi. Je continuai de l'écouter sans savoir où menait son monologue et, le temps qu'il dura, je ne l'interrompis pas une seule fois, hypnotisé par ce visage aberrant et cette voix de gorge un peu fausse.

— Prenez ça, elle avait dit à la fin de l'entretien, si vous avez besoin d'une trace ou de je ne sais quoi, et elle m'avait tendu la cassette dans son boîtier.

Je regardai la cassette et l'actrice ajouta :

— Prenez l'appareil avec, sinon ça ne sert à rien, je ne pense plus en avoir l'usage. Vous le rapporterez un de ces jours.

J'emportai l'appareil et la cassette et fis le chemin du retour accompagné par le récit de l'actrice.

Elle avait seize ans quand un homme l'avait abordée dans la rue. Il cherchait une fille avec le regard qui pétille, lui avait donné sa carte et conseillé d'en parler à ses parents. Le soir, sa mère avait appelé. Elle l'avait accompagnée au rendez-vous. Trois mois plus tard elle décrochait son premier rôle dans un film que tout le monde a oublié.

Je dévalais des escaliers avec un étui à violon. Au rez-de-chaussée, je croisais la concierge sur le pas de sa porte, qui me lançait "En retard, toujours en retard, comme le lapin d'Alice", et je répondais "Mozart est toujours à l'heure, tic tac tic tac" avant de disparaître dans la rue. Ça n'était pas une réplique inoubliable.

Plus tard, elle avait réussi à faire engager sa mère comme costumière.

Je rentrai, posai l'appareil et la cassette sur la table de la cuisine et m'installai à ma table à dessin. J'aurais aimé pouvoir parler à quelqu'un de ma rencontre. Même un chien aurait fait l'affaire. Dessiner avant que la nuit et le rêve ne reconstruisent le souvenir de ce visage aussi extravagant qu'un portrait d'Arcimboldo, cet assemblage de chairs qui produisait sur moi la fascination qu'exercent les monstres sur les gens ordinaires.

Pourquoi le maire ne m'avait-il pas prévenu ? Si tout se sait sur une île, pourquoi personne ne m'avait-il rien dit ? Comme d'habitude, la réponse était dans la question. Personne n'avait rien dit justement parce que tout le monde savait et qu'il n'y avait aucune raison de parler de quelque chose que personne n'ignorait si ce n'était pour l'envie d'ajouter des mots au désastre.

Plusieurs dizaines de croquis de l'actrice au crayon et à l'encre s'empilaient sur ma table à dessin quand je décidai tard dans la nuit qu'il était temps de reconstituer ma force de travail.

XVI

À L'ATTAQUE

Je lessivai les murs. Le carré d'enduit tenait. J'en étalai partout. Quand l'enduit fut sec, je repassai tout en blanc avec un rouleau au bout d'un manche. Je fis quelques essais de couleurs sur un des murs, testai des mélanges, évaluai les temps de séchage. Cette première phase dura trois semaines. Pour finir, je reportai sur les murs le quadrillage que j'avais tracé sur les feuilles, en claquant de la ficelle enduite de poudre de traçage bleue que les ouvriers avaient abandonnée dans la maison après les travaux. Je divisai ainsi les quatre murs blancs de la salle des fêtes en carrés bleus d'un mètre de côté, comme un cahier d'écolier géant. Les pots de peinture étaient disposés sur les tables avec les pinceaux, les brosses et les rouleaux alignés et les bâches en plastique soigneusement pliées sur le sol.

— C'est maintenant que ça commence, lançai-je à haute voix pour graver l'instant dans l'air de la pièce.

Je pris le cahier qui me tiendrait lieu de journal de bord et j'écrivis "Fin préparation. À l'attaque !", puis je dessinai un pendu avec la tête, les deux bras, les deux jambes et le tronc, six éléments pour un décompte de six mois.

Quand je quittai la salle des fêtes, je tombai sur le jumeau qui venait récupérer sa remorque. Il portait un tee-shirt noir *Ghost Rider*, un squelette sur une moto dans un sillage de flammes. Les manches courtes du tee-shirt flottaient autour de deux humérus recouverts d'une peau blanche qui rivalisaient avec ceux du squelette imprimé sur le tee-shirt. J'invitai l'homme, ou ce qu'il en restait, à me suivre et je rouvris la salle.

— Ça va être des cases ? il demanda en regardant le quadrillage sur les murs.

— Non, c'est des repères.

— On en a tous besoin.

— Ça s'appelle la mise au carreau, une technique qui existait déjà à la Renaissance. On dessine en petit sur une grille et on reporte à l'échelle dans les carrés.

Il lâcha un peu d'air avec la bouche en levant les sourcils, puis se tourna vers la remorque et en fit le tour comme un loueur prêt à garder la caution. L'inspection terminée, il a dit *Bon, ça va* et on est ressortis de la salle, lui avec la carriole et moi avec la clef jaune pour fermer. Un groupe de promeneurs tournait sur la place, trois filles et quatre garçons, entre vingt et trente ans. Ils portaient des sacs à dos ou tiraient des valises cabines à roulettes. Comme souvent lorsqu'ils arrivent en terrain inconnu, les gens envoient une femme pour établir le contact avec les autochtones et témoigner de leurs bonnes intentions. C'est elle qui va aux renseignements. Les femmes sont supposées ne pas représenter de menace et en cas de conflit ce sont elles qu'on préfère sacrifier.

Blonde, les cheveux raides, la femme que le groupe avait choisie pour parler aux indigènes portait un sac de corde en bandoulière et un anorak bleu pâle. Le groupe se rendait chez l'architecte, invité pour le week-end. Est-ce que c'était loin ? Est-ce qu'il fallait un taxi pour s'y rendre ? Ils étaient venus en train, le train avait eu du retard, le wagon-bar était fermé, les toilettes hors service, ils avaient pris le traversier, ils avaient hâte d'arriver. Est-ce que la maison de l'architecte se trouvait loin ?

J'indiquai le chemin de la Navette, avec des jambes normales ça prenait trois quarts d'heure mais ils pouvaient appeler un taxi, le numéro était sur le panneau de la mairie.

La femme nous remercia comme si elle ne s'attendait pas à trouver des gens aussi serviables qui parlent sa langue et comme si le vieux avait aidé à quoi que ce soit. Elle rejoignit le groupe à qui elle expliqua la situation en se retournant parfois dans notre direction et en nous souriant.

— C'est pour un porno, dit le vieux.

— Ils ressemblent plus à des étudiants en architecture qu'à des acteurs pornos.

— C'est la nouvelle tendance, dit l'ancêtre, maintenant les acteurs ressemblent à tout le monde.

Après ça, la momie déplia les os d'un de ses bras, s'empara du timon de la remorque et traversa la place en direction du port. Sur le dos du tee-shirt *Ghost Rider*, un poing de squelette fermé dressait les phalanges de son majeur.

De retour dans la grotte, je fis du feu. Un brouillard blanc familier envahit la pièce et j'ouvris la fenêtre pour continuer de respirer et vérifier que lorsqu'un corps chaud rencontre un corps froid, c'est toujours le froid qui gagne, une histoire de vitesse d'atomes qui diminuent. Je refermai la fenêtre, montai les radiateurs à pleine puissance et dessinai les jumeaux. En fait je n'en dessinais qu'un chaque fois et je reproduisais le second à l'identique pour obtenir la paire. Magie du clonage. Je me contentais de changer le dessin des tee-shirts. Les jumeaux c'est le début de la répétition, après deux on passe au multiple et ensuite à la série, comme les boîtes de soupe Campbell's. L'enregistreur et la cassette étaient toujours sur la table de la cuisine. Je ressentis le besoin d'entendre à nouveau la voix de l'actrice. Je glissai la cassette dans l'appareil. La voix s'échappa de la grille du haut-parleur.

À dix-neuf ans, elle avait tourné en Italie, participé à des festivals au Japon, au Mexique, en Allemagne et visité Pékin, la Grande Muraille. Londres était à la mode, elle y croisa les groupes du moment, fréquenta des écrivains et des peintres. Un jour, on lui présenta Samuel Beckett. *Si j'ai eu un talent c'est peut-être celui-là, savoir plaire à des gens de talent.* Elle était tombée amoureuse de Roman, un peintre polonais, *le plus grand peintre que la Pologne ait jamais porté, selon lui.* Mariage improvisé et bohème dans un village du Sud, beaucoup d'amis. *Nous habitions son atelier, une soupente avec une charpente de cathédrale, comme un navire renversé. Il faisait venir des modèles qui se déshabillaient devant moi. Je le regardais peindre. Il y avait toujours un verre de vin ou de vodka après chaque séance. Quand il n'était pas content de son travail, il posait directement la bouteille sur la table. Parfois, il orientait le chevalet vers moi et me peignait. Il me disait* nie ruszaj sie, *ne bouge pas,* moja amazonka, *mon amazone, il m'appelait comme ça. Et puis je partais, parfois pendant plusieurs semaines. À mon retour, il y avait de nouvelles toiles contre les murs. Mais le plus grand peintre de Pologne est devenu jaloux. Le cinéma n'est pas fait pour les gens jaloux. Les tournages lointains, les rencontres, l'anonymat des chambres d'hôtel. Je dois reconnaître que je n'ai rien fait pour le rassurer. Je n'ai pas voulu assister à l'entreprise d'auto-démolition. J'ai quitté les bouteilles qui s'accumulaient dans l'atelier. Il ne me reste qu'un seul portrait de cette époque dont je conserve un souvenir heureux. Il me l'a fait parvenir par la poste avec un mot qui disait* Zniszczyłem wszystkie inne, moja amazonka, *j'ai détruit tous les autres. Les Slaves ont le sens de la tragédie.*

Après ça, un silence puis, *Bayani !*, bruit de porte coulissante, *Madame ? Une cigarette, s'il vous plaît,* silence à nouveau, *Madame, Merci Bayani,* bruit d'allumette qu'on gratte. Elle avait allumé la cigarette unique que Bayani lui avait apportée sur un plateau. *Un petit arrangement avec l'industrie du tabac.*

XVII

SUR LA ROUTE

La silhouette noire de Lenny contemplait depuis le bord de la route la prairie en pente douce qui descendait vers la plage des Amours signalée par un unique pin maritime géant, comme un drapeau de baignade toujours vert. La voiture de Lenny, une citadine noire, était rangée sur le bas-côté. On pouvait lire sur la portière côté conducteur, *Le Frère de la Côte*, comme sur l'enseigne du magasin. Sur la portière passager, trois crânes posés sur des tibias entrecroisés confirmaient que c'était bien la place du mort.

Un sentier bordé de bruyères, d'ajoncs et de genêts traversait la prairie. Des cumulus blancs épars passaient devant le soleil et leur ombre courait sur le chenal.

Sur le pied d'une ombre solitaire,
la vague mourante,
d'une ligne de sel imprimée
Porte la nouvelle du marin abîmé.
Veuve de l'océan, respiration du vent.

— C'est beau, dis-je en regardant devant moi.
— Superbe emplacement, dit Lenny.

Comme je connaissais la différence entre le mot emplacement et le mot paysage ou panorama, je demandai.

— Pour quoi faire ?

Il tendit la main, paume vers le ciel, dans un geste circulaire, comme un torero salue la foule.

— Pirate's Island.

Lenny se tourna vers moi pour m'observer de son œil unique.

— Ne vous appuyez pas sur la carrosserie, merci.

Puis il revint vers le panorama et il écarta les mains devant lui comme un rideau de théâtre.

— Un combat naval, un combat naval dans le chenal.

— Pirate's Island, dans le chenal, dis-je.

Répéter les mots de son interlocuteur constitue le moyen le plus simple et le plus efficace de relancer une conversation.

Lenny hocha la tête.

— Un parc d'attractions. Un galion amarré devant la plage. Des reconstitutions d'abordages en journée, des dîners romantiques sur le pont le soir, avec un appontement en bois, éclairé par des lanternes jusqu'au bateau et des fausses bougies sur le bastingage.

Il me regarda comme s'il venait soudain de penser à quelque chose.

— Ça vous intéresserait la direction artistique du parc ?

Je m'imaginai peignant des têtes de morts et des sirènes sur des voitures de manège. Jamais je n'avais envisagé de tomber aussi bas.

— Et là – Lenny désigna la prairie de bruyères qui descendait vers la plage – là, on construit le village pirate, des barbecues, des initiations au sabre, une taverne avec des cascadeurs pirates qui se bagarrent, des boutiques, des emplois.

— C'est pas constructible, dis-je.

— Pas pour l'instant.

Il leva un index pour prévenir de l'importance de ce qu'il allait dire et tourna vers moi son regard hybride.

— L'avion décolle contre le vent, pas avec.

Et sans me laisser méditer l'image, il ajouta :

— Alors, ce scénario ?

Installé à Sainte-Marie, base arrière de ses expéditions en mer Rouge, en mer d'Arabie et dans l'océan Indien, Christopher etc. Condent etc. menait ses affaires de pirate comme un gars habitué au commerce international.

La vie d'entrepreneur n'est pas une sinécure et les compensations s'avèrent souvent décevantes au regard des risques encourus. Heureusement, le monde des affaires réserve aussi de bonnes surprises, et une opportunité se présente parfois qu'il faut savoir saisir.

C'est lors d'un de ces raids de routine, au large de Bombay, que Condent croisa un navire turc en route vers Surate, qui allait changer sa condition. Le bâtiment sur lequel Condent mit la main ce jour-là était un navire de pèlerins de cinq cents tonneaux. Pièces d'or, soie, épices, safran, myrrhe, encens, bijoux et cent cinquante mille livres sterling de l'époque, telle était la cargaison du navire, estimée au cours actuel à trois cent soixante-quinze millions de dollars, précisait une note en bas de page du scénario, un coffre-fort flottant dont l'équipage se rendit sans résister.

Comme n'importe quel gagnant d'un gros lot à la loterie, Condent réfléchit à l'usage de son butin. La retraite est une aspiration qui touche toutes les professions et le pirate considéra qu'il était temps de se retirer des affaires. Après avoir distribué, comme l'exigeaient les règles de la piraterie, une partie du butin à son équipage, Condent, en manager prévenant et social, entreprit de négocier auprès du roi de France, représenté dans la région par le gouverneur de l'île Bourbon, l'amnistie des cent trente-deux pirates sous ses ordres, de ses soixante esclaves et de lui-même. Et comme une bonne négociation ne saurait se mener sans avoir quelques arguments à mettre en avant, le pirate menaça de mettre l'île Bourbon à feu et à sang s'il n'obtenait pas satisfaction. C'était une façon simple de poser le problème et la négociation aboutit sans difficulté. Un modèle, encore aujourd'hui, d'accompagnement de cessation d'activité et de reclassement. Les pirates promirent en échange d'abandonner la piraterie et de satisfaire aux règles des honnêtes gens qu'ils étaient devenus. Condent accepta en gage de bonne volonté de saborder son fameux *Fiery Dragon* et ses quarante canons, que les marines anglaises et françaises pourchassaient en vain depuis deux ans.

Mais comparée à une vie d'aventures au milieu de joyeux compagnons, la retraite peut s'avérer ennuyeuse et solitaire, si bien que Condent décida de se marier. Riche capitaine fraîchement amnistié, devenu un parti enviable, il épousa la belle-sœur du futur gouverneur de l'île, Antoine Desforges-Boucher.

Comme beaucoup d'Anglais, le pirate choisit de passer sa retraite en France et embarqua sur *La Vierge de*

Grâce, une frégate armée par la Compagnie des Indes en novembre 1722. En janvier 1723, après avoir remonté la côte africaine et la péninsule Ibérique, la frégate fit escale sur l'Île, comme en attestait le registre des mouvements du port, avant de gagner sa destination finale, Port-Louis, anciennement Fuerte del Aguila, une place forte édifiée en Bretagne par les Espagnols au XVIe siècle.

C'est ainsi que Christopher Condent, l'homme aux trois têtes de morts, fort de son trésor de guerre, s'installa à terre et mena une vie sédentaire où il prospéra comme armateur, après avoir épousé en secondes noces Marie Catherine Ancré, un patronyme prédestiné pour un navigateur en retraite. Christopher Condent mourut de vieillesse à l'âge de quatre-vingts ans, riche et respecté. Ce qu'on appelle une belle trajectoire entrepreneuriale, qui condense en une seule vie l'histoire de bien des dynasties fondées dans la violence avant de s'inscrire dans une légalité institutionnelle protectrice.

Je regardai la lande et imaginai un instant le parc d'attractions dont rêvait Lenny, ses manèges, ses commerces et restaurants.

C'est une bonne chose que les rêves de la plupart des gens ne se réalisent jamais.

Je me tournai vers Lenny.

— Qu'est devenue sa première femme ?

— Quelle première femme ?

— La belle-sœur du gouverneur.

Lenny se tourna vers moi.

— Ça fait un trou dans le scénario, expliquai-je en professionnel.

Ma remarque le contraria. Il resta un moment sans rien dire à regarder par terre. J'attendis que le silence fasse son travail.

— Il y a toujours une explication, finit-il par dire en relevant la tête.

La foi est la qualité première des gens qui réussissent, pensai-je.

Lenny proposa de me raccompagner. Je montrai l'appareil photo en bandoulière et le carnet de croquis qui dépassait de la poche de ma veste.

— Je vais marcher un peu.

La voiture à têtes de morts effectua un demi-tour nerveux en direction du Village et j'entendis le raclement des changements de vitesse mourir dans mon dos. Je dépassai la plage des Amours jusqu'à l'anse du Cygne que les arbouses en fin de vie coloraient de taches rouges et orange et m'assis sur le banc qui contemplait l'étroit croissant de sable blanc et la mer molle et grise.

Ressac et courants dévorent
la grève de nos amours entamées.
Les récifs acérés, dents de bêtes furieuses,
Défendent mon cœur des pêcheurs éphémères.

Un vent d'altitude roula le tapis gris des nuages jusque sur le continent et le ciel s'ouvrit sur un bleu convalescent. Un cormoran noir et brillant comme du pétrole chassait à la surface de l'eau, tel un sous-marin à demi immergé. J'observai ses plongées successives sans jamais pouvoir deviner où reparaîtraient sa tête d'obsidienne et son bec effilé.

Sur une île, bien des choses sont rares. C'est cette conscience qui permet d'apprécier l'événement le plus minime comme une source de divertissement bienvenue. La pièce se jouait en décor naturel, avec un acteur unique et muet. Comme bien des acteurs, il jouait pour manger. Je dessinai l'oiseau, la plage, les arbousiers, des bouquets d'herbes qui sortaient du sable, un timonier dans le chenal.

Je remontai le sentier qui menait à la route quand j'entendis un bruit de moteur venant du sud. Le véhicule demeurait invisible derrière la côte, puis le toit de la camionnette apparut avec le panier de fruits et légumes peint sur ses flancs. Bientôt je distinguai le visage de la maraîchère à travers le pare-brise.

Je levai le bras sans réfléchir, un geste qui pouvait passer pour un salut ou une invitation à s'arrêter. La camionnette s'arrêta de l'autre côté de la route et la maraîchère baissa la vitre.

— Vous êtes perdu ?

Je montrai l'appareil photo et le carnet. J'avais prévu de continuer dans la direction opposée, mais je traversai la route et montai dans la camionnette. Le parfum de la maraîchère flottait dans la cabine, mêlé à une odeur de tourbe et de cageots qui venait de l'arrière, bousculant mes habitudes olfactives de peintures, de laques et de raviolis en boîte, qui jour après jour grignotaient mon capital neuronal.

C'était la première fois depuis mon installation sur l'Île que je me retrouvais seul avec une femme dans aussi peu d'espace. Le visage tourné vers la route, je la regardai du coin de l'œil tandis qu'elle conduisait. Elle était coiffée d'une queue de cheval et pas d'un chignon d'un genre ou d'un autre comme d'habitude. J'hésitai à lui dire que ça la rajeunissait mais ça pouvait signifier que d'habitude elle avait l'air plus âgée et je ne dis rien. Par l'échancrure de sa chemise entrouverte, j'apercevais l'arrondi d'un sein et le haut d'un bonnet de soutien-gorge en dentelle blanc, mais regarder en coin à la limite de son champ de vision fait vite mal aux yeux.

— Ça vous ennuie de mettre la ceinture ?

Je pris conscience de l'alarme qui retentissait depuis que la camionnette avait démarré et m'attachai au siège. Un grand blanc s'installa dans l'habitacle et prit possession de mon cerveau. Dans mon isolement, j'avais perdu toute capacité à converser normalement avec un être humain, si tant est que je l'aie jamais eue. Je répondis par monosyllabes aux questions qu'elle me posa sur l'avancée de la fresque et mon acclimatation sur l'Île, tandis que s'affichait sur le pare-brise l'image de la nageuse dans les vagues comme une interférence de contenu sur mon système central.

Terminus, dit la maraîchère quand nous arrivâmes sur la place. J'éprouvai à la fois le regret et le soulagement que l'expérience s'achève. Au moment de descendre, elle se pencha vers moi pour ouvrir la portière, *la poignée est capricieuse*, et l'extrémité de sa queue de cheval m'effleura le visage. La porte s'ouvrit et je descendis. La tête me tournait. Je remerciai la maraîchère et elle répondit *au plaisir*.

Ce soir-là, j'ouvris le pot de rillettes de sardines que je mangeai, assis près de la cheminée comme une vieille

Corse, en écoutant la sonate n° 14 de Ludwig van Beethoven en *do* dièse mineur, dite *Au clair de lune*, après avoir cherché “musique romantique” sur le flux. Dans le jardin, les premières lucioles en quête de partenaires sexuels allumèrent leurs lumignons fluorescents. Savoir briller en société.

XVIII

LA TEMPÊTE

La tempête est arrivée dans la nuit sans que personne ne l'annonce, ni bulletin météo, ni crieur public, ni prophète de malheur. Elle arriva de l'océan et se manifesta d'abord par un grondement continu qui saturait l'air, avant qu'une série d'éclairs ne blanchisse la nuit comme un tir d'artillerie toujours mieux ajusté dont la lumière blafarde envahissait la chambre. La foudre déchira le ciel dans des craquements secs et retentissants comme si l'éther était une matière qu'elle brisait. Puis le vent se leva et je l'entendis siffler dans les arbres et tourner en furie autour de la maison, à la recherche d'un passage pour s'y engouffrer. La charpente grinçait tandis que de grands bruits commençaient à se faire entendre au-dehors, des bruits de choses qui volaient, qui claquaient, qui se brisaient. Et la pluie déboula en force comme l'infanterie qui monte au front, par vagues, et la mitraille s'abattit sur les tuiles et les carreaux des fenêtres et les frappa durant des heures, laissez-moi entrer, laissez-moi entrer.

Je m'endormis, bercé par le déluge et confiant dans l'épaisseur des murs de ma boîte à chaussures tandis que la voix enrouée de l'actrice s'insinuait dans mon endormissement.

On a dit beaucoup de choses sur ma voix, on a même dit que c'était une musique atonale. Elle affirmait qu'au cinéma on reconnaissait les hommes à leur démarche et les femmes à leur voix, parce que les hommes, *il fallait les identifier de loin, dès qu'ils apparaissaient au bout de la rue d'un village du Far West ou d'une avenue de Manhattan. John Wayne roulait des épaules et balançait les bras comme des bielles de locomotive, Mitchum donnait l'impression de marcher sur des œufs, Fonda gardait le torse et la tête droits, les bras immobiles le long du corps. Ils avaient tous une façon de marcher qui leur était propre. Les actrices, on ne les voyait jamais marcher, à part Marilyn sur le quai de la gare dans* Certains l'aiment chaud. *Même les rôles de prostituées, elles attendaient sous un porche ou sur un tabouret comme Marlène. Elles existaient par la voix.* Elle avait cité Lauren Bacall, Bette Davis, Marilyn encore. *On les reconnaissait sans avoir besoin de les voir.*

J'ai toujours parlé comme ça, un peu faux, c'était ma limite, mais ça plaisait. Je n'aimais pas m'entendre. Maintenant je n'aime pas me regarder non plus. Si j'avais pu changer quelque chose ça aurait été ça, ma voix. Je ne me trouvais pas jolie, mais j'avais une énergie, une forme de naturel. La nudité ne m'a jamais gênée tant qu'elle servait le personnage. Les gens venaient vers moi pour ça. J'aimais nager, j'aimais danser, j'aimais rire. Je danse dans presque tous mes films.

Au matin, un ciel clair et lavé s'étendait au-dessus de l'Île jusque sur l'horizon. J'ai ouvert toutes les fenêtres. Un air léger circulait entre les arbres, sur la route et entre les maisons. Les mimosas explosaient dans les jardins et les palmiers, les buis, les citronniers, les ifs et les chênes frissonnaient comme s'ils sortaient du bain. Des branches cassées avaient atterri dans le jardin. Un drap inconnu pendait, accroché au figuier. C'étaient les seuls signes de l'orage de la veille.

Au marché, en revanche, on ne parlait pas d'autre chose. Personne n'avait souvenir d'une telle tempête. Des arbres étaient tombés à la pointe nord, l'amarre d'un voilier s'était rompue, on parlait d'un cargo remorqué au large, la pancarte en tôle devant l'Épicerie avec ses photos de cornets de glace avait traversé la place et cassé le carreau d'une maison à l'angle de la Grand-Rue. Une cheminée était tombée dans le Hameau et on ne comptait plus les pots de fleurs brisés dans les rues et sur le port.

Le faux Anglais à moustache, accompagné d'un vrai setter à robe blanche truitée de noir au bout d'une laisse tressée, annonça qu'une marée de déchets avait envahi la plage des Noyés, avec des centaines d'emballages de surgelés écrits en chinois, du bois de palettes et des galettes de fioul. Un Secondaire signala qu'un muret s'était écroulé sur la route de la résidence Nouvel Horizon, près de la station d'épuration. Une girouette avait défoncé le toit de la voiture du mari de la droguiste. On avait trouvé des cadavres d'oiseaux de mer jetés au sol par les bourrasques en plusieurs endroits de la côte. Du sable avait été emporté sur les plages du chenal, le toit du hangar de la salle polyvalente s'était soulevé – il s'en était fallu de peu qu'il soit arraché. Aucun blessé n'était à déplorer.

Les informations arrivaient sur la place du Marché comme sur un fil d'actualités et c'est comme ça qu'un compte rendu général contributif s'élabora à partir des informations collectées.

— Ça a drôlement soufflé, dit le Voisin.

Mais l'information principale vint de Dosto, qui déboula sur l'agora comme le coureur de Marathon en hurlant "Anavetéparter, anavetéparter" ce que le poissonnier, qui l'employait les jours de marché pour charger les pains de glace dans sa camionnette, traduisit par "La Navette est par terre, la Navette est par terre". Aussitôt, un groupe se forma autour du messager pour être sûr qu'il ne racontait pas n'importe quoi, comme si un idiot avait plus de raisons de mentir qu'un homme intelligent. Bientôt, tout le monde fut au courant et l'assistance répéta dans un murmure incrédule "La navette est par terre, la navette est par terre", comme une secte psalmodiant un mantra. Le maire, qui arpentait la place au contact de ses concitoyens dans un pull péruvien tissé à la machine avec des lamas stylisés qui lui couraient sur la poitrine, demanda au poissonnier de l'emmener dans sa camionnette pour constater les dégâts, et le poissonnier fit une espèce de salut militaire pour signifier qu'il se mettait à la disposition des autorités. À la suite de quoi, il tira une bâche bleue sur la pêche du jour et un peu de la veille et s'installa au volant de sa camionnette tandis que le maire prenait place sur la banquette avant. Dosto sauta dans la benne. Le plongeur, dont la chemise jaune à manches courtes rehaussait le bronzage acajou ciré, l'imita. Le maire me fit signe de monter à l'arrière, comme si j'étais devenu une espèce de mémorialiste de l'Île et j'escaladai le pick-up. J'étais peut-être le premier étranger invité à monter en voiture avec quatre Îliens sans que ce soit pour aller le noyer. C'était comme poser le pied sur la Lune, un grand pas pour un Secondaire. Il restait de l'eau et des amas de glace fondue sur le plancher de la camionnette, avec des écailles de poissons qui miroitaient. Un garçon qui avait pour habitude de sillonner l'Île sur une mini-moto sans casque – il y a un âge où l'organisme réclame certaines expériences – se plaça derrière le pick-up, moteur allumé, attendant qu'il démarre. Le poissonnier sortit la tête par la fenêtre du conducteur et demanda au garçon pourquoi il n'était pas en cours. Le garçon sur la mini-moto dit *Je t'expliquerai plus tard*. À l'intérieur de la cabine, le maire dit quelque chose au poissonnier et le poissonnier dit au garçon que s'il s'avisait de les suivre sans casque, le maire lui confisquerait la moto et ensuite, il verrait ce qu'il verrait à la maison. Le garçon haussa les épaules et repartit dans l'autre sens.

Le maire passa le bras par la fenêtre de la portière et tapa du plat de la main sur la tôle. La camionnette démarra. Dosto se tenait debout, une main sur le toit de la cabine comme Ben-Hur sur son quadrige et poussait des petits cris, comme des jappements de chiot. À la hauteur du Hameau, la voiture des pompiers nous rattrapa et faillit nous percuter comme le char de Messala dans le film. Dosto leur fit un doigt d'honneur et poussa le cri des Indiens qui attaquent. À l'intérieur de la voiture rouge, le corps des pompiers bénévoles était au complet : le tenancier du Vent du Sud, la droguiste, un des pilotes du traversier et l'employé de mairie dont les mensurations ne semblaient pas un obstacle à sa participation.

On roula sans parler, comme un commando en mission. Traversée du Hameau pied au plancher sans croiser personne, suivis par les pompiers, sirène actionnée par souci d'entretien. Nouveau concert de jappements de Dosto avec ses cheveux de faune décolorés.

Quelques espèces résistantes, sauge, thym et de gros buissons de genévriers, constituaient l'essentiel de la végétation sur le sol rocailleux qui menait au promontoire. Arrivé devant la chaîne qui barrait l'entrée de la propriété, le poissonnier effectua un dérapage semi-contrôlé et tout le monde mit pied à terre. Jappements de Dosto.

Le jardin de la propriété revendiquait une double influence mexicano-japonaise. Terre ocre rythmée par des cactus boules et des cactus raquettes, rivière de galets gris d'où émergeaient trois rochers noirs et polis d'une pierre qu'on ne trouvait pas sur l'Île, petit pont japonais par-dessus. Une allée de graviers blancs menait vers la maison de l'architecte. Par souci d'intégration esthétique et de consommation énergétique, le toit végétalisé de la Navette se confondait avec le jardin, si bien qu'il était impossible d'apercevoir la construction depuis le portail d'entrée ni même depuis le jardin. Il fallait marcher une cinquantaine de mètres pour découvrir, au pied d'un cactus candélabre géant, un escalier qui s'enfonçait dans la roche et permettait d'accéder à la maison qui surplombait la côte comme un vaisseau en suspension. Nous franchîmes la grille et nous engageâmes dans l'allée de graviers, toujours sans parler. Nos pas crissaient sur le sol comme à l'intérieur d'une bouche pleine de chips.

Quand nous arrivâmes à la hauteur du cactus candélabre, là où l'escalier s'enfonçait dans les profondeurs de la terre, il n'y avait plus rien, ni escalier ni maison, juste un grand vide. L'extrémité du promontoire avait disparu. L'océan s'étendait devant nous, d'un bleu sourd brossé par le vent.

La Navette et l'extrémité du promontoire étaient plantées dans la mer, trente mètres plus bas, une pointe de flèche géante en béton au milieu d'un chaos de terre et de buissons effondrés que la mer explorait. La maison avait basculé d'un coup, sans se briser, elle s'était jetée dans le vide tel un plongeur acapulquien s'élançant de la falaise de la Quebrada. Les baies vitrées de chaque côté de la flèche avaient explosé et du haut de la falaise ébréchée on apercevait les vagues qui pénétraient par les ouvertures. Un canapé en cuir blanc ballotté par la houle allait et venait sans arriver à choisir entre la maison et l'océan.

Le maire fit reculer tout le monde et demanda au corps des pompiers de sécuriser la zone et l'accès à la grève. Le maire dit *Heureusement qu'il n'y a personne à l'intérieur* et personne ne fut surpris parce que tout le monde savait quand la maison était occupée, le pilote du traversier parce que l'architecte prenait le traversier, les taxis de l'Île parce que l'architecte n'avait pas de voiture, l'épicière parce qu'elle était chargée d'approvisionner la Navette, le jardinier parce qu'il entretenait le jardin de la Navette, la femme du jardinier parce qu'elle y faisait le ménage, le postier à cause du courrier et la mairie parce qu'elle tenait à disposition des personnes autorisées, fournisseurs d'électricité, de gaz, d'eau et de communications, un double du trousseau. Autant dire que l'information n'était pas confidentielle.

Après un échange de considérations sur la folie des grandeurs des architectes et l'abandon de l'habitat traditionnel, sur la montée des océans, l'érosion des sols, la nature qui prenait sa revanche et sur ce que tout ça allait coûter, nous rentrâmes au Village. Chacun des membres de l'expédition fut soumis à l'interrogatoire de ceux qu'il croisait et chaque information fournie alimenta la curiosité de celui qui la recevait, si bien que le Village tout entier défila devant le promontoire, maintenu à distance par le corps des pompiers bénévoles restés sur place.

Plus tard, le maire se rendit au port. On le vit accueillir un groupe de huit personnes : une paire d'hommes en costume avec des serviettes en cuir, une autre paire en vêtements de tous les jours adaptés au salaire du secteur public, chacun avec une mallette antichoc en plastique noir comme pour les codes nucléaires, deux gendarmes en tenue d'été, képi réglementaire, short et polo en coton respirant bleu ciel, ainsi qu'un couple mixte en tenue d'alpinistes militaires avec des cordes en travers de la poitrine, des baudriers, des casques, la panoplie complète.

L'événement suffit à remplir la semaine suivante. Des gens qu'on ne voyait pas d'habitude débarquèrent sur l'Île et tous s'en allaient inspecter la zone, assureurs, géologues, équipes de télévision, sécurité civile, associations de défense de l'environnement, auto-promoteurs sur réseaux sociaux. Une grande affluence parcourait la place Centrale en quête de nouvelles nouvelles. Dosto faisait les cent pas devant le Café et continuait de répéter "Anavetéparter", l'air très embêté.

L'architecte demeura invisible, mais le postier assura avoir entendu un hélicoptère voler assez bas en direction du promontoire, et le même, parce qu'il n'y avait pas de raison que ce ne soit pas le même, repartir une heure plus tard en direction du continent. Un comité d'experts jugea qu'une restauration de la Navette n'était pas envisageable et, la semaine suivante, la mairie annonça que les travaux de démolition commenceraient après l'été. Une partie des insulaires, Secondaires et Îliens mélangés, déplorait la disparition d'un témoignage important de l'architecture contemporaine et d'une contribution au tourisme non négligeable, même si les passionnés d'architecture contemporaine, des étudiants pour la plupart, se contentaient d'acheter des sandwichs à la boulangerie, quand ce n'était pas sur le continent.

XIX

BACKSTAGE

Tout le monde a une idée du temps et de la sueur nécessaires pour repeindre une grande pièce en blanc ou en n'importe quelle couleur. La réalisation d'une fresque sur la même surface n'a rien à voir, vraiment rien. J'avais étalé sur le sol mes croquis préparatoires, des essais de composition, des ébauches et portraits que j'avais rapportés de l'atelier et des images inspirantes comme *Le Jardin des délices* de Bosch ou *Le Rêve* du Douanier Rousseau.

Quatre murs, quatre pages géantes quadrillées, un monde à recréer, une réalité à transposer, des coups à prendre. Dans quoi m'étais-je lancé ? Cette question revenait cent fois par jour. La capacité à prendre des décisions contraires à son intérêt n'est pas rare chez l'homme et celle d'accepter la proposition du maire n'était rien d'autre qu'une variante sociale du suicide.

J'attaquai au fusain et traçai un horizon à hauteur du regard. Je positionnai les grandes masses, cernai les contours de ce qui serait un bosquet, un regroupement de maisons, des rochers, une plage, la courbe d'une colline, à grands traits noirs agrandis de ceux que j'avais tracés sur mon accordéon de feuilles quadrillées.

Les jours s'enchaînèrent, puis les semaines.

Je sortais dans le matin humide et noir de l'hiver et, après une halte au Café pour une tasse d'eau tiède à la poussière, je m'enfermais dans la salle des fêtes. Je revins sur ma composition initiale parce qu'une organisation différente des éléments m'était apparue en chemin. Mais une fois tracés les nouveaux contours, j'imaginai un troisième agencement que j'abandonnai finalement pour en chercher un quatrième. J'effaçais, je redessinais, j'ajoutais, je supprimais, je réduisais, j'augmentais, je déplaçais et les journées passaient à la vitesse de la lumière.

Le soir, après une deuxième halte au Café, je regagnais ma tanière dans la nuit humide et noire de l'hiver sous la lumière des réverbères étouffée par une pluie vaporeuse.

Dessiner à l'échelle d'un mur oblige le corps à participer quand d'habitude seuls le poignet et les doigts travaillent, une expérience comparable à l'apprentissage d'un nouveau sport, qui contrariait la pose traditionnelle du dessinateur scoliotique sur sa chaise.

Je prenais chaque avancée en photo et la comparais aux versions précédentes. L'image réduite m'aidait à vérifier son équilibre. C'est une erreur de penser qu'on voit mieux en grand. À la taille d'une carte à jouer, une erreur de composition apparaît aussitôt, on ne se perd pas dans les détails, seul l'équilibre des masses émerge.

Tout comme David avec *Le Sacre de Napoléon*, il me fallut arbitrer sur la présence ou l'absence de telle ou tel sur la fresque, question éminemment politique et sensible. J'évaluai les forces en présence. Un cas précis. Fallait-il faire figurer le Voisin, mon voisin, sur la fresque ?

Sans rien de remarquable, sans fonction particulière au sein de la communauté, sa présence ne se justifiait pas. Mais chacun connaît le pouvoir de nuisance d'un voisin humilié et vindicatif. Les querelles de voisinage sont les pires, car l'ennemi est toujours là, dans sa tranchée, il ne reculera pas. Une guerre sans fin de nuisances réciproques s'engage inévitablement, épuisante et qui parfois s'étend au-delà du théâtre d'opérations, car il arrive que les belligérants sollicitent le renfort d'influences extérieures, d'autres voisins, proches ou lointains, alliés plus ou moins puissants qui trouvent naturel de se sentir concernés par un différend au sein de leur communauté. Comment réagirait le Voisin à son absence sur les murs de la salle des fêtes ? Comment réagirait la collectivité devant une présence que rien ne justifiait au détriment d'autres plus méritants ? D'autres membres de la société de l'Île furent l'objet de débats intérieurs du même ordre. L'entrepreneur, par exemple.

Éthique versus *real* politique, une lutte éternelle.

Et je savais que cette étape franchie, les arbitrages tranchés et les choix entérinés, comme dans un jeu de plateforme, de nouvelles difficultés m'attendraient. Ceux qui seraient choisis pour figurer sur la fresque ne pouvaient pas tous faire la même taille et chacun verrait dans sa hauteur une traduction de son poids dans la communauté, comme au Moyen Âge : le plus grand, c'est le chef et ensuite, par ordre d'importance décroissante, on rapetisse jusqu'à ne plus représenter grand-chose. Qu'on soit plus ou moins éloigné dans le paysage n'y change rien. Il existait probablement une taille en dessous de laquelle personne n'avait envie d'être représenté.

J'écrivis sur une feuille que je fixai avec du ruban adhésif sur l'escabeau, “Choisir, c'est déplaire”.

Parfois, derrière une des fenêtres occultées par les sacs poubelles, je devinais une ombre qui tentait d'entrevoir, à travers un bâillement du plastique, l'avancée des travaux.

Au terme de ces longues journées de dessins préparatoires passées à tâtonner, la salle des fêtes ressemblait à un gigantesque dessin-devinette qui attendait que la couleur lui donne un sens, une accumulation de contours au fusain, de patates, d'ovales, de courbes et d'angles, comme les pages à colorier dans les magazines pour enfants.

Et puis j'ai commencé à travailler les fonds, les sous-couches, de grands aplats de couleurs dans la dominante de chaque élément, le végétal, le minéral, le ciel, l'eau, l'architecture.

Je n'étais pas toujours certain de la réalité des couleurs que j'utilisais. La lumière des néons ne m'aidait pas. Les figures dansaient et s'étiraient comme sur une toile du Greco. Il arrivait que les murs se rapprochent ou s'éloignent inexplicablement de mes pinceaux.

Il est rarement question de l'impact de la pratique de l'art contemporain sur la santé, mais la neurotoxicité des peintures modernes est sans l'ombre d'un doute supérieure à celles qu'utilisaient les grands peintres classiques à une époque où les pigments étaient minéraux ou végétaux et où tous les œufs étaient bios. Sinon, Titien et Michel-Ange n'auraient pas vécu jusqu'à quatre-vingt-huit ans.

Je quittais parfois la salle en proie à des vertiges qui allaient jusqu'au vomissement. Seul un verre d'alcool fort me permettait d'en chasser les effets, poison contre poison. En Amazonie, les guides forestiers neutralisent la douleur de la piqûre d'une fourmi de feu par une décharge de pistolet électrique.

À dix-huit heures précises, un verre m'attendait sur le comptoir. C'était mon pistolet électrique.

Les maux de tête et les vertiges disparurent lorsque j'eus l'idée de commander un masque équipé d'un triple filtre avec clapet expiratoire, mais je perdis le bénéfice d'une vision déformée *à la Greco* pour celle d'un humain standard, comme Michel-Ange dont le Greco disait qu'il ne savait pas peindre. La grande famille des artistes.

Bien que n'ayant plus besoin de m'arrêter au Café pour éliminer les effets des vapeurs chimiques, je ne changeai rien à mon habitude d'un shot de contrepoison, comme un vaccin quotidien. Les gens des îles préfèrent les habitudes au changement. Le changement est rarement bon et se présente souvent sous la forme d'ouragans, de tsunamis, de raids de pirates, de réfugiés climatiques, économiques, politiques ou fiscaux, de pollutions aux hydrocarbures, de ruptures d'approvisionnement, de naufrages ou de virus. Les Îliens se méfient du changement parce qu'autour le monde est mouvant et agité et qu'un peu de stabilité ne fait pas de mal.

Il m'arrivait de réécouter la voix de l'actrice comme un morceau de musique qui n'aurait été écrit que pour moi. J'appuyais sur la dent de cheval avec le triangle vert et laissais son timbre rauque envahir l'espace de la pièce.

000 878... *ces femmes de pur dévouement accrochées au bras de celui qui leur promet un avenir biologique et une situation matérielle supérieure, ces cœurs bienveillants qui persuadent leur fils que toute autre femme mérite d'être punie de ne pas être à la hauteur de leur amour de mère. J'ai longtemps été détestée par ces femmes, celles de la génération de maman qui, elle, était fière de moi. Il y avait beaucoup d'amertume chez elles. Elles me voyaient danser sur les tables, changer de partenaires, courir dans la rue, montrer mes fesses, répondre aux hommes, et ça plaisait. Ça plaisait aux étudiants, aux artistes, aux comptables, aux intellectuels et aux maris de ces femmes pour qui c'était une raison de plus de me détester moi et ma génération. Nous apportions une liberté nouvelle à laquelle elles n'avaient pas eu accès. La vie ne pouvait se limiter à s'entourer d'objets. C'était l'envie d'une génération de se sentir exister. Pour elles, c'était trop tard, c'étaient leurs filles qui en profitaient, celles qui ne voulaient pas obéir à leur père, à leur mari et à leur maman. Ces femmes étaient en colère contre ce qu'elles percevaient comme une injustice, même si elles ne se l'avouaient pas. Elles ne pouvaient accepter l'idée qu'elles avaient subi toute leur vie. Elles défendaient l'ordre ancien comme un choix. Elles parlaient de leurs chaînes comme de trophées. On me traitait de "dévergondée", c'était le mot à l'époque, celui qu'on lisait dans la presse. Je prenais ça comme un compliment. Pour eux ça voulait dire "putain" mais le sens c'est "qui n'a pas honte". De quoi j'aurais eu honte ?* – silence – *On a gravé "salope" sur la portière de ma première voiture, une Lancia décapotable. J'ai gardé la voiture avec l'inscription sur la portière. J'ai roulé deux ans avec. C'était ma façon de répondre* – silence – *L'amour n'a*

ni couleur ni sexe. Chacun choisit son chemin et paye l'addition à la fin. Je me moquais de ces femmes, à l'époque. Je les vois maintenant comme des victimes. Je suis passée de la détestation à une forme de compassion. C'est un pas vers la tolérance.

XX

LE PRIX DU SANG

Le cabinet du Dr M. était situé près de la pharmacie et loin du cimetière, ce qui relevait d'une démarche résolument optimiste. Murs blancs, construction moderne, huisseries en aluminium, un étage, le minimum qu'un logiciel d'architecture bon marché pouvait faire.

— Personne suivante ! dit la voix derrière la porte alors que j'étais seul depuis dix minutes dans la salle d'attente, une compresse sur la joue droite.

Je me levai et pénétrai dans le cabinet. Le docteur me tournait le dos et fouillait dans le tiroir d'un meuble en plastique transparent qui laissait voir des seringues emballées, des compresses, et tout le nécessaire pour commettre les erreurs médicales les plus courantes.

Il n'y avait rien sur les murs, ni tableaux des éléments chimiques ni reproduction de Miró, juste une horloge murale avec les deux serpents du caducée qui faisaient la grande et la petite aiguille.

— Asseyez-vous, je suis à vous.

Je m'installai dans un fauteuil et l'assise laissa échapper un bruit qui pouvait laisser penser que je consultais pour des troubles digestifs. J'attendis de devenir la priorité du praticien. Finalement, il tourna vers moi sa tête de cacahuète triste.

— Qu'est-ce qui vous amène ?

Je n'ai pas trouvé sa question très perspicace face à quelqu'un qui tenait une compresse ensanglantée sur la joue.

Il fit le tour de son bureau et vint vers moi. Ses oreilles étaient vraiment petites.

— Laissez-moi voir.

J'enlevai la main et du sang coula sur mon pantalon clair. Le praticien devait savoir, entre le vinaigre blanc, le savon noir et l'eau oxygénée lequel était le plus efficace, mais je n'ai pas osé demander.

— Belle entaille, dit-il comme quelqu'un qui n'a pas la chance d'en voir si souvent. C'est arrivé comment ?

J'expliquai l'inexplicable. Un couteau à enduire avait sauté de l'escabeau pour m'entailler le visage. Comment avait-il acquis cette vie propre, cela ressemblait à une énigme mais n'était qu'un de ces phénomènes paranormaux normaux sur les îles, même partiellement granitiques.

Le docteur ne fit aucun commentaire, prit une loupe serre-tête sur son bureau, la fixa sur son front et examina la blessure avec ses nouveaux yeux de lémurien. Puis il releva ses lunettes grossissantes et ses yeux redevinrent normaux pour des yeux tombants.

— On devrait pouvoir éviter les points. Des strips et un pansement par-dessus devraient suffire, mais il faudra surveiller et revenir.

Je demandai si la cicatrice serait visible et il répondit que ça dépendait de moi.

— Quand elle est coupée, la peau fabrique du collagène pour remplacer la perte de substance. Lorsque la cicatrice se recolle, il arrive que la peau continue à produire du collagène, ça forme un bourrelet, une cicatrice hypertrophique. Pourquoi ça se passe comme ça ? On ne sait pas. Ça dépend de votre métabolisme. Des fois, la cicatrice est en creux.

Il se tourna vers l'armoire magique, ouvrit une enveloppe et en retira une paire de gants en latex qu'il enfila comme pour une transplantation cardiaque. Il prit ensuite un flacon et une pochette de papier qu'il déchira pour en sortir un carré de gaze qu'il imbiba de liquide antiseptique avec lequel il entreprit de nettoyer la plaie. Le liquide coula sur ma joue et dans le cou comme une rivière à la fonte des neiges, avec du sang dilué qui devait tacher le col de ma chemise. Après quoi, l'homme cacahuète ouvrit une autre pochette, pinça les bords de la plaie et colla les mini-bandes adhésives par-dessus comme un logo de chaussures de sport. J'observai ses mains de latex floues travailler sous mon œil.

— En attendant, pas de soleil, hydratez, massez. Si la cicatrice vous gêne, on pourra l'abraser ou la combler.

— La combler avec quoi ? demandai-je.

— Votre propre graisse, prélevée au niveau du ventre.

Je regardai mon ventre et dis que je réfléchirais le moment venu.

Avant de partir, il désigna la tache de sang sur mon pantalon.

— Alcool à 70° sur tissu humide.

L'inconvénient des communautés réduites est qu'elles limitent les possibilités de rencontres. Leur avantage repose en revanche sur l'assurance d'y croiser en permanence des visages familiers. L'inconvénient de cet avantage est qu'on n'a pas toujours envie de tomber sur un visage familier.

Je sortais donc du cabinet du Dr M. quand je tombai nez à nez avec l'entrepreneur qui venait consulter pour quelque chose qui ne se voyait pas de l'extérieur, même si une moustache jaunie par la nicotine pouvait constituer un motif légitime.

— Comment va l'artiste ?

— Il va, dis-je sans vouloir dépenser plus de quatre lettres pour répondre à la tonalité ironique que je percevais dans sa question.

— Alors la déco, dans les temps ?

— Merci de vous préoccuper des délais, c'est nouveau ? je lâchai dans un filet de fiel.

L'entrepreneur sourit comme un joueur de tennis qui accorderait un point litigieux à son adversaire.

— Je ne voulais pas vous blesser. C'est le mot, décoration ? C'est tout de même un peu ça la peinture, c'est pour embellir les murs.

— Vous parliez de Picasso, personne ne trouve *Guernica* “décoratif”.

— Vous n'êtes pas Picasso.

C'était brutal et difficile à contrer. Le lion attaque le zèbre à la jugulaire et le cobra projette son venin dans les yeux de sa proie. Il fallait reconnaître à l'entrepreneur la capacité à identifier le point faible de l'adversaire.

Je lui rappelai qu'il avait voté pour moi.

— Pas beaucoup de candidats. C'est un écrivain qu'il aurait fallu.

— Pour décorer la salle des fêtes ?

— Pour cerner l'Île en profondeur. La littérature permet ça – il tapa du plat de la main sur la poche de sa veste qui fit un bruit de livre à l'intérieur –, je ne dis pas ça parce que j'écris.

— Cerner les choses en profondeur, répétai-je avec une intonation narquoise.

— Dépasser la surface.

J'ai été tenté de répondre que personne n'avait attendu les écrivains pour *cerner les choses en profondeur*, que les écrivains étaient entrés dans l'histoire de l'humanité et celle de l'art en général trente mille ans après les dessinateurs de Chauvet, bien après les premiers musiciens, après les sculpteurs, après tout le monde, mais je me suis arrêté dans ce qui aurait pu ressembler à une bouffée délirante chargée de ressentiment. Je me contentai d'asséner :

— *Il y a des choses qu'on ne trouve pas dans les livres*, et j'ajoutai comme une estocade, Joseph Conrad.

— La peinture est éphémère, elle s'efface, je suis bien placé pour le savoir.

— Les livres brûlent où moisissent dans des caves, dis-je.

L'entrepreneur hocha la tête, regarda sa montre et dit, *oh là, quand c'est l'heure*, et pénétra dans la salle d'attente.

Sur une île, comme sur un navire, une loi ancienne veut qu'on évite les conflits avec ceux qu'on est obligé de fréquenter tous les jours, ou alors comme dans *Colomba* ou sur le *Bounty*, on prend la précaution d'être armé.

Je restai par la suite avec le goût amer de m'être laissé entraîner dans une discussion qui trahissait la tension dans laquelle me mettait le projet de la salle des fêtes. Un artiste véritable ne se serait jamais comporté comme ça. Pas assez de hauteur.

XXI

L'ÎLE AU TRÉSOR

Le printemps tel qu'il existait encore au siècle précédent arriva en février. Dans mon carnet, le pendu de l'avent avait perdu ses deux jambes. Un souffle bienveillant chauffé par un soleil doux circulait dans les jardins, chargé d'une odeur de pins et de résine. Les toiles d'araignées alourdies par la rosée scintillaient dans la lumière matinale. La confrérie des boules de poils rebondissait dans le jardin, petits et grands se retrouvaient autour du figuier pour goûter l'herbe neuve et se poursuivre dans des courses d'une rapidité de jeunes chats. Le figuier offrait à la brise son odeur de printemps qui n'est pas la même que celle de l'été parce qu'entre-temps le figuier mâle prend l'odeur du figuier femelle pour confondre les insectes pollinisateurs et permettre la reproduction. Les mésanges, les rouges-gorges et les pies traversaient le jardin avec dans le bec des matériaux de construction pour la rénovation de leur habitat, brindilles, fils de tissu, élastiques, sections de câbles électriques. Les tourterelles secouaient leurs ailes en roucoulant dans les branches et les merles sifflotaient des chansons de merle dans un esprit Cendrillon.

Une compétition de bleus envahit les jardins, dont certains bien en avance, la pervenche, la lavande, le lin, la jacinthe, la véronique, des bleus électriques, des bleus pâles et des bleus denses. L'océan avait pris un bleu outremer, et le chenal une alternance de turquoise et de bleu royal. Le ciel avait choisi un bleu ciel. Je repris des notes et des photos de ce monde nouveau et réalisai, comme au sortir d'une séance d'hypnose, que la tonalité de la fresque commencée aux heures les plus blafardes d'un hiver sans ombre était empreinte, à force de variations de gris, de verts et de noirs, d'une mélancolie sourde.

J'allais devoir égayer tout ça.

Est-ce parce que le mois de février est le plus court du calendrier qu'il s'est senti cette année-là l'envie de prouver qu'il pouvait être aussi riche en événements que les autres ? Après que la Navette de l'architecte eut dégringolé de sa position avancée et souligné ainsi la fragilité de toute chose sur terre, c'est l'Histoire avec sa majuscule qui se rappela au bon souvenir des insulaires.

Les gens des îles ont pour habitude d'éviter les terrasses de café parce qu'un homme véritable reste debout, ne s'assoit que pour manger et ne s'allonge que pour dormir ou pour mourir. Ils s'installent au comptoir, au contact du patron, seul habilité à faire crédit ou à effacer une ardoise, pouvoir que n'a pas un serveur en terrasse. Les terrasses sont faites pour les gens qui paient comptant et qui sont fatigués – les gens terrassés.

Mais ce jour-là, l'appel d'un soleil absent depuis si longtemps avait eu raison de cette habitude. Sur le port, les traditionnels mécènes du Café avaient pris leurs quartiers à la terrasse débâchée du Vent du Sud. Le pêcheur à la barbe d'Hemingway, le postier avec ses sourcils en métal, l'homme au nez bleu, sans bonnet à cause du soleil, l'employé de mairie, le Voisin, le cuisinier du Grand Large, un homme pas très grand avec des yeux noirs et vifs et le pilote en second du traversier qui portait sa casquette de marin à ancre dorée qui lui valait une présence enviable sur les réseaux sociaux. L'Ancre Seiche avait sorti ses tables-barriques et l'un des jumeaux dans un tee-shirt blanc avec une cocarde de la RAF bleu blanc rouge délavée, comme un squelette de *mod* sans son scooter, attendait son double, assis sur un tonnelet face aux deux Menthes Religieuses posées devant lui.

Une certaine agitation semblait régner à la terrasse du Vent du Sud. Le Voisin me fit signe et je me joignis au groupe.

Je tirai une chaise à l'ombre du parasol communautaire et levai la main en direction du serveur pour me mettre à l'unisson de l'assemblée. J'adressai un bonjour collectif à la tablée et les autres firent salut, salut, et même l'employé cubique qui était pourtant occupé à brosser des miettes de chips sur son pantalon dit salut. Le pilote avec sa casquette de capitaine Haddock se contenta d'un index sur le bord de sa visière.

— On a retrouvé le trésor ! dit le Voisin.

— À c'qui paraît, tempéra le pilote, à c'qui paraît.

Passé les premières secondes qui permettent aux mots de se déposer dans l'aire de Wernicke comme le marc au fond d'une tasse et de prendre leur sens, j'écarquillai les yeux, et ouvris la bouche, ce qui était la moindre des choses.

Je ne demandai pas de quel trésor il s'agissait puisqu'il n'y avait qu'un seul trésor, LE trésor, celui de Condent. Le plongeur dit *Dans le jardin du maçon* et je compris qu'il parlait du jardin du pendu qui, même mort, resterait maçon à vie. Je demandai si *À c'qui paraît* voulait dire que c'était pas sûr et l'homme à la cyanose dit avec un rictus *Ça veut dire que c'est presque sûr.*

Je pensai alors ce qu'avait déjà dû penser tout le monde avant moi, le maçon se serait-il suicidé s'il avait su qu'un trésor était enterré dans son jardin ?

Je comptai sur la circularité des conversations insulaires pour combler les trous dans un récit entamé en mon absence. Les îles enseignent la patience, pas uniquement à cause du temps que prennent les vis et autres matériaux à arriver. C'est la leçon des envahisseurs. Phéniciens, Phocéens, Carthaginois, Grecs, Romains, Arabes, Vandales, Byzantins, Ostrogoths, Sarrasins, Espagnols, Génois, Turcs, Italiens, Normands, Allemands, Américains et touristes sont passés sur tout ce qui émerge en Méditerranée et en sont repartis. Les habitants de ces îles savent mieux que personne que ce n'est qu'une question de temps, que ça ne sert à rien de s'agiter, l'envahisseur se lasse toujours ou alors devient îlien lui-même. C'est de là que naît la fierté insulaire, du temps qui leur donne raison.

J'attendis donc, bien décidé à me comporter en Îlien ; les réponses arrivèrent l'une après l'autre.

C'est le cuisinier du Grand Large qui lança le nom de celui qui avait trouvé le trésor, parce que tout partait de là, de la découverte, même s'il fallait être prudent étant donné que personne autour de la table n'avait rien vu de ses yeux pour l'instant.

S'il fallait définitivement enterrer l'idée qu'il existe une justice en ce monde, il me suffira de dire que l'homme qui avait découvert le presque sûrement trésor du pirate Christopher Condent et s'était trouvé au bon endroit au bon moment était un homme qui, dans le cadre de ses obligations contractuelles et professionnelles, n'était jamais au bon endroit au bon moment, ne répondait pas aux messages de ses clients et se moquait de leur détresse, cet homme qui ne respectait rien ni personne n'était autre que le réparateur de Chaudières & Chaleur humaine.

C'est lui que la Providence avait choisi de récompenser. Un type du continent.

L'agence immobilière chargée de vendre la maison du maçon avait contacté son prestataire habituel en vue d'un diagnostic chauffage et plomberie. Mais les chauffagistes ont semble-t-il le droit à une vie privée et le prestataire habituel s'apprêtait à convoler avec une cheffe d'entreprise divorcée rencontrée lors d'un stage de danse country, si bien que l'agence avait confié la mission à un occasionnel qui opérait aussi sur l'Île, l'homme de Chaudières & Chaleur humaine.

— En cherchant l'évent de la cuve dans le jardin, il a vu un tube qui dépassait, dit l'employé.

— Un drôle de tube, précisa le Voisin.

— Un canon de pistolet d'époque, dit l'employé sans préciser de quelle époque.

Par petites touches, les informations me furent délivrées autant pour m'informer des conditions de la découverte que pour le plaisir enfantin qu'avaient les participants à se répéter l'histoire encore une fois.

Le réparateur avait déterré le pistolet et comme la curiosité est une seconde nature chez ceux dont le métier est de rechercher l'origine des pannes, il avait agrandi le trou.

— Et là, des lambeaux de tissu et des os.

— Des os ? dis-je parce qu'il y a des moments où on a envie de savoir sans attendre que les choses arrivent par bribes.

— Un crâne, dit le cuisinier du Grand Large avec du mystère dans la voix en plissant les paupières sur ses yeux noirs.

— Et une croix, putain, en or, ajouta le pêcheur, avec des pierres précieuses, et il passa une main dans sa barbe comme si ça l'aidait à imaginer.

— Y a plein de pierres pas précieuses qui ressemblent à des précieuses et qu'en sont pas, dit le Voisin, l'or c'est pareil.

— Le maire a été prévenu, dit l'employé avec l'autorité de celui qui était bien placé pour en parler. Des spécialistes du continent sont venus pour creuser, des experts en choses enterrées.

— Des archéologues, dit le Voisin.

— C'est ça, confirma l'employé.

La croix était grande, en or et sertie de pierres précieuses. À ce stade on n'en savait pas plus.

— Grande comme ça, et l'employé montra la longueur de son bras depuis l'épaule. Il ajouta : C'est le maire qui m'a montré, son bras à lui est plus long que le mien.

— Le maire a le bras plus long, c'est sûr, dit le Voisin qui recueillit quelques rires solidaires.

— Mais la croix, tu l'as pas vue, dit le pêcheur.

— Pas directement, dit l'employé, les archéologues l'ont enveloppée comme un sarcophage.

— À qui elle appartient maintenant ? demandai-je.

Le cuisiner du Grand Large hocha la tête avec l'expression de celui qui connaissait déjà la réponse. L'employé dit :

— Même question que tout à l'heure – il regarda le cuisinier du Grand Large –, même réponse, et il récita : "si la découverte est fortuite et qu'elle a lieu sur un bien dont le découvreur est propriétaire, alors le trésor lui appartient."

— Il est plus propriétaire s'il est mort, rappela le Voisin.

— C'est la sœur, maintenant.

L'employé leva un index court.

— "Si la découverte est faite par quelqu'un d'autre, c'est moitié pour le propriétaire, moitié pour le découvreur."

— Et si c'est un trésor historique, récita le cuisinier du Grand Large qui avait déjà assisté au cours, celui qui le découvre doit le prêter à l'État pendant cinq ans.

— Un macchabée et une croix, dit le pilote, ça fait pas un trésor.

— Il y avait peut-être d'autres bijoux, ou des pièces ? dit le pêcheur.

Comme chacun avait son opinion sur l'honnêteté des réparateurs de chaudières, tout le monde convint que rien ne s'opposait à ce qu'il y ait eu d'autres objets de valeur que la croix dans le trou, ce qui pour le coup en faisait vraiment un trésor.

Le pistolet, la croix et le squelette avaient quitté l'Île le jour même pour être analysés sur le continent au

Centre d'histoire et d'archéologie régional, et les ossements furent remis à l'Institut universitaire d'anthropologie médicolégale.

L'histoire s'arrêtait là et dans les yeux de chacun on pouvait lire un impatient "à suivre".

Le pilote souleva sa casquette par la visière et l'agita en direction du serveur. Quelques minutes plus tard, de nouvelles boissons arrivèrent accompagnées d'amandes grillées dans un bol blanc avec écrit dessus *Le Vent du Sud* en bleu.

XXII

EXTENSION DE LA GAMME PRODUITS

Les résultats de l'expertise du pistolet et de la croix furent connus bien avant ceux des ossements. Le pistolet était une arme française à silex et percussion du début du XVIIIe avec garniture en laiton et crosse à la française. La croix était de facture portugaise et datait de la même époque. Elle mesurait soixante-trois centimètres de long, quarante et un de large et pesait vingt-sept kilos et deux cent cinquante-trois grammes. Elle était en or jaune, sertie de diamants extraits des mines de Golconde en Inde, d'émeraudes et de rubis brésiliens, agencés selon un motif géométrique et une symbolique classique, le diamant pour l'éternité, l'émeraude pour la puissance et le rubis pour la braise que l'obscurité ne peut vaincre.

En l'absence de tout document ou signature accompagnant la découverte, que les experts se gardaient d'appeler *trésor*, ce terme n'ayant aucune valeur scientifique, le rapport d'expertise concluait que rien ne permettait de relier la croix ou le pistolet au pirate Christopher Condent.

Mais cela faisait quelque temps déjà que les gens n'écoutaient plus les hommes de science et la double évidence s'installa dans l'esprit du plus grand nombre qu'il s'agissait bien d'un trésor et qu'il appartenait bien au pirate puisqu'il n'y avait pas d'autre trésor sur l'Île.

Les jours suivants, la photo de la croix envahit les écrans et les éditions papier des journaux et magazines. Une revue d'histoire, qui d'ordinaire alternait ses unes entre *Le Trésor des nazis* et *Le Trésor des templiers*, lui consacra un supplément spécial sous le titre *Le Trésor du pirate*. La même semaine, un hebdomadaire qui s'intéressait avec constance au pouvoir des francs-maçons et au plan B des ultra-riches consacra un dossier de six pages aux plus grandes merveilles joaillières du monde et la croix figurait dans un palmarès où étaient présents le masque d'Agamemnon, le calice d'Ardagh, La Peregrina et le Cœur de l'Océan.

À la suite de quoi, Lenny commanda à la république populaire de Chine un lot de mille quatre cent cinquante répliques en plastique de la croix à taille réelle, et deux cents exemplaires en plaqué or incrustés d'éclats de verre taillés, en format “pendentif” au bout d'une chaîne en acier inoxydable à porter autour du cou.

— Pour les filles, dit Lenny en clignant d'un des deux yeux, j'élargis ma base clients.

Haricots rouges en boîte, steak haché, parallélépipède de fromage synthétique, fumée blanche dans la cheminée et dans la pièce. J'appuyai sur le triangle vert, une façon de ne pas manger seul.

Maman est partie le jour de mes vingt et un ans. Les médecins ont dit que son cœur était usé. Peut-être que les cœurs trop grands s'usent plus vite. J'ai pu être avec elle. Elle pensait encore à papa, après toutes ces années, elle y pensait tous les jours. Elle était rassurée que je n'aie plus besoin d'elle. Elle a dit que c'était à moi de prendre soin de mon frère maintenant. Il ne restait que lui, mon petit frère. Nous aimions les mêmes jeux et nous avions le même avis sur les gens. Il a vécu mes premiers tournages comme un abandon. À la mort de maman, j'ai voulu qu'il me rejoigne. Il passait me voir sur les plateaux, il s'intéressait aux lumières, il parlait avec l'habilleuse, le décorateur, les machinistes. Il n'avait jamais l'air d'avoir été imposé, c'était sa gentillesse. Il avait ce talent de savoir parler avec tout le monde de façon drôle et personnelle. Personne ne l'impressionnait. Il n'était pas sensible à la célébrité. Un réalisateur s'est mis en tête de le faire jouer. Il a passé un essai. Le film ne s'est pas fait, comme cela arrive souvent, mais je crois que l'essai n'était pas très bon. C'est à partir de ce moment-là qu'il a décidé qu'il ne pourrait pas toujours m'accompagner. Il disait qu'il ne voulait pas être le gigolo de sa sœur et qu'il n'allait pas passer sa vie comme confident de tous les névrosés que comptait le cinéma. Ça lui ressemblait de dire ce genre de chose.

J'appuyai sur le carré rouge et la bande s'arrêta. J'ouvris la fenêtre et la fumée s'enfuit dans le jardin comme un génie qui regagne sa lampe. Je me mis à ma table et réfléchis au plan de travail du lendemain.

XXIII

MÉDUSES ET RECYCLAGE

En avril, une chaleur douce et enveloppante s'insinua dans les jardins, un air chaud qui sécha les mousses sur les murets plus vite qu'un drap sur un fil. Les lapins en prenaient à leur aise et laissaient des touffes de leur ancien pelage sur les herbes et les chardons.

Je retournai à la plage. La baie des Cochons – *Terre de broussailles aux doigts d'enfants, / De mille fruits, de mille baies* – offrait une virgule de sable fin qui se teignait progressivement de bleu en s'enfonçant dans le chenal. On y accédait par un raidillon entre deux prairies d'herbe rase et je m'y rendais à l'heure du déjeuner après ma matinée de travail. La plage était déserte à cette époque et je ressentais l'envie de me laver de la brume chimique qui imprégnait mes vêtements, ma peau et mes cheveux malgré la combinaison. Je me déshabillais et j'avançais dans le chenal qui avait la fraîcheur d'une rivière, jusqu'à me submerger entièrement. Je nageais quelques minutes, je ressortais et je me laissais tomber sur le sable les bras en croix pour reposer mon dos. Peindre le bras levé peut se révéler pénible, mais peindre au niveau du sol, en se baissant ou accroupi, est une torture bien plus efficace car elle sollicite l'intégralité de la colonne vertébrale, de la nuque au scrotum, les quadriceps, les ischio-jambiers et les mollets. J'aurais pu me contenter de commencer la fresque à hauteur de la taille ou des épaules, comme Raphaël dans la chambre des Signatures au Vatican, mais je refusais que mes débuts dans l'art soient placés sous le signe de la facilité et de l'accommodement qui sont le terreau de l'amertume et du regret. On ne peut jamais refaire bien ce que l'on a fait mal, car le mal est fait, on fait autre chose.

La plage m'apportait ce vide dont j'aimais me remplir. Étendu sous le ciel, je fermais les yeux et ne pensais à rien, ni à l'échec passé ni à celui à venir. Le vent se levait parfois et projetait des milliers de grains de sable à la surface de la plage sur mes cuisses, mes flancs et mon cou, comme autant de projectiles minuscules dont les morsures stimulaient mon réseau microcirculatoire. L'image de la maraîchère dans les vagues me visitait souvent.

Le soir, je fumais dans le jardin, sur un espace sans chardons, en périphérie de la Voie lactée à vingt-sept mille années-lumière du noyau galactique. Je respirais l'odeur nostalgique et laiteuse du figuier et j'écoutais les premiers hululements de la chouette qui est à la nuit ce que le coq est au jour. Vénus sortait du crépuscule, puis les étoiles surgissaient, Sirius, Arcturus, Aldébaran, les constellations s'organisaient, Andromède, Cassiopée, Orion. Il m'était difficile, alors, de ne pas penser à *La Galaxie aux Mille Soleils*.

Les méduses se présentèrent en avance sur l'horaire. D'ordinaire, elles choisissaient l'été comme tout le monde. Elles arrivèrent en si grand nombre que le phénomène introduisit une actualité bienvenue dans la circularité des conversations quotidiennes. C'est le pêcheur qui donna l'alerte. Un gigantesque banc de méduses dérivait dans le courant du chenal. Le lendemain, on les retrouva échouées sur les plages. Elles recouvraient le sable d'un tapis gluant comme de la gelée de rose sur une tartine.

La mairie mit en place une brigade spéciale d'intervention dont Dosto était l'unique représentant, avec allocation d'une tractopelle pour déblayer les plages touchées. Tout le monde pria pour qu'aucun couple d'écureuils n'apparaisse pendant que Dosto maniait l'engin.

Le nombre considérable de gélatineuses posa la question de leur recyclage. Le conseil municipal s'accorda sur la nécessité d'une alternative à leur crémation polluante dans la décharge. Pourquoi une telle matière n'était-elle pas mieux exploitée ?

Le maire organisa une consultation citoyenne et l'employé installa une boîte à idées à côté de la porte de la mairie sur laquelle était écrit “Médusez-nous avec vos idées de recyclage !”. Les pistes proposées furent soumises à l'évaluation du conseil municipal et c'est le maire lui-même qui se chargea du dépouillement et de la lecture des messages glissés dans la boîte.

• Pourquoi ne pas extraire le collagène des méduses et se lancer dans la fabrication de crèmes antirides ?

• Il n'y a qu'à en faire des semelles amortissantes pour les chaussures de sport.

• Réduisons ces saletés en poudre et utilisons-les comme engrais.

• Il suffit d'en remplir des sacs étanches et de les utiliser comme pare-battages de bateaux.

• Je propose d'isoler les protéines luminescentes pour éclairer les chemins et le bord du quai sur le port pour éviter les accidents la nuit.

• Les commercialiser sous forme de prothèses mammaires.

• Les remettre à l'eau pour nourrir les poissons.

À la suite de cette expérience primitive de *design-thinking*, aucune des propositions ne fut retenue. La piste des protéines phosphorescentes, pourtant prometteuse, supposait un programme de recherche dont la mairie n'avait pas les moyens. *Idem* pour les propriétés cosmétiques d'un animal, rappelons-le, au fort pouvoir urticant. Quant à la poudre de méduse, personne n'était capable de dire si elle favorisait la croissance des plantes ou si elle les tuait. Des pare-battages remplis de méduses ? Trop lourds à manipuler. L'idée des prothèses mammaires n'eut droit qu'à un lever de sourcils du maire et ne fut pas discutée, pas plus que celle des semelles amortissantes. L'élu refusa *pour des raisons biologiques, écologiques et sanitaires et solidaires évidentes*, de rejeter dans l'océan une telle masse de cadavres. Fermez le ban.

L'employé suggéra d'introduire des thons dans le chenal, un prédateur naturel des méduses, pour prévenir une prochaine invasion. Le pêcheur répondit que l'océan était un milieu ouvert et que les thons n'allaient pas rester dans le coin sans rien faire pendant un an à attendre que des méduses se ramènent.

— Sinon ils seraient déjà là.

L'unique véritable tentative de recyclage des méduses eut lieu à l'initiative du poissonnier qui proposa la semaine suivante, à côté de ses poissons et crustacés habituels, une “offre traiteur” qui intégrait une salade de méduses à l’indonésienne, coupées en lanières et marinées dans du citron vert, accompagnée de concombres, de menthe et d’oignons, une soupe de méduses à la tomate et à la bisque de homard assaisonnée au paprika doux, et un dessert de méduses mixées au miel et à la lavande. L’entrée, le plat et le dessert étaient réunis sous une mini-banderole qui promettait *La gelée de la mer* – expression qu’il estimait plus porteuse que le mot méduse – *source d’étonnement*.

Tout le monde s’empressa de féliciter le poissonnier pour son esprit entrepreneurial et le caractère novateur et créatif de sa proposition. Cependant, l’offre disparut de l’étal le marché suivant, n’ayant trouvé preneur qu’auprès d’un touriste persuadé qu’il avait affaire à une spécialité locale traditionnelle.

Le postier prétendit avoir découvert le sac contenant le menu *Gelée de la mer* pratiquement intact dans la poubelle du port, près de l’embarcadère. Personne ne demanda au préposé ce qu’il cherchait dans les poubelles.

XXIV

RÉVÉLATIONS

Les conclusions de l'autopsie du squelette trouvé dans le jardin du maçon parurent dans le supplément dominical de *L'Océan*, un journal du continent que les insulaires pouvaient se procurer dès la première rotation du traversier le matin à sept heures. Les révélations y étaient nombreuses et de qualité, ce qui dédommageait de l'attente. Sur la place du Marché, Îliens et Secondaires se saluaient en montrant le journal, comme pour témoigner de leur intérêt partagé pour l'histoire insulaire. Le maire déambulait entre les uns et les autres dans une chemise en soie citron vert et un pantalon dans la complémentaire corail orangé. On le sentait satisfait que tout ça arrive sur sa commune plutôt qu'ailleurs.

Je franchis la cinquantaine de mètres qui me séparaient de la camionnette de la maraîchère et, le temps de me retrouver en tête de file, j'étais au courant de l'essentiel entre propos rapportés et paroles prises au vol dans ce qui était la grande conversation générale, dont les informations circulaient entre les stands à la vitesse d'un accélérateur de particules. L'article de *L'Océan*, que je lus par la suite, n'apporta que des précisions techniques à ma connaissance de l'affaire. Il était intitulé *L'Énigme de la femme à la croix*.

L'analyse du squelette et les études microbiologiques révélèrent que le sujet était une femme d'environ vingt-cinq ans qui souffrait d'anémie pernicieuse, une carence en vitamines B12 et B9, due à une mauvaise absorption dans l'intestin grêle. Il apparaissait que sur ce terrain favorable, elle avait contracté le scorbut, une carence en vitamine C qui cause le déchaussement des dents, des hémorragies et entraîne la mort. Pourtant la défunte n'était morte ni d'anémie ni du scorbut, mais d'une balle qui lui avait fracassé l'os temporal gauche et dont on avait retrouvé la boule de plomb à l'intérieur du crâne. La balistique avait déterminé que le projectile provenait du pistolet avec lequel la femme avait été enterrée. La légère asymétrie des humérus et radius des deux bras permettait de ranger la défunte dans la catégorie des droitières et rendait peu probable la perspective d'un suicide à moins d'avoir affaire à une contorsionniste qui, une fois morte, se serait enterrée. Une photo du crâne troué et la croix en or en médaillon illustraient le rapport.

La semaine qui suivit la publication du rapport d'autopsie fut consacrée par la communauté à échafauder une théorie qui permettrait de résoudre la fameuse énigme. Malgré la quantité et la diversité des contributions, l'une d'elles invoquait un *télescopage d'univers parallèles*, aucune ne fut jugée véritablement convaincante.

Les jours passaient, fragmentés par les rituels : la salle des fêtes, le Café, baignade, jardin, et la voix de l'actrice en pointillé dont je connaissais maintenant les trente minutes de monologue presque par cœur. Elle n'avait jamais refusé les expériences, disait-elle, mais avait su se protéger de situations qui auraient pu l'atteindre. *Malgré quelques écarts que les journaux se plaisaient à relayer,* elle n'avait jamais basculé dans l'addiction. Elle disait tenir cette prudence de sa mère. Toutes les décapotables ne finissent pas fracassées en bas d'une corniche ou contre un platane.

À trente ans, j'ai franchi l'Atlantique. Je ne suis pas la seule à l'avoir fait, nous sommes toutes parties, toutes celles qui parlaient plus ou moins anglais. Nous sommes toutes revenues, malgré le confort et les moyens qui nous entouraient. Aucune de nous n'a réussi à faire un seul bon film en Amérique, ce n'est pas dur à vérifier. Ni un seul film qui ait marché.

Le temps où les Européens fabriquaient le cinéma américain était loin. Nous avons pris un train qui arrivait à son terminus. Le premier film projeté dans une salle avec un public montrait exactement ça, un train qui arrivait en gare. C'était un film prémonitoire, il inaugurait le cinéma avec une fin.

Et puis, la pellicule a disparu, la matière de l'image a disparu. Après, ce n'est plus du cinéma, même si ça a le même nom. Les cinéastes sont devenus comme les chanteurs d'opéra ou les fondeurs de cloches, une espèce apparue avec les frères Lumière qui s'éteint.

Il faut se résigner à voir disparaître ce qu'on aime et se consoler à l'idée que ce qu'on n'aime pas disparaîtra aussi. Je n'ai pas de nostalgie, ça ne sert à rien.

Elle revenait à son métier. *Le cinéma n'est plus qu'une collection de citations. Je suis l'auteure d'une de ces formules.* Je m'ennuie quand je mange *n'était pas dans le texte.*

Elle racontait, *Une nuit sans vous*, fin de la première journée de tournage, les techniciens qui remballent et le producteur qui annonce devant toute l'équipe qu'il l'invite à dîner. *Je m'ennuie quand je mange, j'ai répondu et j'ai ajouté en quittant le set, allons plutôt à l'hôtel.* Elle avait ponctué la phrase avec une espèce de hoquet dont je ne savais pas s'il appartenait à la réplique, comme un bruit de gorge provocant. *Je m'en suis sortie comme ça. Autant dire que ça a rafraîchi ses ardeurs.* Le lendemain la phrase circulait sur le plateau. Tout le monde la reprenait. Le réalisateur l'intégra au film, la scène n'était pas dans le plan de travail. Tournage de nuit, les néons des bars, le trottoir mouillé, la scène que tout le monde connaît.

— *Vous êtes belle ce soir.*

— *Vous voulez dire quand il fait nuit ?*

— *Ça n'est pas ce que je voulais dire.*

— *Les hommes ne disent jamais ce qu'ils veulent dire.*

— *Vous en connaissez beaucoup ?*

— *Beaucoup, c'est à partir de combien ?*

— *Allons dîner.*

— *Je m'ennuie quand je mange, allons plutôt à l'hôtel.*

XXV

PUTOS VORTEX

Quand l'été arriva, personne ne s'en rendit compte, parce qu'il était là depuis le printemps. Une main invisible se contenta de monter le thermostat sur 8 et l'Île bascula dans la saison des grillons dont le chant effaça d'un coup jusqu'au souvenir de la pluie, de la brume, de l'hiver et de son humidité. L'été sec et radieux des cultes païens s'installa. Les jaunes explosèrent dans les jardins, au bord des routes et dans les champs, les ajoncs, les genêts, les fleurs de millepertuis, les plantes à curry, la sauge, l'aneth, l'arnica et les capucines.

L'Île s'anima d'une vie nouvelle. Les touristes commencèrent à circuler, par petits groupes, chaussés pour la marche, des éclaireurs du troisième âge équipés de bâtons pour que les bras travaillent aussi, méthode globale, et des familles avec enfant en bas âge non soumis aux rythmes scolaires.

Sur le port, des tables et des chaises neuves vinrent étendre les terrasses. Le Vent du Sud et Le Bar de l'Océan avaient changé la toile de leurs parasols et choisi un bleu outremer élégant. Celui de La Palme avait disposé des sets de table jaune orangé qui donnaient une visibilité nouvelle à son emplacement. À L'Ancre Seiche, on n'avait rien changé, c'était toujours les deux mêmes tonneaux à l'extérieur avec les tonnelets autour comme une petite famille.

Les visiteurs récemment débarqués prenaient des forces avant d'attaquer le tour de l'Île et tentaient de deviner sur le visage de ceux qui repartaient par le traversier si l'expérience valait la peine.

Les Secondaires lisaient le journal, se saluaient d'un signe de tête entendu, comme de vraies gens qui avaient de vraies habitudes, comme s'ils étaient là depuis mille ans et que leurs ancêtres, déjà, lisaient le même journal à la même place, et ils affichaient cet air détaché qui les distinguait des touristes qu'inquiétait toujours l'idée de se perdre dans l'Île, de ne trouver ni point d'eau ni toilettes et de rater le dernier bateau.

Les commerces se mirent peu à peu à l'heure de la saison haute et l'on vit sortir, comme des escargots après la pluie, bijoux artisanaux, souvenirs artisanaux, denrées artisanales, bracelets en cuir ou tressés, porte-clefs en coquillages, sous-bocks et sets de table avec découpe en forme de l'Île, saladiers en bois d'olivier, cendriers en céramique, presse-papiers et blocs-portes en granit, nappes en lin et savons au sel de mer, dans des caisses en bois, des paniers en osier, des seaux en zinc ou sur des étagères grossières pour appâter le promeneur qui trouvait là l'occasion de concilier plaisir de la consommation et soutien à l'artisanat local, même si la production proposée était importée du continent, voire de plus loin encore. La Galerie renoua avec ses dégustations de sangria qui donnaient un air de vernissage perpétuel à son activité et mettaient les dégustateurs dans de meilleures dispositions pour investir dans les aquarelles de régates et les objets d'art en verre filé.

La date de l'inauguration approchait et je quittais la salle des fêtes de plus en plus tard pour nager dans les dernières lueurs du jour. Les vrais Îliens ne vont pas à la plage. Ils ne savent pas nager ou alors très mal. Si l'on excepte l'Angleterre et l'Australie, aucune île n'a jamais donné aucun champion de natation. Les gens des îles se méfient de la mer parce que le danger vient de la mer, les Tainos en ont fait l'expérience avec Colomb. La moindre plage, la moindre crique devient un point possible de débarquement, une potentielle baie des Cochons, la vraie. C'est ce qui explique le caractère méfiant des insulaires. Quand on vit sur une île, le principal intérêt de la mer réside dans le fait qu'il y a à manger dedans. Le reste n'est que source d'ennuis.

À l'inverse, les gens qui peuplent le continent ont tendance à voir dans l'océan une promesse d'avenir et d'aventure et non une menace, mais si on considère ce qui est arrivé aux Aztèques au Mexique, aux populations côtières d'Afrique de l'Ouest aux XVIIe, XVIIIe et XIXe siècles ou aux Allemands en Normandie, ils ont probablement tort.

Je quittai la salle des fêtes au moment de la bascule du jour. L'air était tiède et la nuit claire, les visiteurs du jour repartis sur le continent et les insulaires chez eux ou dans leur chambre d'hôtel, déjà rentrés ou pas encore ressortis. La place Centrale, les rues périphériques, le port, le Village dans son ensemble, étaient pour un instant désertés. À mesure que j'avançais sur la route des plages, le ciel se peuplait, Véga, Altaïr, Epsilon et la terre renvoyait la chaleur de la journée vers l'espace transparent et la nuit pouvait laisser croire que le monde était en paix, partout.

Je perçus l'odeur du feu avant d'apercevoir le paquet d'escarbilles qui montaient vers les étoiles et les milliers de satellites en orbite. Tupac se tenait à genoux sur le sable, torse nu, devant un trou de feu et une grille sur laquelle il avait disposé des poissons. Il portait un jean, des sandales de cuir et une casquette de baseball d'où dépassaient des cheveux noirs qui brillaient comme les sillons d'un vinyle à la lumière des flammes.

Chaque année, du début de l'été à la mi-septembre, Tupac prenait ses quartiers sur l'Île. En tant que chaman péruvien, il y organisait des séminaires d'entreprises et des stages sur le chamanisme précolombien. Les sessions duraient trois jours ou une semaine et se tenaient à la nuit tombée sur la lande qui surplombait la plage des Amours. Les participants logeaient dans l'école transformée en dortoir et voisinaient avec les participants aux stages de plongée, de voile et de théâtre. Tupac dispensait un enseignement général destiné à ouvrir les chakras, avec remerciements aux différents éléments de la terre, à commencer par Pachamama, la terre elle-même, et bien sûr Inti, le soleil, fils de Viracocha.

Tupac se vantait d'avoir visité beaucoup d'endroits dans de nombreux pays, mais cette île, disait-il, était vraiment *muy especial, muy muy especial.*

Il vivait à l'année sur le continent avec une courtière en assurances divorcée, rencontrée quinze ans plus tôt alors qu'ils assistaient à une conférence sur les entretiens entre Carl Gustav Jung et l'Indien Antonio Mirabal, surnommé Lac des Montagnes, chef de la tribu hopi.

Une ancienne rumeur l'avait accusé d'organiser des cérémonies d'initiation clandestines à l'ayahuasca, la fameuse liane sacrée aux pouvoirs purificateurs, c'est-à-dire laxatifs, et hallucinogènes. À l'origine de ce bruit, la découverte dans le bois au Cerf au petit matin, par un ouvrier forestier, d'un jeune homme, un Îlien entièrement nu, qui tenait des propos plus ou moins cohérents où il était question de messages venus de l'au-delà et de visions de serpents. La rumeur s'éteignit quelques mois plus tard, quand le même jeune homme fut récupéré dans le même état, au milieu de la route qui menait au Hameau, un flacon de cinquante grammes de kétamine à la main, un analgésique utilisé en chirurgie vétérinaire connu pour la puissance de ses effets hallucinatoires. Pour éloignées qu'elles soient, les îles ne sont pas hermétiques à la modernité et à ses produits dérivés.

— *Hola*, dit Tupac sans détourner les yeux des braises qui rougissaient son visage.

— *Hola*, répondis-je dans le même espagnol minimal.

Je m'approchai et laissai le sable rentrer à grandes coulures dans mes chaussures tandis que Tupac retournait les poissons sur la grille.

— Saupe, dit-il en montrant sur la grille quatre poissons rayés jaunes comme des daurades.

Je regardai les saupes et pris l'expression de celui que le spectacle mettait en appétit. Tupac sortit deux assiettes en carton d'un sac en tissu posé à ses pieds, souleva un des poissons avec une spatule et le déposa dans une assiette qu'il me tendit. Je m'assis en tailleur sur le sable et commençai à détacher les flancs du poisson avec les doigts. Tupac désigna le chenal :

— Les sîles sont des corrps bivantes, il faut faire trrès atenciòn quand on monte déssous.

— Dessus, je corrigeai.

— Oui, déssous.

Le barbecue, s'il n'entre pas dans les pratiques traditionnelles des chamans péruviens, n'en constitue pas moins la survivance d'une liturgie ancienne, une cérémonie socialisante universelle de grande importance, les hommes, le feu, le partage de la nourriture. Contrairement au rire dont sont capables le chimpanzé et même le rat dès lors qu'on les chatouille, le barbecue est le propre de l'homme. Aucun autre animal ne pratique ce rituel qui consiste à parler à quelqu'un en surveillant la cuisson de saucisses ou de côtelettes.

La chair du poisson était grasse avec un goût de vase, comme la carpe, quand je la mis dans ma bouche.

— L'invissible est oune réalité qui nous aide à comprrendre lé monde, dit Tupac en regardant les eaux du détroit qui disparaissaient dans la nuit.

Tupac faisait-il des efforts pour garder son accent, comme certains chanteurs pour conserver la touche d'exotisme qui avait contribué à leur succès ?

Je répondis que l'invisible n'était pas facile à peindre.

— L'artiste est oun explorateurr, oun guide chargé de dévoiler les rréalités cassées ?

— Cachées.

— Oui, cassées. Mais pour cela il doit accepter le boyage…

Il laissa la phrase en suspens et fit un geste au-delà du chenal noir en direction des premières lumières du continent. Je ne répondis rien, j'avais la bouche pleine et me contentai d'un grognement étouffé.

Tupac sourit en découvrant ses dents très grosses et très blanches, fouilla dans son sac et en retira deux bouteilles de bière. Il les décapsula et m'en tendit une, avant de les entrechoquer et de boire au goulot, selon la tradition inca.

À ce stade, j'avais renoncé à ma baignade quotidienne.

Les étoiles s'étaient regroupées dans le ciel et l'Indien dit qu'il existait sur l'Île des passages entre le monde d'ici, celui du sable dans les chaussures et celui des esprits. Un monde lumineux et profond auquel lui avait accès, mais pas moi.

Je hochai la tête en attaquant l'autre côté du poisson.

— Vorrtex, dit-il, *putos vortex, asu, hay muchos por aquì*, il répéta, *muchos* !

Je demandai comment on s'y prenait pour savoir où se trouvaient *les putains de vortex* et Tupac dit, *Quand il y en a oune, tou lé sais*. J'observai son profil précolombien qui dansait dans les flammes avec la nuit et les étoiles en arrière-plan. La lune apparut sans que j'aie pu voir d'où elle venait, comme une lumière qui s'allume. Les étoiles autour d'elle s'effacèrent, le chenal se mit à scintiller et je repensai à la scène d'ouverture des *Dents de la mer* avec le bain de minuit.

Je finis mon assiette où ne subsistaient que la tête, la queue et l'arête centrale de la saupe et m'essuyai les doigts dans le sable puis essuyai le sable sur le pantalon. Tupac commença à chantonner en regardant la lune, dans un espagnol niveau quatre sur une échelle de dix.

— Oh mère et sœur du ciel et du soleil, je fais le tour des limites de la terre, porté par les plumes de l'esprit du vol, oh mère, du ciel et du soleil, j'embrasse l'esprit puissant.

C'étaient les paroles.

Ensuite, je me rappelle avoir évoqué la fresque alors que Tupac ne demandait rien, les peintures toxiques, les maux de tête, la vision déformée, la difficulté de choisir, les personnages, les thèmes, tout ce que je n'avais aucune occasion de partager. Mais bientôt d'autres images se superposèrent à celles de la salle des fêtes, des images que je n'avais pas sollicitées, qui ne se rattachaient à aucune réalité et s'entremêlaient avec celles de la fresque dans un tourbillon de couleurs nouvelles que je me promis de mémoriser.

J'avais envie de vomir.

Au moment où je lui parlais, j'entendis une voix demander à Tupac dans quel monde j'évoluais et j'en conclus que c'était ma voix. Ce n'était pas très clair, ce n'était même pas clair du tout. Je me rappelais ma vie continentale comme un épisode nébuleux, quelque chose qu'aurait vécu un autre que moi.

La voix lointaine de Tupac répondit qu'il n'y avait pas de vérité mais ouniquement oune correspondance à trouber entrre soi et l'ounivers. Je me répétai cette séquence un nombre incalculable de fois, entre soi et l'univers, entre soi et l'univers, entre soi et l'univers.

— *Uno y el universo*, trompéta la voix de Tupac dans l'espace.

Je me rappelle avoir répété *parfaitement d'accord* plusieurs fois au ralenti, avec une voix qui n'était toujours pas la mienne.

C'était avant que le sable ne m'engloutisse et ne se déverse dans mon esprit. Avant que la douleur ne me retourne l'estomac de l'intérieur comme si j'avais avalé un hameçon de pêche et avant qu'une main invisible ne tire sur la ligne.

Et tout ce que je regardais, le feu, la plage et les lames d'argent du chenal qui scintillaient sous la lune, me regardait. Même les grains de sable avaient des yeux. Mais je ne vis nul cheval blanc courant dans le ciel, nul serpent multicolore ni aucun animal qui aurait pu être mon totem. Je sentis la lave circuler dans mes veines et l'univers étoilé se dilater et se contracter autour de moi tandis que le bruit des vagues qui mouraient sur le sable frappait ma cage thoracique et mes tympans comme un bélier.

La saupe est un poisson végétarien qui, pour cette raison précise, n'est pas facile à appâter. Son goût est plus fort que celui de la dorade. La saupe vit en bande et se pêche au fusil ou au filet dans tous les océans. La particularité d'un poisson aussi banal, comme je l'appris par la suite, est qu'il possède des propriétés toxiques et psychotropes que les Romains, qui s'intéressaient aux expériences récréatives, mettaient déjà à profit pour des voyages collectifs. Cette capacité hallucinogène de la saupe est due aux algues qu'elle ingère. C'est la raison pour laquelle il convient de la vider dès qu'elle a été pêchée si on cherche uniquement à faire un bon repas. Je n'ai pas expérimenté les effets de l'ayahuasca, mais il semblerait que la saupe constitue un succédané tout à fait acceptable qui expliquerait l'air affranchi de certains consommateurs dans les poissonneries et sur les marchés. La saupe possède aussi l'avantage sur la liane péruvienne d'être un produit multi-local à l'empreinte carbone bien moindre.

Il commençait à faire jour quand j'ouvris les yeux. J'étais allongé sur le sable, j'avais froid, je transpirais. Le feu au fond du trou était éteint et Tupac assis un peu plus loin regardait le détroit blafard.

— Alors ? dit-il sans tourner la tête.

— Alors comme ça, répondis-je d'une voix flottante.

Tupac lança une bouteille d'eau dans ma direction et la bouteille atterrit dans le sable entre mes pieds.

— *El agua es la llave*, l'eau c'est la clef, dit le chaman en mettant un doigt sur son nez busqué, sur oune île, l'eau c'est la bérité. L'île n'ecsiste que parce que l'eau l'a crréée, ensuite l'eau la tolèrre.

Je regardai Tupac en n'étant pas tout à fait sûr de m'être réveillé. Il leva la main vers le chenal.

— Écoute, tou entends l'eau qui monte ? c'est Mama Qucha qui gonfle.

Et Tupac se tourna vers le chenal, mit ses bras en parenthèses autour du corps et les écarta lentement jusqu'à la position dix heures dix.

Je ne sais pas si Tupac était un vrai chaman ou un cuisinier amateur qui avait oublié de vider ses poissons, mais la différence entre un rituel initiatique et une intoxication alimentaire m'a semblé ténue.

— L'arrtiste est oun chaman, tou es oun chaman, dit le mari de la courtière en assurances alors que j'essayais péniblement de m'asseoir.

Je cherchai mes chaussures, avant de découvrir qu'elles étaient enterrées à mes pieds. L'Inca balaya de la main le ciel qui s'éclaircissait au-dessus du chenal.

— Mainténant, tou peux dessiner ta vissión.

— D'accord, dis-je d'une voix pâteuse, je vais réfléchir à tout ça.

Tupac se leva, épousseta le sable de son jean et dit dans son style dictionnaire des citations :

— Célui qui détient oun bérité, l'outilisse comme bon loui semble.

Je me levai à mon tour et retombai. Je me relevai une deuxième fois et c'était la bonne. Ça tournait encore un peu, mais je réussis à prendre le chemin qui montait vers la route. J'avais l'impression d'avoir un trou dans le ventre comme si l'air me traversait et je regardai pour vérifier, mais de l'extérieur tout semblait normal. Tupac marchait à côté et je le sentais à la parade. Nous marchâmes jusqu'au Village tandis que le jour installait un ciel pâle et sans nuage. Sur la place endormie, un insomniaque ou un lève-tôt essayait de décoller son chien du tilleul où un certain nombre d'autres chiens avaient dû laisser des messages.

— Ça va ? demanda Tupac, bous pouvez rentrer seul ?

Je répondis que ça allait, j'avais juste besoin de dormir un peu.

Évidemment, ça n'allait pas et j'avais besoin de dormir beaucoup.

Tupac réajusta sa casquette de baseball sur ses cheveux ultra-noirs, traversa la place et se dirigea vers le meublé qu'il louait chaque été au-dessus de la pharmacie.

Le ciel était jaune quand j'arrivai au refuge. Je montai dans la chambre, me déshabillai et m'allongeai sur le lit. Les images de la nuit refirent surface et l'envie de vomir revint. Je pris une douche, bus une bouteille d'eau et pus m'endormir. L'eau est la clef, disait Tupac.

C'est la voix de l'actrice qui me réveilla. Le magnétophone était au pied du lit et tournait en boucle sous mes vêtements en boule.

000 276... *et puis l'humeur de mon frère est devenue plus sombre. Il a commencé à décliner mes invitations. Je lui proposais de me rejoindre en tournage comme il l'avait fait souvent, mais il avait toujours une bonne raison de refuser, des projets l'accaparaient, des engagements qu'il avait pris, des voyages, des rendez-vous impossibles à déplacer. Quand j'ai voulu savoir pourquoi il m'évitait, il a répondu qu'il n'avait rien à faire dans l'univers où j'évoluais. "Un frère n'est ni un mari ni un enfant qu'on trimbale avec soi", il m'a lancé un jour. À un régisseur qui lui demandait son rôle sur un plateau, il avait répondu "Je suis le saltimbanque des saltimbanques, j'amuse les amuseurs", c'est comme ça qu'il appelait les gens de cinéma, des amuseurs. Moi, il me surnommait la Gitane. Plus mon succès allait croissant, plus il s'éloignait. Mais au téléphone il était toujours le même, il était mon petit frère, il plaisantait, il me mettait en garde*

contre untel ou unetelle qu'il ne connaissait pas mais dont on lui avait dit le pire.

Et puis, les choses ont commencé à se détériorer. Je recevais des appels en pleine nuit depuis des commissariats, toujours la même histoire, il avait insulté quelqu'un ou cassé quelque chose, il avait provoqué une bagarre, on l'avait surpris dans un parc. Il tombait dans ce qu'il appelait ses "petits enfers personnels", de plus en plus souvent. Un matin, je revenais d'un tournage de plusieurs semaines à l'étranger, je l'ai trouvé endormi devant ma porte. Ses vêtements étaient sales, il avait du sang séché sur l'oreille, je ne savais pas depuis combien de temps il était là. J'ai fait couler un bain, je l'ai mis dans la baignoire, je l'ai lavé. Il était épuisé. J'avais peur qu'il se noie, je suis restée avec lui et je l'ai mis au lit et je me suis mise au lit aussi, à côté de lui, pour le rassurer. Et ça s'est passé comme ça, aussi simplement que ça, le plus naturellement du monde, comme entre un frère et une sœur qui s'aiment.

Nous nous sommes quittés le lendemain. Ce qui s'est passé cette nuit-là, entre le frère et la sœur que nous étions, ne s'est plus jamais reproduit. Pour quoi faire ? Je ne pourrais jamais être aussi près de lui que je l'ai été cette nuit-là, je ne pourrais jamais lui donner plus, mais ça ne suffisait pas.

Après, le monde est resté le même. C'est sans doute ce qu'il n'a pas supporté. Quelques semaines plus tard, je décrochai un rôle important avec un réalisateur anglais. "N'importe qui peut t'avoir en payant sa place. Tu appartiens à tout le monde", c'est ce qu'il a dit quand je lui ai annoncé la nouvelle. Et je suis partie en Angleterre.

On l'a retrouvé dans un hôtel où il avait ses habitudes, sur le lit, comme un gisant. La seringue était posée sur la table de nuit, parallèle au rebord. Ses vêtements étaient pliés sur une chaise. Tout était en ordre. Il n'a pas laissé de lettre, c'était sa façon d'être, ou de ne pas être. Pas besoin de simulacre d'adieu entre nous, il aurait dit. Voilà comment ça s'est passé, comme dans une chanson d'Édith Piaf.

XXVI

SURCHAUFFE

Comme chaque été, la question du pont a refait surface.

En résumé : l'Île était contre et le Continent était pour, à quelques exceptions près de part et d'autre.

Un pont à voitures impliquait plus de voitures, des embouteillages, de la pollution et la construction sur l'Île d'un parking de quelques centaines, voire quelques milliers de places.

Et un pont où ne circuleraient que des navettes autorisées ?

— Si c'est pour ressembler au mont Saint-Michel, non merci, disait le maire.

Quant à un pont piéton, cinq kilomètres sept cent cinquante à pied, tout le monde était d'accord, re-non merci.

Parmi les raisons de l'opposition au pont, il s'en trouvait une, peu souvent évoquée mais bien présente dans l'esprit des insulaires. Sur une île où tout le monde se connaît, le crime est rare et le vol une entreprise risquée. Tout le monde sait à qui appartient cette bicyclette, ce bijou, cette voiture, et il est statistiquement certain que l'objet volé croisera à un moment la trajectoire de son propriétaire. Quant au meurtre, l'exfiltration discrète par le traversier d'un cadavre roulé dans un tapis s'avère plus aléatoire qu'une évasion d'Alcatraz.

Le libre accès à l'Île de jour comme de nuit à des personnes étrangères fissurait cette tranquille assurance que faisait naître l'inaccessibilité de leur terre. À quoi sert de vivre dans un château fort au pont-levis toujours baissé ? Les Secondaires ne pouvaient qu'être d'accord avec cette volonté d'isolement, eux qui en avaient payé le prix et voyaient mal le mètre carré dévalorisé par l'accès permanent au tout-venant.

La volonté continentale majoritaire d'un rattachement de l'Île à la maison mère reposait, quant à elle, sur des arguments principalement d'ordre touristique et obéissait sans doute au désir secret de ramener les Îliens à la banalité de leur propre condition.

Le débat avait le mérite de permettre à chacun de réaffirmer son identité et remettait dans l'actualité les mots Autonomie et Indépendance qui circulent sur la plupart des îles de façon assez naturelle, même si sur l'Île, cette circulation se faisait principalement dans la salle du Grand Large où Lenny réunissait un groupe que la question intéressait. Ils étaient une dizaine à discuter des perspectives d'une autonomie ou d'une indépendance, à en cerner les enjeux, à discuter des modalités et des faisabilités économiques, à faire de la prospective en somme.

— Parce qu'une fois au pouvoir, on n'a plus le temps de réfléchir, disait Lenny.

La difficulté consistait à faire émerger de ces discussions une ligne programmatique claire. Lenny, par exemple, s'opposait à l'idée, portée par le postier, d'un casino à la pointe sud dont tous les Îliens seraient actionnaires, sur le modèle des réserves indiennes en Utah. Il défendait son village pirate, un projet à vocation pédagogique et culturelle, ne manquait-il jamais de préciser, en rappelant que les pirates étaient mus par une soif de liberté avant de l'être par l'argent. Par ailleurs, l'argent des parcs d'attractions, contrairement à celui des casinos, c'était l'argent des familles, un argent propre dont on pouvait tracer l'origine et la destination.

Il arrivait que la violence s'invite sur cette terre isolée comme elle sait le faire n'importe où depuis la nuit des temps. Si le dernier meurtre enregistré sur l'Île remontait à la fin de la Seconde Guerre mondiale, l'été n'en demeurait pas moins propice aux échauffements et ravivait les passions. La violence archaïque, moteur de la tragédie antique, resurgissait au détour d'un regard ou d'un geste.

L'incident se produisit cette année-là au Bar du Chenal et pour une fois, je peux dire j'y étais. Il était révélateur des tensions et ambiguïtés qui tissaient les relations entre Secondaires et Natifs. Si ces relations étaient généralement bonnes, elles n'en demeuraient pas moins contaminées par un facteur économique essentiel. Chaque maison achetée par un Secondaire augmentait le prix de la suivante et renforçait chez les Natifs la tentation de vendre, en même temps qu'elle rendait à ces mêmes Natifs le coût de l'accès à la propriété prohibitif au regard des salaires locaux. Cette belle mécanique inflationniste, qui compliquait chaque jour un peu plus le maintien sur place des enfants de ceux qui avaient toujours été là ou presque et souhaitaient y rester, était indéniablement source de malaise. Et même si l'argent redistribué par les Secondaires sous forme d'impôts et de consommation courante de biens et de services contribuait à l'économie locale et se trouvait réinvesti dans les équipements et services municipaux, cela ne suffisait pas à réduire cette fracture dont personne ne parlait ouvertement entre les deux communautés.

"L'argent, ah ! Fléau des humains !" proclamait Sophocle sur une des gaufrettes de la cuisine.

Le Bar du Chenal n'ouvrait qu'en haute saison, et son propriétaire, un homme qui voyageait le reste de l'année, portait des tresses dans le dos, une barbe et un bandana rouge, comme Willie Nelson dont il possédait une photo dédicacée dans un cadre parmi les bouteilles derrière le comptoir comme un saint Christophe dans la voiture.

C'est la rencontre d'un coude et d'un verre de vodka qui déclencha le drame. Le coude appartenait à un Secondaire et la vodka à un Îlien.

Je revenais de mon bain quotidien, il était tard et l'affluence estivale à la terrasse du Bar du Chenal éveilla en moi une envie soudaine de compagnie, être entouré de vraies gens, pas uniquement des personnages que je peignais. À l'intérieur, quelques clients avaient préféré l'intimité du café sous le regard du propriétaire qui avait ramené ses tresses en chignon au-dessus de la tête et agencé son bandana rouge en foulard, façon paysanne russe. L'épicière était assise à une table au fond de la salle et portait un dos-nu qui laissait voir l'intégralité d'une rose tatouée dont la tige avec feuilles et épines lui remontait le long de la colonne avec une fleur qui s'ouvrait sur l'épaule. Une coiffure à la Jackie Kennedy encadrait son visage et de faux ongles vernis rouges allongeaient ses doigts courts et soignés. Son mari, que je voyais rarement, l'accompagnait. Il portait une chemise à carreaux qui mettait en valeur sa large poitrine comme un type qui travaille au grand air et pose pour des publicités de tronçonneuses dans des calendriers de gardes forestiers. En réalité, il était actuaire sur le continent et travaillait dans un bureau. Il possédait son propre bateau avec lequel il se rendait chaque jour au travail, un puissant semi-rigide de six mètres qu'il pilotait par tous les temps. "Il est bien plus jeune qu'elle", était la phrase qui revenait invariablement dès lors qu'on parlait d'elle ou de lui, avec une imperceptible pointe d'envie chez les femmes et de dépit chez les hommes. Je m'installai au comptoir et commandai une bière. Un peu plus loin, un type qui avait aligné six verres de vodka vides devant lui comme autant de trophées leva l'index pour un septième.

Il y a toujours quelqu'un comme ça dans tous les endroits du monde, un gars du coin qui veut prouver qu'il est le plus rapide, le plus fort, le plus n'importe quoi, parce qu'il n'est pas fait du même bois que les autres.

Derrière le comptoir, l'admirateur de Willie Nelson remplit un verre et le déposa devant le gars, avec l'expression de celui qui pense que chacun a le droit de se suicider de la façon qu'il a choisie. À cet instant, un homme entra dans le bar, et les regards se tournèrent vers lui, comme dans n'importe quel saloon. Il portait un pantalon fraise délavée et une chemise pistache claire, une coiffure soignée, un rasage récent, et tirait un caddie de courses. L'homme se dirigea vers le comptoir et s'intercala entre le collectionneur de vodkas et moi. Il commanda une bière et se tourna vers la salle, les coudes en arrière sur le zinc, pour scanner la clientèle tel un chasseur de primes soupçonneux ou simplement quelqu'un qui cherche à se faire des amis.

Et c'est précisément dans ce mouvement de rotation effectué avec nonchalance que son coude heurta le verre de vodka du gars du coin.

Le gars du coin resta un moment à regarder le liquide sur le sol et les éclats de verre et à contempler la ruine du projet qu'il avait forgé d'arriver au chiffre magique de sept, célébration de l'unité, de la connaissance et du savoir, de la maîtrise de l'esprit sur la matière.

Et comme la bombe avant qu'elle n'explose, personne n'eut le temps de rien voir venir.

L'Îlien se déchaîna. Ça commençait à bien faire, tous ces connards qui se croyaient propriétaires de l'Île avec leur argent de merde, et dans le même moment qu'il hurlait il décocha au Secondaire un coup de poing qui visait la joue mais atteignit l'oreille. Le Secondaire, qui ne s'était pas rendu compte qu'il avait renversé le verre, hurla à son tour, porta la main à son oreille et regarda son agresseur sans comprendre.

Mais le gars du coin ne comptait pas en rester là et il empoigna un des tabourets du bar à deux mains pour le jeter sur le Secondaire.

Personne n'intervint, parce que le spectacle de quelqu'un qui a bu six vodkas en train de s'acharner sur un tabouret de bar scellé au sol, est toujours divertissant.

Le gars s'obstina comme Arthur avec Excalibur, mais n'arriva à rien et s'en trouva encore plus énervé. Il décocha un grand coup de pied dans le tabouret et on entendit un bruit de quelque chose qui se cassait à l'intérieur du pied de l'Îlien tandis que celui du tabouret demeurait intact. Le gars roula au sol en se tenant la cheville et en hurlant enculé-enculé sans qu'on sache s'il parlait du Secondaire ou du tabouret. Deux gars du coin l'aidèrent à se relever pour l'emmener chez le docteur en le soutenant chacun sous un bras. Derrière le comptoir, le propriétaire défit son foulard et laissa retomber ses nattes de chaque côté et demanda au Secondaire si tout allait bien et le Secondaire dit que ça pouvait aller mais que les grands malades, il fallait les envoyer se faire soigner. Il ajouta avant de quitter le bar que le gars avait de la chance qu'il ne porte pas plainte, même si on sentait dans sa voix que ce n'était pas qu'une histoire de chance mais aussi de crainte de se mettre à dos la communauté des Natifs en s'attaquant à l'un de ses enfants.

Dans la salle, la tension retomba dans une mollesse apaisante et le mari de l'épicière dit "Six vodkas, c'est déjà pas mal !". L'épicière approuva et l'homme au bandana dit derrière son comptoir, *Au Mexique, sa tête roulerait déjà dans le caniveau*, sans qu'on sache s'il parlait de l'Îlien ou du Secondaire.

Je rentrai avec le sentiment d'avoir été au bon endroit au bon moment. Cela pouvait m'arriver à moi aussi.

Plus l'inauguration approchait, plus je repensais à l'actrice. Le mérite d'une obsession est de tenir compagnie. Sa voix familière continuait de m'accompagner et son visage dans la pénombre orangée du salon, sa solitude, et le magnétophone entre nous. Après la disparition du frère, elle s'était retrouvée seule, ultime survivante de sa petite famille.

Elle ne me parlait pas, elle parlait au magnétophone.

Une nouvelle liberté, de nouveaux amis, des clubs ouvraient un peu partout, la nuit était pleine de musiques, de discussions, de fumée, d'une vie qui répondait à ses attentes. *La nuit met tout le monde sur le même pied. Je ne souffrais plus, ni de ma séparation, ni de l'absence de mon frère et ni de celle mes parents. Tout ça était derrière moi, je m'amusais.*

Elle revenait sur son image, sur la presse à scandale qui l'avait honorée de quelques commérages concernant sa vie privée. *On a beaucoup parlé d'un certain musicien de jazz. Là aussi, j'ai reçu quelques lettres élégantes. L'une de ces lettres parlait de "singe de cirque", alors que c'était un des grands musiciens de son époque. C'est un étonnement constant de découvrir que des gens qui ne vous connaissent pas ont un avis sur qui vous devez fréquenter et avec quelles couleurs vous avez le droit de vous mélanger. Comme si la liberté des autres les renvoyait à l'enfermement de leur condition.*

Les films de cette période étaient loin d'être mémorables, de son propre aveu. Les tournages s'enchaînaient, la fuite dans le travail, les chambres d'hôtel. Sur chaque plateau, une nouvelle famille la prenait en charge.

XXVII

QU'EST-CE QUE C'EST, "DÉGUEULASSE" ?

Et puis la saison, celle des vacances officielles, finit par commencer véritablement.

Des légions de bicyclettes envahirent les routes et les chemins ; des bataillons de marcheurs équipés de bâtons, de gourdes, de vêtements anti-transpirants, de lunettes pour la haute montagne, de couvertures de survie, de jumelles, d'appareils de localisation, de montres connectées, de tablettes, de barres vitaminées et de trousses de premiers secours avec pommades anti-brûlures, anti-soleil et anti-insectes se répandirent comme une coulée de lave le long des routes et des sentiers, un plan ou un téléphone à la main. Les traversiers tournaient à plein régime. On faisait la queue aux terrasses des cafés et des restaurants en attendant qu'une table se libère et en regardant avec insistance ceux qui avaient bu, mangé et payé et qui s'éternisaient à leur place.

Les baigneurs prirent possession des plages. Les familles se répartissaient sur celles du chenal et les sportifs s'orientaient vers la plage des Noyés pour les vagues et le vent. La côte rocheuse accueillait, comme chaque année, le club d'initiation à la plongée. Des skieurs, tirés par des hors-bords comme des appâts géants, glissaient sur l'océan tandis que des triangles de couleur zigzaguaient sur l'eau du chenal, s'élevaient puis retombaient dans des miniatures d'éclaboussures. Le soleil régnait sur le ciel et la terre, craquelait le sol et liquéfiait le bitume, les grillons cisaillaient l'air immobile de leurs chants d'amour qui résonnaient dans leur abdomen creux comme le corps d'une guitare. Dans le jardin, les chardons triomphaient et sur les talus des sentiers, les herbes sèches bruissaient de la fuite des lézards qui détalaient à l'approche des randonneurs.

Les Îliens se repliaient dans les ruelles moins passantes du village, en retrait du port, en quête d'ombre et de silence, ou restaient chez eux. Les Secondaires s'invitaient à comparer leur hâle iodé lors d'apéritifs sans façon, dans des jardins fraîchement tondus où le teck, le coton et le lin rivalisaient d'élégance non ostentatoire et où se fréquentaient quelques personnalités continentales, dirigeants de sociétés, figures des médias ou acteurs du numérique, autant de Secondaires qui n'avaient pas eu le temps de se croiser pendant l'année quand leurs sociétés turbinaient à quelques pâtés de maisons les unes des autres, accaparés par un labeur dur et stressant comme seuls en connaissent les décideurs des grandes villes. Quant à ceux que l'âge avait obligés à renoncer au prestige de la vie active, ils laissaient entendre qu'ils conservaient une influence dans l'administration et les grands corps ou pouvaient vous recommander auprès de tel spécialiste de la prostate ou du cœur, qu'ils croyaient encore en exercice. Pleines de prévenance, les femmes riaient beaucoup pour afficher le contentement qu'elles avaient d'être dans un si bel endroit et en si bonne compagnie et veillaient à décharger leurs maris, le temps d'un été, des soucis du monde réel. Quant aux jeunes générations, elles étaient principalement occupées à piller les bars de l'Île avant de s'égailler chez les uns et les autres ou de se retrouver au bois du Poète pour y faire du feu, se baigner à minuit et amortir l'installation du distributeur de préservatifs régulièrement achalandé en période de vacances.

C'était l'été, et il fallait profiter du brassage humain provoqué par l'afflux temporaire de touristes et secondaires continentaux avant qu'il ne se retire, telle une marée qui ne revenait qu'une fois l'an.

La mobilité sociale sur une île n'est en rien comparable à celle qui existe sur un continent aux espaces et chemins infinis. Les candidats et candidates insulaires à un partenariat sexuel, au moment où leur jeunesse ne demande qu'à exprimer son pouvoir d'attraction, découvrent assez vite qu'ils sont en nombre fini et limité sur un territoire clos. Cette concentration, au sens chimique et spatial, entraîne une fréquentation obligée et précoce de chacune et chacun. Chacun grandit au contact de tous et, à terme, il y a des chances pour que vous épousiez une amie ou un ami de classe, l'ami d'une sœur ou la sœur d'un ami. Comment tomber amoureux de quelqu'un qu'on connaît depuis l'enfance, dont on connaît la famille et les fréquentations, avec qui on est peut-être déjà sorti en sixième ou en quatrième ou en seconde ? Comment revoir cette personne avec l'œil neuf de la découverte et en tomber amoureux comme d'une personne neuve et rencontrée par hasard ? Il est difficile de savoir ce que cela suppose comme aptitude, mais il est clair que l'opération requiert un certain talent de réinvention.

Cela suppose aussi une grande force de résilience, car sur les îles, comme ailleurs, les séparations et les divorces existent. Mais contrairement au continent où chacun peut fuir l'autre, il faut être prêt, dès le lendemain de la trahison, du coup de poignard dans le contrat, des vêtements jetés par la fenêtre, des cris et des larmes, des bruits de choses qu'on brise, de la photo qu'on déchire ou qu'on efface, de la bouteille vide sur la table basse et de la tentation d'en finir avec tout, à croiser sur la place Centrale ou sur le port celle ou celui qui est parti pour une ou un que vous connaissez depuis toujours et qui s'accroche maintenant à son bras avec un regard de chien stupide qui mériterait d'être enfermé dans un sac et jeté à la mer. Il faut savoir prendre sur soi. C'est pour ça que la peau des gens des îles est plus épaisse que celle des urbains à la peau fine qui ont accès à une offre presque infinie dans un anonymat protecteur, ce n'est pas qu'une question de grand air.

C'est dans cette fièvre estivale, traversée de phéromones sexuelles, que le bruit circula qu'on avait trouvé des photos pornographiques qui flottaient dans les décombres de la Navette dont les travaux de déblaiement étaient sur le point de commencer. Le maçon, se disait-il, figurait sur un certain nombre d'entre elles. Le postier tenait l'information d'un ouvrier du continent qui avait procédé à l'inspection de la maison fracassée et connaissait bien le maçon pour avoir travaillé avec lui à l'aménagement de la cale sur le port.

— C'est dégueulasse, dit le patron de L'Ancre Seiche en rajustant ses grosses lunettes d'écaille, sans qu'on sache très clairement s'il parlait de la rumeur ou de la pornographie.

D'un mouvement circulaire de son chiffon humide, il appliqua une épaisse couche de bactéries mouillées sur le plateau du comptoir, avant de revenir y déposer la commande. Les jumeaux étaient là, à l'intérieur pour une fois, et donnaient l'impression quand on les regardait de voir déjà double. Le Voisin était là aussi et Lenny, venu réceptionner un colis au traversier. Chacun prit son verre et je montrai le sac de plage pour justifier mon quart d'eau gazeuse.

— C'est pas interdit de se photographier entre adultes, dit l'un des jumeaux qui portait un tee-shirt *T-Rex/Marc Bolan* qui avait dû servir à nettoyer quelque chose.

— Va savoir si c'est un suicide, répliqua son double momifié dans un tee-shirt *Alice Cooper* effrangé, c'est p'têt un truc pour s'exciter, comme l'acteur, le gars de *Kung Fu*.

— Dans une cuisine ? interrogea le Voisin en haussant les épaules.

— Et pourquoi pas ? demanda Lenny - on pourrait avoir des olives ? - la cuisine c'est très sexuel, croyez-moi.

Le Voisin fit une moue dubitative.

— C'est rock, dit Alice Cooper en mettant ses doigts dans sa bouche pour remettre ses dents en place.

— C'est pas un truc à peindre en tout cas, dit Lenny et tout le monde me regarda avec le même air de dire que non, c'était pas un truc à peindre.

J'avais pris l'habitude qu'on s'adresse à moi comme à une sorte de greffier qui ne devait pas oublier de faire figurer sur la fresque telle maison, tel commerce, tel bateau, telle femme, tel homme, tel enfant, tel animal, tel événement ou pas.

L'antiquaire déposa une soucoupe avec des olives. Un homme que je ne connaissais pas entra et montra l'étagère avec les livres qui parlaient d'îles et l'affichette qui promettait une boisson au choix.

— Ce sera une coupe de champagne.

— T'as quoi ? demanda le patron.

— *Les Voyages de Gulliver*, et il sortit un livre de la poche de sa veste qu'il tendit au brocanteur, il y a une île volante dedans où les habitants discutent de trucs genre sciences et philo. Bon, le nom de l'île c'est Laputa...

— Ça compte quand même. Blanc ou rosé ? demanda le patron, et il mit le livre au bout de l'étagère poussiéreuse à la suite des autres.

— Les deux, dit l'homme, et il tira un deuxième livre de l'autre poche de sa veste, *Île*, c'est d'Aldous Huxley, j'ai pas lu mais bon, ça fait deux.

Je saisis l'occasion de ce moment fort pour finir mon verre d'eau avec ses bulles et allai me baigner. Le ciel glissait dans l'avant-nuit, l'air était à la température de la peau et ne pesait rien.

XXVIII

SPÉCULATIONS

L'article avait été découpé, photocopié, agrandi et affiché sur la porte vitrée du Frère de la Côte. Je traversai la place chargé de sacs de fruits et de légumes, dont une barquette de cerises, *les toutes premières de l'année, en avance sur le calendrier*, offertes par la maraîchère.

— Le trou est bouché, dit Lenny avec son sourire aveuglant.

J'avais lu, moi aussi dans le supplément dominical du quotidien régional, l'article consacré à la *mystérieuse* sépulture et sa *fabuleuse* croix, intitulé *La Femme et le Trésor*, et sous-titré *Spéculations*, proposée par un historien spécialiste du XVIIIe et de la marine.

Après avoir rappelé le rapport d'autopsie (jeune femme anémique, droitière, atteinte de scorbut avec une balle dans la tête côté gauche) et précisé que le scorbut s'attrapait lors de voyages au long cours, une fois les produits frais épuisés, l'historien postulait que la femme avait accosté au terme d'un long voyage.

> Mais l'Île n'était qu'un minuscule port de pêcheurs et seule une avarie ou une tempête justifiait qu'un navire au long cours s'y arrête. Les deux navires mentionnés

dans les registres du port durant la période considérée sont un clipper hollandais dont le mât de misaine s'était brisé et *La Vierge de Grâce*, avec Christopher Condent et son épouse à bord, pour une raison inconnue. Quelle raison pousse un navire qui navigue depuis l'océan Indien, remonte le continent africain, la péninsule Ibérique et franchit le golfe de Gascogne, à faire escale sur l'Île, si près de sa destination ?

La Vierge de Grâce était un navire de commerce et la femme de Condent probablement la seule passagère. Dommage que le livre de bord ait disparu pour le confirmer. Les conditions d'hygiène à bord de ce type de navire étaient exécrables. Eau croupie dans les soutes, air vicié, alimentation pauvre et limitée. Une jeune femme dont l'organisme est fragilisé par la traversée, souvent agitée dans la rencontre de l'océan Indien et de l'océan Atlantique, et par une anémie chronique, pouvait sans aucun doute contracter le scorbut dont on ignorait encore la cause, même si les marins légèrement atteints, une fois à terre, guérissaient.

Imaginons une jeune femme qui voit son corps s'amaigrir, ses dents se déchausser, des hémorragies se déclarer et se sait condamnée par un mal incurable. Il n'est pas impensable qu'elle ait souhaité être débarquée en terre chrétienne pour y mourir dignement plutôt que d'agoniser à bord du navire. La jeune épousée, elle-même insulaire, vit peut-être dans l'Île un refuge familier.

La théorie était la suivante. Le célèbre Condent avait demandé au capitaine de dérouter le navire pour sa femme. Confraternité des gens de mer oblige, il accepte.

Le couple débarque sur l'Île. Personne ne reconnaît le pirate car personne ne connaît son visage. Sa femme n'a pas l'air bien, mais des femmes éprouvées après une navigation pénible, on en a déjà vu.

À l'époque, le Village se limitait au port dans une version réduite et l'arrière-pays n'était qu'une brousse sans résidences secondaires ni randonneurs ni pistes cyclables. Le couple était sorti du Village en quête d'un bel endroit tranquille qui conviendrait à l'instant, un pré avec vue sur le chenal, par exemple.

> Avoir envie de mourir pour mettre fin à ses souffrances est une chose, mais le suicide est un péché mortel qui interdit le salut éternel, rappelait l'historien. Alors, quelle autre solution pour la jeune femme que de se tourner vers son mari ? Sans doute en avaient-ils déjà parlé à bord.
>
> Mon hypothèse est que le pirate et sa femme se sont dit adieu, serrés l'un contre l'autre, et que Condent a tiré. Il a délivré sa femme de son mal, par amour. Un suicide assisté, dirait-on aujourd'hui.
>
> Et c'est par amour encore que le pirate lui a fait cadeau du bien le plus rare qu'il transportait avec lui, une croix d'or et de pierres précieuses, quand une croix de bois eut suffi. Cette croix, dont on ne sait s'il croyait encore à ce qu'elle représentait, était sans doute le seul objet de valeur qu'il transportait. Condent était bien placé pour connaître les risques de convoyer son trésor sur un simple navire de commerce et nul doute qu'il avait converti l'essentiel de sa fortune en lettres de change ou de crédit, procédé courant à l'époque, ce qui lui permit de s'établir comme

armateur par la suite. En revanche, la valeur d'échange de la croix étant impossible à établir, il l'avait embarquée avec lui.

Ce qui m'amène à une question. Et si "le trésor sans pareil" auquel se réfère le compagnon de Condent n'était pas le genre de butin sur lequel on met la main en sillonnant les océans mais une perle rare découverte sur la terre ferme de l'île Bourbon ? Ma théorie est que le trésor dont il est question dans son journal ne désigne pas la croix, qui n'en est qu'un élément, mais la femme pour laquelle Condent avait choisi d'abandonner sa vie de seigneur des mers. On peut imaginer que le pirate avait une certaine expérience. Le principe de liberté qui régissait son orientation professionnelle s'appliquait également à la vie sentimentale et sexuelle des pirates. Et s'il l'avait choisie, elle, c'est probablement qu'elle méritait le qualificatif ce "trésor".

C'est ainsi qu'après avoir enterré son "trésor", et non le trésor, le pirate laissera dans la sépulture la croix et son pistolet dont on peut imaginer qu'il ne souhaitait en conserver ni le souvenir ni l'usage.

Quant au livre de bord de *La Vierge de Grâce* qui témoignait qu'une passagère embarquée à Sainte-Marie manquait à l'arrivée à Port-Louis, sa destruction par le capitaine pour couvrir son manquement au règlement – une escale non justifiée – n'est pas exclue.

L'article concluait :

À ce stade, seule une identification ADN pourrait confirmer notre hypothèse que la sépulture est celle de la première femme du pirate Christopher Condent, en la confrontant à celle des descendants de sa famille sur l'île Bourbon, et permettrait de valider par la même occasion l'ensemble de nos supputations.

Contrairement à la théorie microbienne ou à celle de la rotondité de la Terre, l'hypothèse de l'historien fut aussitôt adoptée par le plus grand nombre, puisqu'elle entérinait la croyance initiale que le trésor de Condent se trouvait bien sur l'Île, quoi que le mot "trésor" recouvre. Une croyance validée par une spéculation devient généralement une vérité. Celle-ci avait, de plus, le grand mérite de combler le trou dans le scénario de Lenny.

Quelques conversations sur le flux commencèrent à parler du jardin du maçon comme d'un lieu d'un romantisme absolu où se croisaient les images d'un pendu, d'un trésor et de l'amour tragique d'un pirate et d'une belle créole. Plusieurs adolescents du continent, sans distinction de sexe, prirent le traversier dans le seul but de lancer une rose dans le jardin du maçon, d'accrocher un cadenas au grillage ou de glisser un billet roulé entre ses mailles. Quelqu'un avait rayé le mot "À vendre" sur le panneau de l'agence immobilière et écrit dessus "L'amour n'est pas à vendre".

— Un type parti de rien, qui se hisse à la tête d'un empire, dit Lenny, un homme sans pitié mais avec une blessure secrète : amour absolu qui se termine en tragédie absolue. Le pirate devient un redoutable armateur et quand il meurt, un vieux serviteur, ancien pirate lui aussi, l'entend dire dans un souffle "*Les diamants de*

Golconde, les diamants de Golconde..." comme l'autre avec son traîneau.

— Rosebud.

— C'est ça, Rosebud. Alors ?

— S'il répète le nom de sa femme, c'est plus romantique.

Il me regarda de son œil unique pendant que l'autre faisait semblant.

— Et dans l'espace, ça vous intéresserait pas ? Un pirate de l'espace, le type change de système solaire, fait fortune, tombe amoureux d'une fille d'une autre planète et décide de revenir avec elle sur Terre, mais pendant le voyage retour, le métabolisme de la fiancée en prend un coup et finalement il la débarque sur un astéroïde où il l'aide à mourir pour lui éviter d'atroces souffrances, avant de regagner la Terre.

— Il y a déjà beaucoup de pirates de l'espace, dis-je, c'est même un domaine assez encombré.

— C'est dur d'apprendre à dessiner ?

— C'est dur de répondre, ça dépend de l'élève et de là où il veut arriver.

Lenny se frotta le menton et je soulevai les sacs de courses qui commençaient à tirer sur les bras pour lui signifier qu'il fallait que j'y aille, alors que la logique aurait voulu que je les pose si ça me fatiguait tant que ça. C'est ce qu'un singe aurait fait et ça m'a fait réfléchir sur le sens de l'évolution.

XXIX

"LE BEAU C'EST L'IMPRÉVU" (THOMAS BERNHARD, ÉDITIONS GAUFRETTES)

À J –7, le vert acide du magasin d'accastillage commença à couler sur les murs avec la viscosité épaisse d'un sang d'alien, lentement mais inexorablement. J'entrepris d'assécher les coulures au sèche-cheveux mais je ne parvins qu'à les fluidifier. Les bavures ressemblaient à la typographie dégoulinante des films de zombies ou de créatures des marais. Je choisis d'appuyer sur la touche bleue du sèche-cheveux et l'air froid finit par figer l'acrylique. Deux options s'offraient à moi : gratter les coulures ou peindre par-dessus. En grattant les coulures j'abîmerais la peinture autour et la couche en dessous. Si je peignais par-dessus, le volume des coulures resterait visible.

À force d'hésiter, je finis par trouver un intérêt à ces traînées vertes. Elles donnaient du caractère à la fresque. Il fallait simplement s'y habituer, comme pour la tour Eiffel. Elles renvoyaient au geste de l'artiste, son combat contre la pesanteur et la matière, à l'action painting, un accident volontaire, elles apportaient une spontanéité à l'ensemble. La coulure c'était la vie.

J –6.

Les lapins se réfugièrent dans la haie avant que je perçoive le bruit du moteur. Les motos sur l'Île étaient de cylindrées modestes et leur signature sonore s'apparentait au gémissement aigre d'une tronçonneuse thermique. Le bruit qui venait de s'éteindre devant la maison tenait, lui, du ronflement amplifié d'un individu en surpoids. On sonna. Comme personne n'entrait, j'allai ouvrir, comme sur le continent.

L'homme qui se tenait devant moi étincelait. Il portait un costume en lamé qui renvoyait la lumière, le même qu'Elvis, mais qui semblait taillé dans une couverture de survie. Je mis la main devant les yeux et devinai derrière l'apparition une moto de la largeur du chemin, intégralement chromée, du réservoir au carénage, jusqu'aux valises latérales.

Mes yeux s'accoutumèrent à la lumière. L'homme n'était pas très grand, la quarantaine empâtée, des joues roses, des yeux clairs, des cheveux blonds probablement renforcés par un shampoing éclaircissant, une mèche sur le front. Le genre d'homme qui luttait pour conserver un physique sur lequel on devait se retourner vingt ans plus tôt mais qu'une série d'excès avait légèrement dégradé, comme un gros bébé vieilli qui forçait sur l'apéritif. Il tenait à la main une mallette siglée C & C.H. et un casque de moto chromé, au creux du bras, retenu par la jugulaire. L'homme posa sa mallette, me tendit la main et se présenta avec un sourire contenu. Il était là, devant moi, la personne que j'avais le plus ardemment souhaité rencontrer depuis Evelyn West, le réparateur de Chaudières & Chaleur humaine, qu'on appelait maintenant *Le découvreur de la croix en or de vingt-sept kilos, incrustée de diamants, de rubis et d'émeraudes* ou, quand on voulait faire plus court, *Monsieur Cinquante pour cent,* pour la moitié de croix qui lui revenait.

— Alors, il a fait, qu'est-ce qui va pas ?

Je regardai ma montre pour lui rappeler avec élégance ses six mois de retard, et dis sans chercher à être aimable que c'était plutôt à lui de me le dire.

— Désolé pour le délai, il a dit, comme si j'attendais depuis moins de dix minutes.

— L'hiver a été rude, dis-je.

— Le réchauffement, il a répondu comme si je lui parlais du climat.

— La chaudière, et je n'ai pas eu le temps d'ajouter *est au sous-sol.*

— Vous dérangez pas, j'connais.

Je ne proposai ni thé, ni verre d'eau, ni rien à ce stade.

Le réparateur s'est dirigé vers la trappe de la cave et a disparu sous la maison. Son costume ne ressemblait pas à un bleu de travail. Ses outils étaient-ils dans sa mallette ?

Je rentrai et refermai. Je me dirigeai vers l'atelier. La sonnette retentit. C'était le réparateur, à nouveau, sa mallette à ses pieds, son casque au creux du coude et pas une tache sur le lamé. J'attendis qu'il prononce les mots *C'est toute la chaudière qu'il faut changer.* L'idée d'un deuxième hiver sans chauffage à me nourrir de pâtes et de riz se forma devant moi et j'entrevis un clochard qui avait mon apparence vaquer dans sa cuisine en traînant les pieds, enroulé dans une vieille couverture, un gros bonnet de laine sur la tête, soufflant dans ses mains pour les réchauffer. Une révolte sourde monta en moi. J'imaginai donner un coup de pied dans la béquille de la moto. La colère est de loin la cause première des meurtres sur terre, si l'on excepte les guerres et la vente de cigarettes. J'inspirai et expirai profondément trois fois de suite et parvins à atteindre un état suffisamment stable pour éviter de finir en prison ou à l'hôpital.

— Ça risquait pas de déclencher, dit le réparateur, la pression est à zéro. Idéalement, c'est un-cinq. Et comme le témoin était HS, on pouvait croire à la panne.

Je demandai si j'avais bien compris, s'il suffisait de remettre de la pression pour que ça reparte, et il dit, ouais, ouais, vous abaissez la manette et quand l'aiguille est sur un-cinq, vous la relevez, c'est ce que je viens de dire, la loupiote c'est qu'un témoin, pas besoin qu'elle marche pour que la chaudière marche, mais maintenant je l'ai changée et elle marche. C'était pas une grosse affaire.

L'humiliation que me procurèrent mon incompétence et cette réparation qui n'en était pas une m'empêcha d'insister sur le terrible hiver que j'avais passé à cause de lui. J'aurais préféré une vraie réparation, une réparation chère qui m'aurait permis de purger ma rancœur. Si l'envie de mettre sa moto par terre demeurait intacte, je n'en étais pas moins conscient que ma nullité faisait de moi le responsable de mon malheur. Un poulpe capable d'ouvrir un bocal de confiture aurait réussi à remettre de la pression, rien qu'en abaissant la manette.

Tout le monde s'est posé au moins une fois la question de savoir de combien reculerait l'humanité si elle devait être refondée par ses seuls moyens et ses connaissances propres. Qu'en resterait-il ? Si cela m'arrivait, en tant qu'artiste, j'essaierais de faire en sorte que la recherche du beau soit au centre de la vie de chacun et que sa valeur ait une place centrale dans l'éducation. Un certain nombre d'erreurs seraient évitées et les relations entre individus seraient bien différentes. En revanche, il faudrait accepter de passer de longs hivers sans chauffage.

Le réparateur regarda sa montre et dit, bon ben voilà, encore désolé pour le retard et il ajouta, l'intervention est offerte.

Rien n'est plus difficile que d'accepter une faveur de quelqu'un à qui vous en voulez. Je le remerciai alors que je n'en avais aucune envie et ça m'énerva encore plus.

— Non, je plaisantais, dit-il, et il me tendit une facture. Ça va pas chercher loin.

— J'ai cru à un geste commercial. Six mois quand même, j'ai marmonné. Vous continuez à réparer les chaudières ? (Sous-entendu : maintenant que vous êtes plein aux as avec votre découverte injuste.)

— Encore cinq ans, après on pourra la céder, musée où collectionneur. En attendant, tout à crédit, et il jeta un regard en arrière vers la moto.

— Et après ?

— Concession motos, que de l'électrique, c'est l'évolution comme les chaudières.

Je hochai la tête parce que je ne voyais rien d'intéressant à dire sur le sujet. Il releva sa mèche blonde sur son front d'ancien bébé, mit son casque et ses gants, enfonça sa mallette dans une des sacoches de la moto.

— Un-cinq, n'oubliez pas !

Il fit un salut des deux doigts près de la tempe, enfourcha la moto, démarra, fit demi-tour devant la maison du Voisin, repassa devant moi dans un ronflement qui affola les herbes sèches sur les accotements et je vis le Silver Rider de Chaudières & Chaleur humaine fulgurer au soleil et lever un pouce ganté au bout du chemin, conscient que je le regardais encore, avant de disparaître dans son costume miroir.

Je restai un moment à attendre que le silence revienne sur le chemin. L'air était immobile et j'entendais le chuintement du ressac sur la berge invisible qui passait par-dessus la colline. Il faisait trente-cinq degrés et j'avais un chauffage en état de marche.

XXX

LA VEILLE DU GRAND JOUR

Pour la première fois depuis des mois, la fresque n'était plus au centre de mes pensées, plus de la même façon. Elle m'appartenait encore pour vingt-quatre heures, mais je n'avais plus de pouvoir sur elle. La veille encore, j'avais effectué quelques retouches et ajouté des détails que personne ne remarquerait. L'inauguration avait lieu le lendemain et j'avais respecté les délais, comme Eiffel. J'effacerai la tête du pendu dans le carnet et il ne resterait plus que la potence avec moi pour prendre la place du bonhomme effacé. Quelques heures d'inactivité me séparaient de l'événement. Un cerclage de métal se desserrait autour de ma tête et je pouvais désormais penser à autre chose, à n'importe quoi, une personne, un paysage, une couleur, un ciel, une maison, sans que cela me ramène à la fresque, inévitablement.

Je me sentais délivré de la prison de la salle des fêtes où je m'étais enfermé durant six mois, même si, comme dans une mise en abyme borgésienne, l'Île était une autre prison, comme Robben Island ou le château d'If.

Sur la place du Marché, de grands parasols verts rectangulaires protégeaient les étals d'un soleil destructeur pour les fruits, les légumes, la viande, le poisson et les humains. Devant la camionnette de la maraîchère, un auvent de toile protégeait la file des clientes et des clients d'une insolation certaine. Sous le tilleul révolutionnaire, un glacier du continent vendait des glaces et des sorbets dans une réplique de triporteur à l'ancienne. Les touristes circulaient entre les stands et filmaient les étals et les spécialités locales comme sur n'importe quel marché péruvien ou chinois.

Je traversai la place entre les étalages. Trois clientes de la maraîchère rapprochèrent leur tête pour chuchoter avec des regards en coin dans ma direction quand je pris place dans la file. Derrière un rempart de cageots, la maraîchère dans une robe blanche fleurie, les cheveux en torsades roulant en feu de brousse sur ses épaules, Madone des Fruits et Légumes, officiait dans l'écrin de sa camionnette peinte telle une allégorie de l'été signée Alphonse Mucha.

Mon tour arriva. Je dis bonjour, je souris et elle me dit bonjour et elle me sourit. Je dis, un peu de tout comme d'habitude et des poivrons en plus.

Je la regardai remplir les sacs de papier, je dis au revoir, je dis merci, et je laissai ma place à la cliente suivante dans la file et je n'osai pas revenir sur mes pas pour demander à la maraîchère si elle serait présente le lendemain à l'inauguration.

Je m'engageai dans la ruelle à l'angle du Café, empruntai l'escalier qui monte vers l'église et évitai la colonne de randonneurs en route vers la pointe nord pour admirer les répliques des fèces néandertaliennes.

Quand je débouchai sur le parvis, un couple de touristes essayait de forcer la porte de l'église. Lorsqu'ils m'aperçurent, je lus dans leur regard *cet indigène va pouvoir nous renseigner*, sans doute à cause des sacs du marché.

— Ça ouvre à quelle heure ?

J'expliquai que l'église était fermée depuis le début de l'année pour des travaux de restauration et n'ouvrait qu'exceptionnellement pour un enterrement ou un mariage, plus souvent pour un mort, je précisai. J'ajoutai que l'église n'était pas très bien notée sur les réseaux et je sentis que ça effaçait leur déception. Ils me demandèrent si le cimetière valait le coup et je dis qu'il était complet mais pour une simple halte, l'ombre des cyprès était rafraîchissante.

Les voiles d'une régate zigzaguaient dans le chenal et les Zodiac de l'organisation tournaient autour des compétiteurs tels des chiens de berger. La ligne du continent pâle et tremblante dansait dans les brumes de chaleur, tandis qu'à l'est, l'océan déroulait un bleu cobalt jusqu'à l'horizon. Deux bateaux de pêche remontaient vers le nord à la même allure, comme le reflet l'un de l'autre. Quelques vedettes découpaient l'océan en traits d'écume qui cicatrisaient presque aussitôt. Plus près de la côte, la goélette des promenades en mer s'apprêtait à appareiller et le bateau du club de plongée était encore au mouillage.

Depuis la route derrière l'église qui conduisait au Village, une allée goudronnée permettait de rejoindre la côte orientale et desservait une poignée de résidences secondaires tournées vers l'océan. Je m'engageai sur la pente, en freinant des talons pour éviter de rouler jusqu'en bas, une pratique qui donne la fesse plate aux montagnards, du Tyrol au Tibet. Après dix minutes de descente, j'avais des ampoules à tous les orteils à cause des mocassins sans chaussettes. Je bifurquai vers le sentier de terre qui remontait sur le versant océanique. L'ascension me permit d'ajouter les ampoules qui manquaient aux talons et d'éprouver la résistance de mes bras à force de tenir les sacs relevés pour éviter qu'ils se déchirent sur les cailloux du chemin. La végétation était traversée de vrombissements et de bourdonnements et craquait des bruits secs d'insectes ou de mulots invisibles. Je sentis la sueur s'exprimer librement sous ma chemise. Je m'arrêtai en haut de la côte pour souffler. La maison du Voisin était toujours là d'où il pouvait observer l'océan. Une amertume familière se diffusa dans mes cellules.

L'enregistreur était sur la table, avec la clef jaune qui bientôt ouvrirait la salle interdite. À la veille de la mère de toutes les batailles, j'étais prêt à comparaître devant mes semblables, à dévoiler mon grand œuvre, la chapelle Sixtine, la grotte de Lascaux, la gloire ou l'abîme selon la formule consacrée.

Aurais-je droit aux cris d'une meute lancée à mes trousses, à des croix de feu dressées dans mon jardin, à des insultes bombées sur les murs, à des chouettes clouées sur ma porte, à des pavés dans mes fenêtres enveloppés de messages anonymes, aux jets de pierres des enfants sur mon passage, aux crachats des femmes ? J'étais content de ne pas avoir de chat qu'on puisse égorger ni de cheval qu'on puisse décapiter.

Je me resservis un verre et enfonçai le triangle vert, encore une fois, pour que sa voix m'accompagne, cette voix destinée à moi seul et dont l'écoute m'était devenue addictive.

L'épisode de la rencontre, ultime passion avant la catastrophe.

Avant de ressembler à papa et d'en avoir dépassé l'âge, il était l'homme qui avait fait s'écrouler les colonnes du temple, l'homme qui avait rétabli l'ordre en ville et sauvé la prisonnière des Comanches. Tout le monde avait pu le voir gifler un trafiquant d'esclaves, piloter un avion en perdition, combattre un ours à mains nues et dénoncer le scandale des matchs truqués. Il était l'homme qui avait rétabli la justice dans le Sud, l'homme qui commandait aux animaux sauvages, l'homme qui parlait avec Dieu.

J'ai accepté Un jour sans vous *sans même lire le scénario. La production avait organisé une rencontre avant le tournage, à Londres dans un bar d'hôtel. Je crois que c'est la seule fois de ma vie où j'ai fait l'effort d'être irréprochablement à l'heure. Je ne voulais pas qu'il puisse penser que je n'étais pas professionnelle ou que j'étais capricieuse ou tous ces reproches qu'on fait aux actrices dès qu'elles commettent le moindre écart.*

Je suis arrivée la première et il est arrivé à peine une minute après que je me fus assise. Sa silhouette s'est imprimée dans l'ouverture de la porte et je l'ai reconnu avant qu'elle ne devienne son image dans la lumière du bar.

Un réalisateur avait dit que lorsqu'il pénétrait dans une pièce, vous aviez soudain le sentiment d'habiter chez lui. C'est l'effet qu'il m'a fait. Il s'est révélé attentionné, rassurant, drôle. Il s'était fait projeter plusieurs de mes films avant d'accepter le tournage. Il s'est déclaré flatté que mon personnage dans le film tombe sous son charme. Il avait de l'humour. Il plaisait aux hommes autant qu'il plaisait aux femmes. Il avait cela en commun avec mon frère. Il était ce que tout homme aurait voulu être ou avoir, l'amant idéal, le frère idéal, l'ami idéal, le père idéal. Son charme excusait tout. Il aurait été anormal que je ne sois pas séduite, d'autres l'avaient été bien avant moi, et des plus aguerries. J'étais une adolescente de trente ans face à une légende.

Son image publique était celle d'un séducteur fidèle. Marié à une femme rencontrée à l'université bien avant son ascension et qui partageait sa vie depuis. On ne lui connaissait aucune aventure. Il n'avait été mêlé à aucun scandale, ni frasque hollywoodienne. Il avait côtoyé une impressionnante collection de stars et fait des films qui rapportent encore de l'argent aujourd'hui. Un modèle de conte de fées. La protection des studios existait encore à l'époque.

Un tringleur professionnel, voilà ce qu'il était en réalité. Un irrésistible tringleur. Et j'en suis tombée amoureuse avant même que le réalisateur ne dise "moteur".

Studios Pinewood, banlieue de Londres. Bouquet de fleurs dans la loge, invitation à dîner le soir même. À Rome. Il avait loué un jet et son équipage. Ce soir-là, alors qu'il pleuvait sur Londres, ils avaient dîné aux chandelles sur la terrasse d'une suite qui donnait sur le Colisée. Le lendemain, il louait une Vespa, comme dans *Vacances romaines*.

Je dois dire qu'il s'est montré à la hauteur de son double à l'écran, droit, protecteur et bon amant. On oubliait facilement son âge. Le week-end passa comme dans un rêve.

Huit semaines de tournage. Ils se retrouvaient le soir en secret, sous des déguisements idiots pour déjouer la surveillance des paparazzi et profitaient d'un appartement prêté, comme deux adolescents fugueurs ou deux bandits en cavale.

Et puis, ce qui ne devait pas arriver arriva.

Le héros s'est révélé dans toute sa dimension humaine. Inquiet du scandale, effrayé de l'argent que lui coûterait un divorce, paniqué à l'idée d'une carrière liquidée dans la honte. Comme si Hollywood m'avait attendue pour qu'un acteur mette sa maîtresse enceinte.

Alors, elle partit en Suisse, c'était plus facile là-bas et plus discret, tandis que Lui rentrait chez Lui, *retrouver sa femme, sa piscine, ses chiens et ses amis, à Beverly Hills, Californie, États-Unis d'Amérique.*

J'ouvris la fenêtre et l'illusion d'un air plus frais pénétra dans mon esprit.

La nuit est venue, avec l'angoisse du lendemain. Six mois dans un espace clos m'avaient fait oublier que la répétition dans laquelle je m'étais enfermé avait un but et une fin. J'avais décoré une salle des fêtes pour un compte rendu dans la gazette municipale et l'honneur de me faire lyncher par la population.

Tout ça prendrait fin dans quelques heures.

Ces pensées s'accompagnaient d'une contraction de l'estomac, un rétrécissement des entrailles douloureux qui m'amenait au bord de la nausée. Je me retournai dans le lit, une fois, cinq fois, cent fois, dix mille fois.

XXXI

LE GRAND JOUR

Le soleil se leva officiellement à 6 h 37 ce jour-là.

Je n'ouvre pas les yeux que je n'ai pas fermés, avec toujours en tête la voix de l'actrice avec laquelle je me suis endormi. Je reste un moment à regarder le plafond qui blanchit, comme un exercice de méditation. Je respire en profondeur. Je vais me lever. Je me lève. Je descends faire du thé. J'attends que l'eau bouille sans penser à rien. La théière continue de se répandre sous elle. Inspirer par le nez, expirer par la bouche, comme un instrument qui s'accorde et trouve sa place dans l'orchestre. Des gazouillis dans le jardin saluent la sortie du soleil.

Je consulte les prévisions météo, ciel bleu, vent nul, écran total pour les enfants et les roux, chapeau et lunettes de soleil pour tous. Je prends une longue douche et m'habille dans une grande lenteur contemplative, comme un torero. J'enfile un pantalon droit de toile beige et une chemise simple et blanche, la chemise des martyrs, comme dans *Les Fusillades du 3 mai* de Goya, pour que le sang se voie mieux. Je nous ressers du thé, au plan de travail et à moi, et j'emporte la tasse dans le jardin où je m'assieds en tailleur au milieu des chardons. Un proverbe arabe dit “L'attente est plus dure que le feu”. Les lapins se montrent discrets, dissimulés dans la haie. Je reste assis et quand l'heure de me mettre en route arrive, je m'excuse auprès des brins d'herbe que je foule en regagnant la maison.

Je prends la clef jaune sur la table de la cuisine à côté du magnétophone et la mets dans ma poche. Je prends mon carnet et j'efface la tête du pendu. J'observe mon visage dans le miroir de l'entrée. L'une des conséquences de la solitude est le manque d'attention à soi-même et la non-conscience des autres. Les changements qui affectent l'apparence passent inaperçus, les poils qui poussent sur les oreilles, une tache d'œuf sur un pull, l'oubli de remonter sa braguette, la nourriture entre les dents, la manie de se curer les oreilles en public.

Et je sors.

Le soleil est déjà haut quand je me mets en marche. L'état ouaté dans lequel j'évolue depuis mon réveil se dissipe avec le mouvement et la réalité commence à m'apparaître dans sa brutalité solaire et païenne.

Un bataillon de touristes à pied, débarqués pour la journée, transpire sur la route comme une colonne d'explorateurs dans la savane, malgré les casquettes, les gourdes, les mini-ventilateurs à piles et les vêtements respirants. Je remonte la colonne fluorescente comme un saumon en fin de vie ou un artiste en route vers l'abattoir. L'impression d'un grand vide au centre de mon corps et de ne plus sentir mes jambes, de ne pas être sûr que je suis en train de les actionner et qu'elles se trouvent en contact avec le sol.

J'arrive en avance. Un pupitre et un micro se dressent sur la place. On a disposé le long du mur de la salle des fêtes deux grands plateaux sur des tréteaux et tendu une nappe blanche par-dessus pour donner de la distinction à l'événement. Des verres en plastique, des serviettes en papier et des bouteilles de vin patientent sous les tables à cause du soleil qui tente de battre son record de l'année précédente. Une dizaine de personnes s'éventent devant le pupitre au premier rang, déterminées à être les premières à pénétrer dans la salle. D'autres attendent à l'ombre du Café, observant d'un œil l'évolution de la situation et de l'autre, le niveau de leur verre. Une famille de touristes mange des sandwichs sur les râpes à fesses, curieux de voir ce que promettent les préparatifs indigènes. J'ai droit à quelques pouces levés, à des V de la victoire à la terrasse du Café, à des clins d'œil et à des sourires des Îliens et des Secondaires comme un boxeur de quartier à la veille d'un match perdu d'avance. Mon expérience personnelle de la versatilité des foules me brûle encore comme les mille soleils d'une galaxie lointaine. Je sais que celui qui vous aime aujourd'hui vous poignarde demain.

Le maire m'attend dans son bureau et je me fais la réflexion que c'est la première fois que j'y ai accès. La pièce du pouvoir est simple. Une fenêtre derrière des voilages administratifs réglementaires en polyester, un canapé en similicuir contre un mur, des photos de voiliers et une affiche sous verre du concert des Rolling Stones à Altamont le 6 décembre 1969 égayent les murs. Dans un coin, un *Scindapsus aureus* sur tuteur, une sorte de lierre increvable qui se nourrit du désintérêt de son propriétaire et qu'on trouve au fond des restaurants sans lumière, signale que l'occupant des lieux apprécie la diversité biologique. Deux sièges dépareillés se font face de part et d'autre d'une table en bois sombre, une chaise confortable avec accoudoirs pour le visiteur et un fauteuil multipositions *spécial mal de dos* dans lequel est assis l'élu. Il se tient sur le bord du fauteuil, coudes sur la table, penché sur son bureau, il lit une feuille étalée devant lui. Il porte le maillot bleu et jaune de l'équipe de football de Boca Junior. Le bureau lui cache les jambes, mais je parie sur un short assorti, parce qu'il y a une logique interne à l'absurde.

— Mon discours, dit-il sans lever les yeux de la feuille.

Je le regarde relire son texte et remuer les lèvres.

Je l'observe, concentré sur ce qui est un moment important de son action et je réalise soudain que cet homme m'a fait confiance sans aucune raison et que je vais le décevoir. J'ai accepté en toute inconscience de me lancer dans un projet dont je ne mesurais pas les enjeux politiques, culturels et esthétiques. J'ai utilisé des techniques que je ne maîtrisais pas, ai choisi en toute ignorance de représenter un milieu qui n'est pas le mien, sans aucun échange ni conseil. Le caractère irresponsable de ma démarche m'apparaît soudain avec la brutalité d'une révélation fondamentale. Mon isolement, dont j'espérais qu'il me préserverait de la pression des commentaires et des critiques, n'a fait que les ajourner. Je les imagine prêts à exploser d'un coup, libérés du couvercle du secret. J'entends le son du boomerang qui revient depuis l'autre côté de la terre.

Le maire continue de relire son texte un sourire sur les lèvres, inconscient du mur vers lequel je vais le projeter à grande vitesse. Quand il a fini de lire, il lève les yeux et se laisse aller contre le haut dossier de son fauteuil ergonomique.

— Alors ?

— Je n'ai rien préparé, dis-je.

— Ça c'est mon travail, dit le maire en posant une main à plat sur sa feuille, vous, c'est l'étonnement.

Je ne sais plus comment je formule la chose mais je dis qu'aucun pape à Rome ni aucun Charles Quint ne s'est jamais comporté aussi élégamment avec un artiste et je le remercie profondément de la confiance qu'il a placée en moi. Je précise *aveugle, de votre confiance aveugle*, comme si je cherchais à l'inquiéter. Et j'ajoute, *J'espère que vous ne le regretterez pas*.

— Ça va chahuter ? demande le maire.

Je réponds qu'il est difficile de savoir ce qui fait réagir les gens aujourd'hui, un mot lancé dans l'éther peut déclencher une guerre et les pires choses peuvent se produire dans une indifférence absolue, il n'y a plus beaucoup d'échelles.

Le maire se lève et se frotte les mains. J'avais parié sur un short, il porte un pantalon de survêtement bleu assorti au maillot du club argentin.

— Sans étonnement, il n'y a pas d'art, dit le maire.

Il ouvre un tiroir de son bureau et en sort des vêtements pliés grège. Il enlève son pantalon de survêtement et son maillot et les plie soigneusement avant de les déposer sur le dossier de son fauteuil. J'observe l'édile en caleçon, dans son bureau transformé en vestiaire de stade. Je dis que j'ai fait au mieux. La chose a l'air de le rassurer.

— Je vous ai parlé de ma candidature nudiste ?

— C'est dans les livres d'histoire, dis-je sans qu'il me contredise.

Il ajoute, en se tapant sur le ventre.

— Une stratégie d'outsider, attirer l'attention, déplacer le débat. Aujourd'hui, je pratique uniquement dans ma salle de bains et ça ne manque à personne.

Je le regarde déplier les vêtements posés sur le bureau et s'habiller.

— La nudité n'était pas un programme, c'était une plate-forme conceptuelle pour éclairer le chemin.

Il enfile le pantalon posé sur son bureau en soufflant, un pantalon large avec une ceinture élastique.

— Les îles sont des lieux où s'affrontent les contraires.

Il joint les deux mains, comme Robert Mitchum dans *La Nuit du chasseur*, les doigts entrecroisés :

— La terre et la mer. Le marin y voit un refuge et un danger. Les récifs, les coraux. Cette opposition fabrique la mentalité insulaire. L'insularité est une recherche d'équilibre perpétuelle entre un horizon circulaire et l'enfermement d'une communauté isolée. Isolement, du latin *isola*, île.

Je hoche la tête. Ça doit être sa façon d'évacuer le stress, parler d'autre chose.

Il déplie une tunique à manches longues qu'il enfile sur son gros buste rose.

Puis il se tourne vers moi, bras écartés, et demande.

— Ça va ?

Il ressemble à un gros Beatles chez le Maharishi. Il a gardé ses chaussures de sport.

— Ne changez rien, dis-je.

— *Hasta la victoria siempre !* lance le maire en se tournant vers le poster des Stones.

Nous sortons du bureau, je le laisse passer devant.

Il est cinq heures de l'après-midi à toutes les horloges quand je sors du toril et pénètre dans l'arène. La lumière m'éblouit et un souffle brûlant m'enveloppe. Sur la place, l'assistance a grossi. Aux insulaires s'ajoutent les touristes curieux d'une manifestation locale qu'ils imaginent peut-être avec des danses tribales qu'ils pourront filmer et montrer à leurs proches qui eux sont partis au Pérou ou en Tanzanie. Une caméra sur un trépied, avec un logo de télévision régionale, a pris place devant le pupitre et dans la petite foule qui patiente, certains ont sorti leur téléphone.

Le maire fend l'assistance, distribue poignées de mains, sourires et saluts de loin et prend place derrière le micro. Je reste en retrait.

J'observe le maire qui tapote le micro du bout des doigts et se racle la gorge, l'assistance qui attend sa parole et les indécis qui circulent à la périphérie avec des glaces et des morceaux de pizza à la main en poussant un vélo ou une poussette et qui se demandent si ça vaut le coup d'attraper des mélanomes pour écouter ce gros type qu'ils ne connaissent pas parler d'un sujet dont ils n'ont jamais entendu parler. Je ne sais plus à cet instant précis ce que je fais sur cette place et sur cette île. Je suis à la verticale d'un vortex. Je regarde la multitude bouger, dans une ondulation que je ne comprends pas. Le trait blanc d'un avion à réaction déchire le ciel en silence au-dessus des toits.

Si l'existence peut parfois sembler vide de sens, à cet instant, la probabilité qu'elle le soit me paraît forte.

Le maire tape à nouveau sur le micro trois fois, comme au théâtre pour annoncer un lever de rideau.

— Chères concitoyennes, chers concitoyens, chères visiteuses, chers visiteurs, amieues et amis, commence le maire en dépliant sa feuille sur le pupitre, l'art ne réclame ni complaisance ni politesse, a dit Flaubert, rien que la foi, la foi toujours – le maire marque un temps d'arrêt – et la liberté.

Il attend pour juger de l'effet produit par son entame et me jette un coup d'œil par-dessus l'épaule. Je hoche la tête, parce que j'imagine que c'est ce qu'il attend.

— La liberté, tout est là, continue-t-il face au public, pas de liberté sans histoire, et l'histoire, qu'est-ce que c'est ?

Il observe une pause, comme pour laisser à quelqu'un de l'assistance le temps de trouver la bonne réponse. Comme elle ne vient pas, il poursuit :

— L'histoire c'est la somme des histoires, c'est le récit, c'est la geste.

Un mouvement se dessine dans la masse, comme si les gens changeaient de pied d'appui et commençaient à s'inquiéter d'un discours dont les prémices laissent craindre un long développement.

— Ce qui nous réunit aujourd'hui, poursuit le maire...

— À boire ! lance une voix depuis la terrasse du Café.

— Chaque chose en son temps, répond le maire sans détourner la tête.

Il sort un mouchoir de son pantalon coquille d'œuf, et s'éponge le front et le double menton.

— Ce qui nous réunit aujourd'hui, c'est la concrétisation d'une politique culturelle volontaire et visionnaire. Aujourd'hui, culture et économie vont de pair. Bilbao, Doha, Shanghai, on ne compte plus les initiatives artistiques ou architecturales qui ont vocation à porter une vision ambitieuse, à créer du lien et de la fierté, à dynamiser les échanges et à attirer de nouvelles populations. Donner du sens à l'industrie touristique locale et inscrire son activité dans une pédagogie historique et environnementale, c'est ce pas en avant vers une nouvelle île d'Utopie que je vous propose de faire ensemble.

Le maire retourne sa feuille, s'essuie le front luisant avec l'avant-bras de sa tunique.

— L'œuvre qui va nous être dévoilée aujourd'hui, poursuit le maire, représente six mois de travail d'un homme seul. Un artiste.

Le maire me désigne et je regarde le public sans plus distinguer aucun visage, lcs yeux brouillés par la sueur.

— Celui que je ne présenterai pas, car chacun de nous ou presque connaît son talent et ses attaches locales...

Quelques applaudissements montent de l'assistance et je souris pour les remercier avant de baisser la tête, l'air humble et concentré.

Le maire se tait, puis pointe un index vers le haut.

— Rappelez-vous ceci : l'art n'est pas le réel. Certains d'entre vous se reconnaîtront sur les murs de notre nouvelle salle des fêtes, ou reconnaîtront des proches. À ceux-là, je dis : la première fonction de l'art est d'étonner.

Je m'essuie les yeux et regarde la place. Je n'aperçois ni l'actrice ni la maraîchère.

L'élu laisse un nouveau blanc pour que chacun ait le temps de réfléchir à la question, puis il ouvre les bras, afin que tous puissent admirer les subtiles broderies de sa tunique indienne.

— Je vous invite donc, sans plus tarder, à découvrir, avec la plus grande ouverture d'esprit, en même temps que le conseil municipal et moi-même, l'œuvre commandée par la commune. Vous aurez sans doute envie de la commenter et c'est bien. Rien de fort ne se fait dans l'indifférence. L'art est débat. Mais n'oubliez pas : nos vérités ne sont souvent que des *a priori*, l'histoire l'a amplement démontré.

J'apprécie cette invitation à la tempérance mais l'histoire a amplement démontré l'inefficacité des appels à la raison face aux passions d'une multitude déchaînée.

Il se tourne à nouveau vers moi, je relève la tête et je souris à nouveau au flou de la foule avant de baisser la tête, toujours humble et concentré, espérant, comme un condamné à mort espère sa grâce, qu'une insolation mettra fin à tout ça et que je me réveillerai à l'hôpital un an plus tard. Je prends conscience que j'ai du chemin à faire pour prétendre au statut d'artiste, à commencer par être capable d'extérioriser l'évidence de mon irremplaçable talent.

Le maire reprend :

— Et voici donc le moment tant attendu. Citoyennes et citoyens ici présents et visiteurs de passage, vous êtes invités à découvrir notre nouvelle salle des fêtes. *Votre* nouvelle salle des fêtes.

La foule commence à remuer, comme une houle qui se forme. Le maire lève la main. L'employé de mairie s'approche du maire et lui souffle quelque chose à l'oreille. Le maire ajoute, au micro :

— S'il vous plaît, s'il vous plaît, un dernier mot avant de pénétrer dans ce lieu de la République, merci, une information qui a son importance, le vin d'honneur auquel vous êtes tous conviés, si vous avez l'âge légal, est un vin de l'Île, *le* vin de l'Île.

L'employé se penche à nouveau vers le maire et le maire ajoute :

— Produit en biodynamie.

Quelques applaudissements, quelques sifflets et la houle se reforme en direction de la salle. Je me prépare à suivre le mouvement sans être certain que mes jambes pourront me porter jusque-là. Je réalise que ça ne sert à rien d'avoir mis des chaussures pour courir, quand la main du maire s'abat sur mon épaule et me pince le trapèze.

— Elle est là, dit-il dans un souffle.

Je mets un instant avant de comprendre, dans l'agitation qui se dessine et, avant que j'aie le temps de dire quoi que ce soit, il m'empoigne par le bras et je le suis pour éviter qu'il me l'arrache.

Dans un mouvement de grande confusion, le maire se retrouve devant la porte arrière de la mairie et je le vois, bras écartés, faire barrage de son corps et permettre à la haute silhouette de l'actrice, coiffée d'un foulard bleu, le visage dissimulé derrière de larges lunettes de soleil, de traverser l'espace qui la sépare de la salle des fêtes, comme si elle sortait d'un tribunal ou d'un hôtel cerné par les paparazzi. L'employé ouvre la porte à double battant et nous nous engouffrons dans la salle.

Et comme un élastique que six mois d'attente ont tendu au maximum, tout le monde se rue derrière nous. Tandis que les cinquante premières personnes entrent, l'employé cubique s'interpose et annonce depuis le seuil d'une voix aiguë qui est celle de la jouissance du pouvoir *Consignes de sécurité, pas plus de cinquante dans la salle. Dix entreront quand dix seront sortis.*

Et la porte se referme derrière nous.

Dosto appuie sur l'interrupteur. L'espace s'éclaire et le silence se fait dans la salle des fêtes.

XXXII

QUATRE MURS, UN PLAFOND

Il est difficile de prévoir ce que le regard va chercher en premier lorsqu'il pénètre dans un espace qui ne lui est pas familier, à moins de recourir à une analyse du mouvement des yeux, technique utilisée par nombre de sociétés pour prédéterminer ce que le consommateur verra prioritairement sur une publicité ou dans un rayon de supermarché.

Dans le cas de la salle des fêtes, c'était le plafond.

Au-dessus de nos têtes s'étend un grand ciel bleu, pommelé de petits cumulus blancs, qui pâlit vers l'horizon et que traverse une lune pâle sortie pour la journée. Le toit s'est volatilisé. La structure en aluminium, qui soutenait les dalles de plâtre du faux plafond auxquelles il ne fallait pas toucher, a disparu sous une peinture ignifuge intumescente. L'illusion d'un espace ouvert, dans un lieu que l'on attend fermé, produit l'étonnement que j'en attendais. Le visiteur en entrant dans la salle a l'impression d'être aspiré par le ciel, projeté dans le vide comme s'il tombait vers le haut.

Le groupe découvre le trompe-l'œil, les yeux au ciel, avec des grands *ooooh* d'enfants.

Mais quand la magie de l'escamotage du faux plafond décroît, les visiteurs baissent les yeux et se trouvent face au grand mur central, comme il était prévu qu'ils le soient. Un grand silence prend alors possession de l'espace, un silence précédé d'une aspiration collective, comme un son passé à l'envers, comme si tout l'air de la pièce était avalé d'un coup par une machine à faire le vide.

Dans une grande robe bleu nuit, dépassant d'une tête le maire à ses côtés, l'actrice regarde le mur qui lui fait face comme un écran de cinéma. Je me tiens en retrait et je n'ai pas besoin de voir son visage, il s'affiche sur le mur, un portrait plus grand que nature, au premier plan. Les cheveux de l'actrice décoiffés par le vent flottent comme les serpents d'une gorgone autour de son visage de pâte à modeler malaxée qui s'effondre d'un côté. Elle est là sur le mur telle qu'en elle-même, contrefaçon caricaturale de ce qu'elle a été, figure épouvantable qu'elle m'avait invité à découvrir.

Les îles sont le refuge des monstres, King Kong, le Cyclope, la liste est longue, disait-elle sur la bande. *Une créature du Dr Moreau, voilà ce que je suis devenue. J'ai réussi à vivre avec ce masque, et peut-être que j'en suis arrivée à l'aimer comme on aime une cicatrice ou un chagrin. Les gens des îles savent ce qu'est la solitude, ils connaissent la douleur. J'ai été accueillie sans cérémonie, sans discours, personne ne m'a rien demandé. C'était leur façon de compatir. Le silence est une forme de communion.*

L'actrice contemple son image démesurée de monstre de fête foraine et tout le monde à ce moment-là se met à la regarder qui se regarde.

Le temps s'arrête, comme une lame de guillotine bloquée à mi-course.

J'ai attribué un thème à chaque mur de la salle. Sur chaque mur, le paysage raccorde avec celui du mur voisin pour ne former qu'une seule grande image.

Sur le mur latéral gauche, un groupe de Néandertaliens accroupis sur une toundra du Pléistocène supérieur où subsistent quelques plaques de neige nous tournent le dos et offrent au public le spectacle de leurs fesses velues, en train de se soulager sur des rochers. Le panneau des Néandertaliens célèbre le monde des Origines. Le monde des Origines est un monde coloré et exubérant. Plusieurs paysages s'y déploient sans logique de perspective. Une ligne d'arbres nains se transforme en fougères géantes et conduit le regard vers un sous-bois qu'on devine habité d'animaux aux aguets dont les yeux brillants percent la pénombre.

Une cascade entre deux vallons se transforme en torrent qui rebondit sur une pente herbeuse pour finir en bassin tropical, cerné de fleurs, d'arbres et d'arbustes fruitiers. Au centre de la lagune, une nymphe se baigne, sa nudité partiellement voilée par le vol d'un oiseau-lyre. Ses cheveux tombent sur ses épaules en larges boucles rousses et un tourbillon de perruches à collier, de mésanges, de rouges-gorges et de pies l'accompagne. Figues, citrons, pêches, oranges, melons, mûres et kumquats piquettent l'environnement du bassin de couleurs vives. Les Néandertaliens accroupis au premier plan observent la femme comme une bande de singes le monolithe de *2001*, telle une créature venue d'un autre monde.

Je n'ai pas cherché la ressemblance avec la maraîchère, mais sa chevelure et le souvenir de son corps nacré dans les vagues n'en sont pas moins une déclaration secrète, un message codé comme les peintres aiment en dissimuler dans leurs tableaux, parfois à leur seule intention. Anamorphoses, signes cabalistiques, ressemblances secrètes, présence d'un chat ou d'un bouc que le diable a pris pour apparence, je m'inscris dans une tradition, et l'ode à une féminité mythologique traverse l'histoire de la peinture.

Sur le mur latéral opposé, le fantôme de Christopher Condent, en transparence sur un ciel sombre, coiffé d'un tricorne et paré d'un collier d'oreilles et de nez du plus bel effet, domine le monde des Esprits, plus sombre et plus froid. La face sauvage du pirate aux trois têtes de morts contemple un paysage de campagne, de landes et de côtes. Une procession de marins anonymes en route vers un cimetière lointain serpente dans la campagne et se transforme, en queue de cortège, en chapelet de chenilles processionnaires jaune et noir. Sur la plage des Amours, reconnaissable à son pin unique, un chaman en tenue d'Inca, les pieds dans l'eau, écarte les bras face au soleil mourant, une saupe dans chaque main. Dans le ciel crépusculaire, la peinture tourne sur elle-même et se fragmente pour composer d'étranges motifs, comme une aquarelle diluée par la pluie. Des volutes de serpents colorés, en écho aux fruits et aux fleurs du mur opposé, tournoient en suivant des trajectoires qui défient la loi de la gravitation universelle et de la mécanique des fluides, pour se fondre dans l'évanescence du fantôme de Condent. Un couple marche sur la lande, main dans la main. L'homme est en bleu de chauffagiste et porte dans le dos une croix en or. Un squelette habillé de lambeaux de dentelles l'accompagne. Adossé à un muret de pierres sèches, à l'ombre d'un figuier, un homme en redingote noire et barbichette écrit dans un carnet d'où s'envole un tourbillon de pages d'écritures qui montent vers l'arbre et le ciel. Une branche maîtresse du figuier soutient la silhouette d'un pendu. C'est le monde des Esprits.

Entre le monde des Origines et le monde des Esprits qui se font face, le grand panneau central déploie une série de paysages, de vallons, de collines toscanisantes, de bords de mer reliés entre eux par des chemins semblables à ceux qui sinuent dans les tableaux du Moyen Âge. Et des personnages un peu partout, telles les figurines d'un jeu de plateau, répartis en trois groupes sensiblement égaux. Ils portent, selon leur appartenance, les couleurs fluos des Touristes, pastel des Secondaires ou sombres des Natifs. Il s'agit de figures locales, Secondaires en vue, retraités à l'année, Natifs que tout le monde connaît et qui connaissent tout le monde. C'est le monde du Temps Présent. En arrière-plan de la figure défigurée de l'actrice s'étendent les toits et les ruelles d'un Village idéal de maisons blanches aux portes colorées et d'un port où mouillent quelques embarcations à voile et à moteur. Au centre du Village, la place accueille une réunion du conseil municipal au grand complet, assis en cercle, bras et jambes croisés. Ils sont nus. Le maire, ceint de son écharpe, danse, nu lui aussi, au centre du pow-wow. Attablés à la terrasse du Café, sous le regard du mari de la patronne, les habitués lèvent leur verre comme les mousquetaires lèvent leurs épées. L'employé, la chasseresse en kaki, le Voisin tel qu'en lui-même, Nez bleu avec son bonnet, toute la bande à moustache ou à casquette, avec et sans canne, est là comme dans la Cène. Sur une façade de la place, le portrait de Lenny en pirate, foulard noir noué sur la tête et bandeau sur l'œil, observe le Dr M., scalpel en main et masque chirurgical sur le visage, tapi dans l'ombre d'une ruelle, à l'affût d'une victime égarée. Le cuisinier et le gérant du Grand Large, la pharmacienne, la fille de l'épicière, ses parents, la droguiste, le pêcheur, le plongeur, le patron du Bar du Chenal avec nattes et bandana, animent les rues et le port. En périphérie du Village, en réalité une fusion simplifiée du Village et du Hameau, des arbres de pays tropicaux côtoient des essences de pays froids, dans des jardins résidentiels. Perché sur une branche de catalpa, le postier observe une famille de randonneurs habillés de couleurs vives et munis de bâtons de marche. Le groupe avance en scrutant les environs, comme Fawcett en Amazonie ou Livingstone dans la vallée du Zambèze. La femme pousse un landau et l'homme tire un chariot de supermarché rempli d'appareils photos, jumelles, caméras, tablettes et téléphones. Ils portent chacun un enfant sur les épaules.

La métaphore ou l'allégorie sont des figures imposées dès lors qu'on entreprend une fresque. Ce sont rarement des images d'une grande subtilité. Une femme avec une épée qui tient une balance les yeux bandés, ou l'index d'un vieillard barbu, dans le ciel, qui effleure celui d'un adonis alangui par terre, ne demandent pas d'efforts de compréhension démesurés. Et quiconque s'attache à décrire une fresque de Raphaël le fera avec les mêmes mots que ceux qui pourraient convenir à une peinture de fête foraine.

Au sommet d'une des collines, là où la tradition toscane aurait planté quelques cyprès, se dressent trois cubes blancs sans portes ni fenêtres. Sur chacune des faces visibles, un cercle orange constitue une allusion plus que transparente aux modules pavillonnaires que l'entrepreneur assemble sans la moindre considération environnementale et à la bétonneuse orange qui sert de logo à son entreprise. J'ai longtemps hésité avant de lancer ce qui ressemble à une attaque personnelle car les histoires ne manquent pas sur les méthodes d'une corporation qui a toujours du ciment frais à sa disposition. J'ai préféré la franchise de la dénonciation à l'hypocrisie qui aurait consisté à nier l'existence et le rôle dans la communauté de l'entrepreneur. Il n'y a pas d'art sans prise de risque. Sur une autre colline, Dosto, debout sur la cabine de sa tractopelle, dirige un orchestre invisible avec de grands gestes des bras.

Des anonymes peuplent aussi le décor. Ils sont tous différents, dans des typologies volontairement conventionnelles, pour permettre à qui le souhaite de se croire représenté et de pouvoir affirmer "Ah, là c'est moi". Il y a l'homme dégarni à lunettes, le vieillard à casquette, la femme un peu forte qui tire un chariot de courses à roulettes, le barbu en jean et chemise à carreaux, l'enfant au cartable sur le dos, la jeune femme à bicyclette, l'adolescent sans casque sur son vélomoteur, l'homme qui jardine avec chapeau de paille et tablier, le nageur, le véliplanchiste, le joggeur et quelques autres dont les visages ne sont pas suffisamment précis pour attester leur identité.

Si une salle des fêtes est conçue pour que les gens s'y amusent, il faut aussi penser à ceux qui s'y ennuient, ce qui arrive bien plus souvent qu'on ne croit. C'est dans cet esprit que j'ai réparti à leur intention, sur l'ensemble de la fresque, certains détails plus petits que des détails normaux et qui prennent un moment à découvrir, comme chez Bosch, afin que ceux qui se désintéressent de l'événement auquel ils participent trouvent matière à s'occuper les yeux et l'esprit, des choses minuscules, pour animer leur dépression. Deux écureuils s'accouplent sur une branche, une bouteille de vodka trône sur la coupole du vieux four, un chien urine sur la trottinette de l'employé, un chat noir se promène sur le toit de l'église et un flacon de kétamine gît sur le bord d'un chemin. En collant le nez sur les pages du Poète qui s'envolent vers le ciel, on peut lire, tracés au pinceau extra-fin, les vers suivants :

De l'étrave qui plonge et resurgit, disparaît puis renaît
la figure solitaire d'une terre immobile et noire
dans l'océan bouillonnant.
Nulle femme désirable comme ce pays clos,
pour le marin fragile affamé de repos.

La couleur du ciel change d'un mur à l'autre et rejoint le grand ciel du plafond où bataillent l'argent, le bleu, le jaune, le rose et le gris.

La mer s'étend partout sur l'horizon. Une imperceptible ligne blanche la sépare du ciel et peut laisser penser qu'une vague géante s'annonce au loin, prête à engloutir l'Île et son monde.

En miroir du plafond et du ciel, la mer occupe le sol. Une peinture *époxy spécial garage et parking, fortes sollicitations* donne l'illusion de marcher sur un océan strié d'écume, même si l'affluence dans la pièce empêche d'en apprécier pleinement l'effet. Ce plancher liquide paraît couler du quatrième mur auquel le visiteur tourne le dos en pénétrant dans la salle et qui figure le monde de l'Eau. C'est un panneau unique qui emmène le visiteur sous l'eau, en adoptant le point de vue d'un plongeur dont le masque, immergé aux deux tiers, permet de découvrir dans sa partie inférieure (la plus importante) le monde subaquatique et, dans son tiers supérieur, la surface de l'océan et le ciel. Un vignettage discret à chaque coin du mur renforce l'effet masque. Les fenêtres de la salle sont occultées par deux panneaux en contreplaqué, maintenus par des crochets, peints dans la continuité du monde sous-marin. La porte à double battant est peinte elle aussi.

Le paysage sous-marin, traversé par les doigts du soleil, plonge le visiteur dans un banc de méduses roses qui dérivent devant le Junkers 87 posé sur le sable dans une lumière bleue d'aquarium. La silhouette d'un plongeur évolue au-dessus de l'appareil. Des bonites, des poissons-lunes, des chinchards, des bars, des araignées, des congres, des poulpes et des saupes, la faune du chenal et celle de la côte orientale réunies évoluent en compagnie d'emballages de surgelés chinois et de sacs en plastique qui flottent entre deux eaux. Une épave de vélomoteur couverte d'algues et deux pneus reposent sur le fond à distance du Stuka, comme des éléments naturels sur lesquels mousses et coquillages sont venus s'agglomérer. Les jumeaux, drapés dans des filets de pêche, encadrent la porte à double battant de la salle et soutiennent la surface de l'océan de leurs bras squelettiques à hauteur du linteau, telles les cariatides décrépites d'une Atlantide oubliée.

Une notice calligraphiée sur le mur informe que *L'auteur de la fresque procédera périodiquement à l'ajout ou à l'effacement d'éléments de la faune marine ou des déchets représentés, en fonction de l'évolution des données environnementales de l'Île.*

Voilà à quoi ressemblait le résultat de six mois de travail. À un suicide.

Murs, sol, plafond, deux cent soixante-dix mètres carrés de divagations laborieuses.

Je comprends à cet instant que j'ai trouvé la façon d'achever en apothéose le gâchis de mon parcours, comme un joueur endetté double la mise pour être sûr d'avoir épuisé toutes ses chances. Je découvre mon travail en même temps que les premiers visiteurs, comme si je n'étais pas conscient jusque-là de ce que j'avais peint.

Une série d'images défilent à grande vitesse à l'intérieur de mes yeux, une actrice défigurée, un maire nu, un pendu, un postier vautour, un docteur fou, des gens qui se transforment en chenilles, des déchets, des fesses et des fèces.

Comment ai-je pu concentrer autant de motifs de détestation ?

Il n'y a pas d'autre explication, j'aspire au martyre, je cultive l'envie inavouée d'expier mon grand ratage éditorial, de me punir pour avoir échoué. Je croyais avoir accepté ce projet pour me sortir de ma neurasthénie, j'y voyais un espoir de résurrection, sans me douter que j'y cherchais l'accélérateur de ma chute.

XXXIII

QUE ÇA EN VAILLE LA PEINE

La lame de la guillotine demeure en suspension à mi-course.

Derrière ses larges lunettes noires, l'actrice continue d'observer son portrait. Le maire, immobile, se tient à ses côtés. L'assemblée demeure hypnotisée par la grande silhouette bleue figée dans l'espace, comme les chevaux du lac Ladoga.

Des poussières dansent mollement dans les minces lames de lumière qui s'introduisent entre le mur et les panneaux qui masquent les fenêtres. Je regarde le groupe qui nous entoure et tous attendent la réaction de l'actrice, sidérés pour la plupart de découvrir son véritable visage et le portrait que j'ai osé en faire.

D'imperceptibles mouvements de respiration animent l'assistance, les cils battent au ralenti, une veine palpite sur une tempe, un homme rajuste une paire de lunettes dont une branche est rafistolée au scotch, la main fermée d'une femme sur la bandoulière de son sac, une tache sur un polo, le fil transparent d'un appareil auditif, le mouvement pendulaire d'une boucle d'oreille, l'aller-retour d'une pomme d'Adam.

Le chronomètre va reprendre sa course et la lame va s'abattre. Je sais que passé la stupeur, c'est vers moi que se tourneront les regards, "De quel droit ?", "À mort, pendez-le".

À l'instant où l'assistance se réveillera, les mots n'auront plus aucun sens ni aucune portée. L'alibi des vapeurs de solvants, de résines et de solidifiants, qui dans un procès serein plaiderait en ma faveur pour une altération du discernement, sera balayé par le goût du sang.

L'actrice se tient face à son image et la convergence des regards qui la place au centre de l'attention lui confère l'aura d'une visiteuse extraterrestre.

Puis chacun la voit retirer ses lunettes noires. Dans le silence de la salle, sa voix s'élève de son visage de cire fondue, et le temps redevient celui des trente-deux mille sept cent soixante-huit vibrations seconde des montres à quartz.

— Voilà ! dit-elle avec lenteur, voilà, c'est bien.

Elle remet ses lunettes et parcourt le reste de la fresque dans un très lent mouvement panoramique circulaire, en prenant le temps d'observer chacun des mondes. Elle semble secouée d'un rire intérieur devant les Néandertaliens, hoche la tête devant le monde sous-marin et hausse les sourcils en découvrant Condent et son collier d'oreilles et de nez coupés, pour finalement revenir à son portrait. Elle se regarde à nouveau, puis me cherche du regard.

Le maire pivote vers l'assistance et scrute l'assemblée comme s'il essayait de sonder les pensées des participants.

Quand l'actrice m'aperçoit, son visage se tord dans un sourire et je ne peux m'empêcher d'être étonné de la ressemblance que j'ai mise dans son portrait peint de mémoire. Je prends soudain conscience de la sueur qui ruisselle sous ma chemise et de mon allure de naufragé. Le maire se rapproche et, la main devant sa bouche, murmure quelque chose à l'oreille de l'actrice et l'actrice s'avance vers moi. Tandis que la salle entière retient son souffle, elle m'applaudit du bout des doigts.

— Oui, c'est bien, dit-elle, c'est très ressemblant.

Elle est si près de moi maintenant que je sens son corps s'appuyer contre le mien. Elle m'entoure de ses grands bras et se penche dans une étreinte qui me sidère. Je reste les bras le long du corps, sans oser l'enlacer, traversé par son énergie. La force de ses bras me surprend et le parfum de ses cheveux couvre mon visage. Sa voix enrouée se glisse dans mon oreille.

— Nous y sommes, dit-elle, merci.

Elle s'écarte avec le sourire de l'Homme qui Rit, mais je ne vois que ses yeux, à cet instant, les yeux de quelqu'un qui n'a jamais eu peur, les yeux du personnage d'*Une nuit sans vous*.

“Montrez-moi”, avait-elle dit tandis que, derrière la baie vitrée du Château, le jour mourait sur le chenal, “pas comme une silhouette, pas comme un spectre, si ça doit être moi, montrez ce que je suis, montrez-moi. Que ça en vaille la peine.”

L'expression m'était apparue alors dans son sens le plus littéral.

Et elle s'était placée sous le globe orange du lampadaire au bout de sa trajectoire chromée.

“Regardez-moi et montrez-moi, elle avait répété, montrez ça”, et elle avait penché la tête vers l’ampoule.

L’actrice effleure ma main sans chercher à la saisir. Ses yeux noirs me fixent. L’éclat qui les animait l’instant d’avant s’est éteint tandis que la vie revient autour de nous. Sa voix comme une vibration profonde me dit adieu, puis elle se détourne et fend l’assistance qui s’écarte devant elle dans un murmure flottant, comme la mer Rouge devant Moïse, pour la laisser sortir dans la lumière de la place, au milieu de ceux qui attendent leur tour à l’extérieur et s’écartent aussi devant son passage.

Ensuite, le maire se met à applaudir en frappant d’abord une fois dans ses mains, puis deux, puis trois, avant d’accélérer la cadence comme s’il encourageait un sauteur dans un stade ; l’assistance s’y met aussi et le maire lance des bravos d’opéra, et à cet instant seulement je comprends que je vais m’en tirer.

Je ne saurai jamais qui, de l’actrice ou du maire, me sauva la vie ce jour-là, mais la réaction de la comédienne face à son image interdit à la foule de s’indigner des déplaisirs que mes représentations auraient pu lui causer tant elles pesaient peu en comparaison et rendait toute réclamation déplacée.

Le temps normal se réinstalla dans l’espace et chacun entreprit de se comporter comme dans n’importe quel vernissage, un œil sur les murs et l’autre sur son voisin. Les visiteurs commencèrent à tourner dans la salle. Il y avait des chuchotements et aussi des *oh* et des *ah* et quelques *putain*. Des photos bien sûr. Certains pointaient du doigt une scène ou un détail, d’autres revenaient sur leurs pas s'assurer de ce qu'ils avaient vu, reprenaient des photos et commentaient telle ou telle scène pour leur voisin.

Dosto émit quelques jappements comme il l'avait fait debout sur le pick-up du poissonnier et dit qu'il aimait beaucoup, surtout les Néandertaliens et le pirate. Sous l'eau il n'aimait pas, la mer au sol non plus, et on ne pouvait pas lui en vouloir.

D'autres visiteurs succédèrent aux visiteurs. Dix entraient quand dix sortaient et je restai dans la salle jusqu'à la fin avec le maire.

Je vécus ce moment dans un état étrange, comme une expérience de hors-corps. Je me voyais agir, déambuler, saluer des gens et dire des mots dont je n'ai pas le souvenir. Je me rappelle le maire en conversation avec la directrice de la résidence Nouvel Horizon et le gérant du Grand Large, me tapotant l'épaule quand je passai à sa hauteur, Lenny qui m'entoura de ses deux bras, pour me dire *merci pour Condent, c'est magnifique, et merci pour moi*. Je n'aperçus ni l'entrepreneur, ni les jumeaux, ni le tenancier de L'Ancre Seiche, mais au sacre de Napoléon aussi il y avait des absents. Je ne vis pas la maraîchère non plus.

Je me retrouvai comme au sortir d'un rêve dont seuls quelques fragments subsistent au réveil, l'actrice se regardant, l'actrice applaudissant du bout des doigts, voilà, bravo, bravo, lance le maire.

C'est ainsi que les choses se passèrent, c'est du moins comme cela que je me les rappelle, un récit où le vide l'emporte sur le plein. Ça aurait pu se passer autrement, la foule aurait pu ne pas vouloir comprendre et s'énerver et, dans ces cas-là, il y a toujours un type qui se met à crier *C'est lui, c'est lui !* en désignant quelqu'un pour que tout le monde lui tombe dessus, lui dévore le cœur et suspende ses parties génitales au bout d'une pique. Ça tient souvent à rien. Si l'homme a perdu un certain nombre d'aptitudes depuis l'époque où il errait dans la toundra en écartant ses grosses narines, l'envie d'étriper son prochain de temps en temps est demeurée intacte au fil des âges.

Là, en revanche, tout semblait calme comme une promenade dominicale. J'entendis même rire, comme dans une fête, ce qui en d'autres circonstances aurait pu me vexer car il est rare de rire dans un vernissage. J'étais dans l'état de celui qui découvre que le premier jour du nouveau millénaire n'est pas différent du dernier du millénaire précédent, la catastrophe annoncée n'a pas eu lieu. À la fois satisfait et déçu. Mais rien ne disait que la catastrophe n'était pas simplement différée. Un retard à la livraison, comme dans le bâtiment.

Quand je quittai la salle, le soleil avait disparu. Le ciel commençait à s'obscurcir dans une chaleur douce et enveloppante.

Un bataillon de bouteilles vides était aligné le long de la salle des fêtes sous les tables, telle l'armée en terre cuite de l'empereur Qin, et un tas de verres vides en plastique blanc cabossés que le vin avait tachés de rose traînaient sur les plateaux. L'employé rappela de sa nouvelle voix fluette et autoritaire que la grande poubelle en plastique noire près des tréteaux était destinée aux gobelets et que ce n'était pas à côté qu'il fallait les jeter mais dedans.

Les touristes avaient regagné leur location ou avaient attrapé le dernier traversier vers le continent, et une vingtaine de personnes que personne n'attendait nulle part, Natifs et Secondaires, tournaient sur la place, un gobelet à la main. Les réverbères s'allumèrent et les grillons arrêtèrent de chanter l'amour dans le jour qui collapsait.

L'épicière et son mari, elle en robe moulante parme et lui, taille étroite, épaules larges, toujours plus jeune qu'elle, en jean et chemise, me saluèrent de la tête, sans doute pour me remercier de les avoir représentés comme ce qu'ils étaient, un couple spectaculaire qui s'embrassait sur le port, comme au cinéma. Les coups d'œil plus ou moins discrets dans ma direction ratifiaient mon statut de célébrité du jour. À la terrasse du Café, les habitués partageaient leur impression du vernissage. Le Voisin était là. Il vint vers moi.

— La taille, dit-il en montrant un espace entre son pouce et son index, quand même.

— Napoléon n'était pas grand, Tom Cruise, non plus, dis-je avec un clin d'œil complice.

Le Voisin leva le menton et les yeux au ciel, et gratta longuement son cou tendu. Je profitai de cette parenthèse introspective pour regarder autour de moi, en quête d'une issue de secours.

Au centre de la place, le faux Anglais à fine moustache présent à l'enterrement du maçon s'entretenait avec le Dr M. Il portait un complet classique de couleur bleue, sans rembourrage aux épaules et deux fentes latérales sur la veste, sans revers au pantalon. Le docteur que j'avais peint en criminel embusqué dans l'ombre d'une ruelle obscure leva son verre dans ma direction lorsqu'il m'aperçut, ce qui, dans un certain nombre de tribus, constitue une invitation. Je le rejoignis pour échapper au Voisin et dis bonsoir et le docteur aux yeux tombants répondit bonsoir et je ne lus rien sur son visage qui témoignât d'une rancœur ou de quelque chose approchant. Peut-être ne s'était-il pas reconnu en docteur fou, comment était-ce possible ?

— Alors ? demanda le docteur.

— Alors, c'est plutôt à vous de me dire.

— Vos Néandertaliens, quand même..., dit le gentleman sans terminer sa phrase, comme si c'était à moi de savoir ce qu'il leur reprochait.

— C'est la nature, intervint le docteur avec indulgence, peut-être nostalgique des blagues scatologiques de ses années de médecine.

Je répondis que des gens venaient de loin pour contempler les traces de leur présence et qu'il était impossible d'éviter le sujet.

— Il y a la manière, dit l'homme dans son complet anglais, il y a la manière.

— Formidable, le poète, dit le docteur, avec les feuilles qui montent au ciel.

— Oui, le poète très bien, rien à dire.

Puis, il se racla la gorge et dit bon, bon, bon, qui me sembla une traduction correcte de *well, well, well*, et il informa le docteur qu'il lui rendrait visite dans la semaine pour *son petit problème* et s'éloigna.

Le Dr M. fit le signe *deux* avec les doigts, et Dosto, qui ramassait les gobelets usagés par terre et sur la table pour les mettre dans la poubelle, remplit deux verres de vin rouge et nous les apporta, à petits pas prudents, au centre de la place. Le Dr M. tendit son gobelet vide en échange du nouveau et je pris le mien, servi à ras bord et dont la surface bombée menaçait de déborder à tout moment. Je portai lentement le gobelet à mes lèvres quand Dosto s'exclama *Bive na peinture, bive na peinture !* Je sursautai et la tension superficielle du liquide se rompit. Le vin déborda et dessina une cravate violette du premier au dernier bouton de ma chemise, avant de projeter de minuscules éclaboussures rougeâtres sur le sol qui rebondirent sur mes tennis blanches pour finir par former une petite flaque entre mes pieds, le genre de séquence qui peut tourner des années en boucle sur le flux.

Je levai mon verre et ce qui restait de liquide à l'intérieur, à l'intention de Dosto.

— Nes zécureuils ssssuper, dit-il en frottant ses cheveux peroxydés et il répéta sssuper et après un regard furtif sur ma chemise bicolore, retourna près des tables.

Le Dr M. approcha un index de ma joue.

— Vous devriez faire attention avec le soleil.

Je touchai ma balafre, qui faisait un creux plutôt qu'un bourrelet. Je trouvais qu'elle ajoutait un je-ne-sais-quoi à mon visage d'artiste, comme un certificat d'authenticité.

— Et la lune ? demandai-je en regardant son disque blanc émerger de derrière le toit du Café.

— Pour blanchir le linge, dit-il en regardant ma chemise, pour les cicatrices je ne sais pas.

À quel instant me parlerait-il de la fresque ?

— Passez donc me voir un de ces jours, c'est sans risque.

— Il n'y a jamais d'accident ?

L'image de l'actrice penchée sur le magnétophone flotta devant moi. *Chaque semaine, les choses empiraient et un nouveau désastre m'éloignait de moi-même que le miroir consignait impitoyablement. La Belle et la Bête. J'étais l'une et je suis devenue l'autre.*

Le Dr M. dut l'apercevoir aussi.

— Oui, c'est bien triste. À l'époque, les produits pouvaient contenir des impuretés, dit-il en regardant le fond de son gobelet où transparaissait un reste de vin sombre. Ça provoquait des granulomes, pas assez d'essais cliniques, pas de recul. Rejets, allergies, migration de produits, ruptures de prothèses, on ne savait pas tout. C'était une science jeune.

— Comme l'atome en 45, dis-je.

— L'acide hyaluronique venait de crêtes de coq broyées, figurez-vous, d'yeux de bœufs écrasés, de peau de requin, il y a eu d'autres accidents, des femmes moins célèbres.

Dosto revint vers nous avec une bouteille, remplit mon verre à nouveau et repartit sans servir le docteur qui tendait son gobelet.

Le Dr M. me prit par le bras et m'entraîna à l'écart alors qu'il n'y avait personne assez près pour nous écouter. Sa main était beaucoup plus ferme que ne le laissait supposer son physique d'homme cacahuète. Je me dépêchai de vider mon verre comme pour permettre au docteur de remplir plus vite le sien.

— Vous le savez sans doute, je suis là depuis le début.

— Le début de quoi ? demandai-je.

— Le début. Nous sommes arrivés ensemble.

— Je vois, dis-je alors que je ne voyais rien.

— Les allergies... répéta le docteur l'air pensif, oui.

Il écrasa son gobelet, me souhaita une excellente fin de soirée, me dit de me méfier du vin et prit congé, alors que le maire arrivait comme dans une pièce de théâtre bien huilée, une sortie, une entrée.

Ce n'est que lorsqu'il disparut que j'en conclus qu'il ne s'était pas reconnu sur la fresque, ce qui était surprenant. Je commençai à ressentir les effets du vin, une espèce d'écartoire à l'intérieur de mon crâne éloignait lentement mes tempes l'une de l'autre puis les rapprochait par vagues successives.

— Alors ? demanda le maire en levant vers moi un verre invisible.

— Heureux d'être encore en vie, répondis-je.

— C'est sans aucun doute un motif de satisfaction, dit le maire, sans aucun doute.

Dosto nous rejoignit avec un gobelet plein pour le maire et un pour moi. Le maire trempa ses lèvres dedans.

— C'est quoi ?

— Ne vin de l'Île, comonnadi, naturel, mionynamie, et il attendit le verdict.

Le maire eut l'air de se souvenir et but une deuxième gorgée prolongée par une grimace.

Dosto repartit voir l'employé et fit comme ci comme ça en accompagnant son commentaire d'une main vacillante.

— Vous en pensez quoi ? demandai-je.

— Ça râpe un peu.

— Je voulais dire ce soir, la fresque.

— Un plébiscite, dit le maire en mettant la main sur sa poitrine, une unanimité de parti unique, ça leur a fait un choc, croyez-moi, ils sont encore sous anesthésie, les remontées viendront plus tard, pour l'instant chacun se satisfait de la façon dont les autres sont représentés, ça relègue au second plan la gêne qu'ils pourraient éprouver pour eux-mêmes, et puis la fierté d'être immortalisés, de toute façon et d'avoir quelque chose d'original, quelque chose que personne d'autre n'a.

Je demandai comment il se trouvait et il répondit, *plutôt flatté*, en mettant la main sur son ventre.

— Et pour le message, c'est bien vu, une tribu amazonienne, on n'est pas différents, dit le maire. Elle a été formidable, n'est-ce pas ?

— Oui, répondis-je sans rien trouver d'autre à ajouter. Merci pour les applaudissements.

— Vous le trouvez bon ? dit-il en désignant mon gobelet.

— Je vous dirai demain, aujourd'hui les choses n'ont pas le goût de d'habitude.

J'étais sur le point de lui demander ce qu'il avait pensé en découvrant le portrait de l'actrice, quand la secrétaire de l'Association Retraite vitaminée qui nous tournait autour depuis quelques minutes, comme un requin chaussé de lunettes marguerites, fonça sur le maire et, sans me regarder, déclara qu'elle trouvait *tout ça, extrêmement chahuté*, avec un air de grande déception.

— Chahuté ? dis-je.

— Chahuté, répéta-t-elle en me fixant de son regard fleuri, le contraire d'harmonieux, si vous préférez.

— Un peu de chahut ne fait pas de mal, tempéra le maire.

— Et ce vert, ce vert ! dit-elle en levant les yeux au ciel, ou en en donnant l'impression.

— C'est celui de Bosch, un Pantone 389c.

— Bosch ! dit-elle, comme si elle crachait par terre, je comprends mieux.

— Le conseil tribal, c'est drôle, non ? tenta le maire pour orienter positivement la conversation.

— Il y a une différence entre grossièreté, obscénité et vulgarité, dit ma consœur, et je dirais que ça tombe du mauvais côté.

— C'est merveilleux, dit le maire, que l'art suscite des débats, c'est merveilleux, c'est la vie. Un verre de vin naturel, peut-être ?

Mais la peintre de bouquets se contenta de regarder sa montre, salua le maire et nous planta sans me saluer.

Le maire posa une main consolatrice sur mon épaule.

— Comme en politique, dit-il, vos ennemis sont dans votre camp.

Je mis une main dans ma poche et en ressortis la clef jaune que je lui tendis.

— Gardez-la, si vous avez des retouches, et puis vous savez – et il sortit une clé de sa poche – j'ai un double.

Je le regardai. Les mots essayaient de se frayer un passage en bon ordre dans l'alcool qui irriguait mon cerveau quand il déclara, bon, on reparle de tout ça, et encore bravo, pari amplement tenu, merci et à très vite. Et alors que je le regardais s'éloigner vers le Café, je lançai :

— Vous saviez, pour la fresque, c'est ça ? Vous saviez ?

Mais le maire ne se retourna pas et se contenta de pointer un index vers son oreille. Je finis le gobelet de vin et restai un moment sur la place qui se vidait, tandis que Dosto ramassait d'autres gobelets vides au pied du tilleul révolutionnaire.

Comment se sentait Michel-Ange quand il eut fini son plafond et que les gens eurent poussé des ooh et des aah et qu'il rentra chez lui dans la nuit chaude et claire du 14 août 1511 après quelques verres du mauvais vin de l'époque ?

J'ouvris la porte et me versai un verre de rhum pour chasser le goût des verres précédents. Le feu par le feu. Je passai un doigt sur ma joue le long de la rayure. Je repensai au docteur, à l'actrice, au portrait, et la fatigue et la tension accumulées au cours des derniers mois me tombèrent dessus comme un piano à queue. J'abandonnai mes vêtements sur le sol, montai dans ma chambre en léchant la rampe et m'affalai sur le lit, tandis que les images de la journée se déposaient pêle-mêle dans un coin de ma boîte crânienne et que la nuit prenait possession de l'Île.

Que ressentait l'actrice dans son château, entourée de ses morts et d'un homme à tout faire, la catastrophe de son visage révélée au grand jour ? Se sentait-elle libérée ? Elle avait appris la disparition de l'acteur américain par les journaux. Même sur une île déserte ou au sommet de l'Everest, elle n'aurait pu y échapper. Hommages, témoignages, confidences, anecdotes, discours, magazines, suppléments, programmes spéciaux, documentaires, rétrospectives, festivals, la planète entière avait célébré l'ancien héros d'une industrie plus très en forme, l'icône d'un passé glorieux, l'homme dont Hollywood était le nom. Son visage était partout et ses yeux bleus plongeaient dans les vôtres, au-dessus de son célèbre sourire en coin.

Quelques semaines après sa mort, j'ai reçu une lettre. C'était une enveloppe couleur coquille d'œuf accompagnée de trois timbres de couleurs différentes avec le profil de George Washington. Mon nom et mon adresse y étaient inscrits d'une belle écriture régulière à l'encre bleue. Le dos de la lettre indiquait 2859 Coldwater Canyon Dr, Beverly Hills, Californie, 90210. Je connaissais l'adresse, tout le monde la connaissait. C'était une lettre de sa femme.

Elle n'écrivait pas pour m'apprendre son décès. Elle m'écrivait, disait-elle, comme à une amie. *Elle connaissait notre histoire et la façon dont elle s'était terminée. Il lui avait avoué par peur de la perdre, écrivait-elle, parce qu'à Hollywood tout finit par se savoir. Elle savait pour Londres, pour Rome et pour finir, pour la Suisse, elle savait ça aussi. Elle avait compris la peur qui l'habitait, lui qui n'avait interprété que des héros, la crainte du scandale. Qui sait si ça ne l'aurait pas aidé ? Celui qui avait si souvent incarné la droiture et la justice serait peut-être devenu plus humain aux yeux du public. Peut-être est-ce aussi ce dont il avait peur, que la statue du commandeur devienne la figure d'un homme comme les autres.*

Elle était triste pour moi, pour la perte et pour l'épreuve que ça avait dû être. Mais pour le reste, écrivait-elle, je n'avais rien à regretter, tout l'argent du monde ne pouvait compenser la vie avec un homme devenu acariâtre et impuissant et dont elle avait dû écouter pendant les dernières années la litanie des reproches qu'il adressait à une industrie qui l'avait mis au rebut et n'avait plus besoin de lui pour fabriquer au kilomètre des films pour adolescents. Elle avait supporté ses sautes d'humeur et les disputes avec ses amis. Tous s'étaient peu à peu détachés, lassés de son amertume et de son égoïsme. Il arrivait qu'un vieux chef opérateur à la retraite lui rende visite ou qu'on l'invite à l'inauguration d'une fondation, mais les contacts avec le cinéma étaient de plus en plus rares. Il visionnait ses anciens films dans sa salle de projection privée. Il s'était mis à boire, aussi. Elle écrivait qu'ensuite son esprit était parti et que même elle, il ne la reconnaissait plus. Il avait vécu encore deux ans et elle avec lui. Il se plaignait de l'infirmier, du fauteuil et de la nourriture et pour finir il se plaignait d'elle. Elle avait tenu à m'écrire cette lettre pour que je n'imagine pas qu'une vie heureuse s'était construite en symétrie d'un abandon et d'une blessure, non, je n'avais rien à regretter. Elle concluait par ces mots : "Il est mort sans avoir plus conscience de rien, ni de son corps ni de son esprit, ni du bien, ni du mal, ni de la gloire, ni de l'oubli."

On ne devrait jamais savoir comment meurent ceux qu'on a aimés.

Avait-elle ouvert sa petite boîte en argent, Bayani lui avait-il servi un verre, fumait-elle une cigarette ?

Je m'endormis. Une pensée traversa l'obscurité dans laquelle je plongeais : j'avais oublié les lapins.

XXXIV

LE JOUR D'APRÈS

À mon réveil, un grand vide occupait mon âme ou ce qui en tenait lieu, comme si un prêtre maya m'avait arraché le cœur, comme si plus rien ne vivait en moi, et ce vide était si lourd que j'aurais pu rester couché des heures encore, des jours peut-être, et l'effort que je dus fournir pour me lever me parut surhumain. La salle des fêtes qui m'obsédait depuis six mois, qui était devenue l'entièreté de mon espace mental, à l'intérieur de laquelle je vivais même quand je n'y étais pas, ses quatre murs et son sol et son plafond, avait disparu d'un coup, s'était séparée de moi pour de bon cette fois. Chaque seconde de ces six mois consacrés à réfléchir à ce que j'allais faire ou à le faire, à penser à la fresque même quand je croyais ne pas y penser, à tenter de la mettre en forme, à faire et à défaire, à attendre le jour de sa révélation, tout ça s'était évanoui dans la nuit.

Je pris conscience qu'en l'absence de tout désir et de toute obligation, je me trouvais désemparé.

Je m'habillai et laissai mes jambes décider de ce qu'elles voulaient faire. L'air avait le parfum des pierres, des arbres et de l'océan chauffés par le soleil. Je longeai le mur du Château, escorté par les pots de géraniums roses. L'odeur de miel du châtaignier franchissait l'enceinte du Château et circulait sur la route. Le portail était ouvert quand j'arrivai devant l'entrée. La frondaison du châtaignier masquait l'inscription *Volens Nolens, 1847* sur le linteau. Je restai un instant à observer la grande maison dans l'espoir d'apercevoir l'actrice quand Bayani parut dans sa tenue noire de jardinier ninja. Il agita les bras en m'apercevant et courut vers moi. Arrivé à ma hauteur, il se pencha, les mains sur les genoux, pour reprendre son souffle.

— Madame pas rentrée, dit-il avant que j'aie le temps de rien dire, madame pas rentrée.

— Pas rentrée d'où ? demandai-je.

Il se redressa. La sueur sur son visage faisait briller ses pommettes dorées et ressortir les perforations de sa peau.

— Pas rentrée de nager, jamais nager autant longtemps.

Je demandai s'il avait prévenu quelqu'un, mais il fit non de la tête, le quelqu'un c'était moi. Je regardai ma montre comme si elle allait m'apprendre quelque chose.

— Les méduses sont parties, dis-je, elle aura voulu profiter un peu plus de la baignade.

Au cinéma, quand un type se veut rassurant à propos de la solidité d'un barrage, tout le monde sait que l'instant d'après le barrage va céder. C'est à ça que servent les histoires, depuis les Grecs, à éviter de répéter toujours les mêmes erreurs. J'ajoutai que la meilleure chose à faire était de prévenir la capitainerie et décidai d'accompagner Bayani. Aucun de nous ne parla jusqu'au Village.

Sur la place, le marché était terminé et le poissonnier vidait la glace de son étal dans le caniveau. Le flot habituel de touristes s'écoulait dans les rues et il y avait la queue devant la salle des fêtes. Quelques Secondaires, dans une sélection de pastels roses, bleus, verts et jaunes, lisaient le journal à la terrasse du Café, un apéritif ou un café à portée de main. Ceux qui se connaissaient parlaient entre eux, les autres regardaient leur téléphone parce que l'actualité mondiale requérait leur attention ou qu'un message important pouvait leur parvenir d'un instant à l'autre. Sur le port, la foule avait pris possession des terrasses et les traversiers se relayaient pour écouler le flux de visiteurs. On n'était pas loin de la cote d'alerte, quelque chose comme le record du nombre de personnes dans des toilettes de chantier. Nous avons remonté le courant des touristes vers le poste de secours logé dans le bâtiment blanc de la capitainerie.

Un Zodiac partit en aval du chenal. Le maire fut prévenu. Pêcheur et plongeur embarquèrent avec le capitaine du port et un officier de la police portuaire sur une seconde embarcation. Une heure plus tard, un hélicoptère de la sécurité civile décolla du continent pour un survol de la zone et de la pointe nord, où le courant aurait pu entraîner la nageuse. Un groupe de volontaires dont je faisais partie avec Bayani entreprit de fouiller la berge en amont et en aval du lieu de baignade. C'est la fille de l'épicière qui découvrit les sandales et la robe de l'actrice, parfaitement pliée, entre deux rochers. Il n'y avait pas de serviette de bain. Les recherches se poursuivirent jusqu'à ce que la nuit y mette fin.

Bayani autorisa Tupac à chanter dans le parc du Château, mais cela n'eut aucun effet, dans ce monde-ci, du moins.

Il était tard quand le groupe se dispersa et que je décidai de rentrer. L'image de l'actrice dans la lumière orange du salon du Château, sa grande silhouette droite et son visage dévasté ne me quittèrent pas.

Je savais maintenant comment elle s'était sentie ce jour-là.

XXXV

UNE HISTOIRE ANCIENNE

Au réveil, La pensée de l'actrice habitait le grand vide laissé par la fresque et le sentiment de tomber interminablement à l'intérieur de moi-même. Les images d'un monde englouti remontaient à la surface, un monde de décapotables thermiques, de piscines, de jeunes femmes aux pieds nus, de Riviera, de terrasses de cafés et de questions existentielles sur une musique de jazz.

L'employé n'était pas là, la trottinette non plus. La porte du bureau était ouverte et le maire debout derrière sa table. Il portait un pantalon de toile beige, une chemise à manches courtes type ranger, beige aussi, et des chaussures de marche. Il regardait une carte de l'Île et des fonds, étalée sur son bureau. Je frappai au chambranle, il leva la tête et me fit signe d'entrer.

Je posai le magnétophone sur le bureau et j'expliquai les trente minutes d'enregistrement. Je branchai l'appareil, enfonçai le triangle vert et les couronnes se mirent à tourner à travers la fenêtre en plastique de l'appareil, 000 001, 000 002, 000 003, 000 004, 000 005...

... Papa est mort dans un accident. J'avais six ans. La grue s'est pliée en deux. La bourrasque n'était annoncée par aucune alerte, aucune météo, rien.

Derrière son bureau, le maire écoutait, immobile, la voix râpeuse de l'actrice dont je connaissais tous les mots.

000907… *Après la Suisse je me suis retrouvée seule. L'histoire s'achevait sans avoir commencé. Le renoncement à l'enfant n'était pas la seule cause, mais c'était comme si tout resurgissait en même temps d'un cercueil que je croyais fermé, la disparition de mes parents, le suicide de mon frère, la lâcheté du héros.*

Cela m'a pris deux ans. Pas pour m'en remettre, mais pour réapprendre à avancer. Pour une actrice c'est long. Je n'ai jamais voulu retourner en Suisse après ça. Et je n'ai jamais voulu revoir un seul de Ses films.

0001008…

J'ai reçu quelques propositions auxquelles je n'ai pas réussi à m'intéresser et quelques marques de sympathie parce que rien ne reste jamais secret dans le cinéma. Je n'ai pas tourné pendant ces deux années. Le cinéma s'est peut-être dit que je portais la poisse, c'est un milieu superstitieux. Avant de remonter la pente, il a fallu que je la descende. Les efforts fournis pour reprendre pied contrebalançaient ceux que je n'avais pas faits pour m'empêcher de couler. Mon désintérêt du monde se lisait sur mon visage. Les marques du parcours étaient là, sous les yeux, dans le pli de la bouche, et j'ai su que ce que me renvoyait le miroir n'échapperait pas à la caméra. Ce n'est pas une affaire de maquillage, ni de lumière. La caméra voit tout, elle voit à l'intérieur. Quelque chose s'était installé dans mon regard. Une gravité s'était déposée sur mes traits, comme si mon visage possédait une densité différente et ne dispensait plus aucune lumière. Il y a des choses que même les plus grandes actrices sont incapables de dissimuler. Il suffit de regarder Marilyn vers la fin.

Alors, j'ai voulu revenir à celle que j'étais, revenir à ma vie d'avant, me retrouver dans le regard des autres. Ce n'est pas ne plus plaire qui me gênait, c'était ne plus travailler. Je n'avais aucune proposition. Personne ne voulait admettre que la jeune femme libre et insouciante que j'incarnais avait été rattrapée par la vie et par le temps. Tout le monde voulait conserver le souvenir de ces années-là intact et je faisais partie du tableau. Et comme chacun sait, les tableaux sont faits pour les musées.

Alors, une recommandation, un coup de téléphone, un rendez-vous, des néons blancs, un homme dessine des pointillés sur la photo de votre visage et vous fait la promesse d'un retour en arrière garanti. Avec le succès que l'on sait.

Après ça, j'ai dû vivre avec une autre femme. Que je retrouvais chaque matin dans ma salle de bains. J'ai haï cette femme. Jusqu'au jour où j'ai compris que je ne m'en libérerais jamais. Pour finir, je m'en suis accommodée. Je me suis résignée.

On nous prépare à l'idée d'un ordre naturel mais rien n'est moins ordonné que la nature. La vie est un désordre en mouvement, la vie n'est qu'une suite d'accidents. La mort est ordonnée. Plus rien n'arrive aux morts. La mort est éternelle. Mon jeune frère sera jeune à jamais.

Il m'arrive de passer des après-midis à regarder le chenal en compagnie de son portrait. Ce manque infini et définitif n'a jamais disparu. La souffrance ne s'est jamais atténuée. Comme si l'air ne suffisait plus pour respirer. Je suis avec lui et nous parlons sans rien nous dire. Son absence est une présence de chaque instant.

Chaque matin, au réveil, je me souviens et rien ne parvient à combler ce vide. Comme si le monde autour de moi n'avait plus de réalité, comme s'il m'était possible de passer la main à travers les objets. L'impression d'être habitée de courants d'air. Et je sais qu'il en sera ainsi jusqu'à la fin, qu'il n'y aura pas de consolation, pas d'anesthésiant.

J'attends le soir et ses rituels, et je sombre dans une somnolence apaisante. Au matin tout recommence, un jour sans fin et sans objet sur lequel veille Bayani, mon ange gardien.

Nager permet d'oublier. Je glisse dans la froideur qui m'enveloppe et les sensations reviennent, celles que j'éprouvais alors. Mon visage engourdi et poli par le courant retrouve une forme ancienne et pour un instant, j'ai l'illusion qu'il se répare.

Mais de retour sur la berge, la pesanteur reprend ses droits et la conscience d'une chair pesante et dérangée. Il ne faudrait jamais s'arrêter de nager.

On entendait sur la bande le bruit du verre vide qu'elle reposait sur la table. Je la revis lever les yeux vers moi.

Alors bien sûr, vous avez mon accord, mais c'est tout ça qu'il faudra montrer, et elle avait refait le geste circulaire autour de son visage. *Montrez-moi telle que je suis, montrez-moi vraiment, qu'on en finisse avec ça.*

Et puis il n'y eut que le souffle de l'appareil, les deux petites couronnes de la cassette qui continuaient de tourner. J'appuyai sur le carré rouge et la tête de lecture revint en arrière dans un claquement sec.

Le maire n'avait pas changé de position. Debout derrière son bureau, les mains de chaque côté de la carte de l'Île, il avait écouté la voix de l'actrice. Il se redressa, regarda les images de voiliers au mur comme s'il les voyait pour la première fois et s'assit. J'en fis autant.

Il resta un moment sans parler, le regard sur la carte entre ses mains, puis finit par dire d'une voix douce.

— Il ne faudrait jamais s'arrêter de nager.

Il regarda ses mains comme si elles ne lui appartenaient pas.

— Ils sont venus un été. Il y avait sa mère, son frère, ils logeaient dans une pension sur le port. Son frère était très différent, très blond, il ressemblait à ce jeune garçon dans *Mort à Venise*, Tadzio. Elle ne faisait pas encore de cinéma. J'avais dix-sept ans. Elle était déjà celle qu'elle allait devenir, vivante, solaire, gaie, vous vous rappelez ? *Mozart n'attend pas, tic tac tic tac.*

Le maire soupira puis se laissa aller contre le dossier du fauteuil multipositions sans décoller les mains du bureau.

— Nous avons passé l'été ensemble et elle est repartie. Les amours de vacances, une spécialité locale. Vingt ans plus tard, elle est revenue dans les conditions que vous savez. Ce furent d'étranges retrouvailles.

Je demandai s'il comptait revenir sur sa déclaration après avoir écouté la bande, mais il répondit *à quoi bon*, il s'en tiendrait à la version de l'accident, l'enregistrement ne prouvait rien, seulement une grande tristesse.

Il repoussa le magnétophone vers moi.

— C'est une correspondance privée, ça vous appartient. Laissons la fatalité expliquer les choses. Ensuite, les gens penseront ce qu'ils voudront.

— Elle n'a pas laissé de lettre, dis-je.

Et j'ajoutai, avec le sentiment d'entrer sur un terrain où personne ne m'avait invité :

— Son frère non plus n'en a pas laissé.

Le maire hocha la tête, peut-être pour abréger l'entretien.

Je hochai la tête moi aussi parce que je n'avais rien à dire. Je me levai, débranchai le magnétophone, enlevai la cassette de l'appareil et la replaçai dans son boîtier.

Le lendemain et les jours suivants, un double de moi-même se chargea du service après-vente et du travail de représentation.

XXXVI

SIXTINE TOWN

La salle des fêtes suscita une curiosité que la période estivale, propice aux faits divers insolites, favorisa. On venait de loin pour voir ce qui était devenu selon un journal du continent *un pôle d'intérêt culturel régional.* La société gestionnaire des traversées entre l'Île et le continent enregistra une augmentation de son trafic de 42 %, laquelle se stabilisa quelques semaines plus tard autour de 35 % et nécessita la mise en service d'une vedette supplémentaire.

La plupart des visiteurs venaient pour l'actrice. La fresque était la seule image qui attestait ce qu'elle était devenue. Bien sûr, sa disparition ajoutait une dimension morbide qui plaît d'ordinaire au plus grand nombre. Le portrait arrivait en tête des requêtes et servait à illustrer les rubriques “chirurgie faciale, avant/après”, “allergies aux piqûres d'abeilles” ou “effets spéciaux/films de monstres”.

Ce regain de célébrité lui valut la rediffusion de cinq de ses films sur des chaînes d'audience nationale, et un cycle dédié dans un réseau de salles indépendantes.

Les plus jeunes préféraient les Néandertaliens qui déféquaient et l'avion de guerre sous l'eau.

Je répondis favorablement aux demandes d'entretiens, à distance ou au Café, la plupart menés par des journalistes stagiaires, la période estivale ayant expédié les titulaires en vacances, loin de leur rédaction. Tous n'avaient pas pris la peine de se renseigner sur le flux et certains me demandèrent si j'étais parent avec le dessinateur de science-fiction du même nom.

Le commerce se portait bien, et la mairie à laquelle j'avais cédé les droits de la fresque éditait une série de produits dérivés (calendriers, sets de table plastifiés) dont les revenus de la vente s'ajoutaient au budget "Action culturelle". Une visite virtuelle de la salle était possible contre l'inscription gratuite à la newsletter de l'office du tourisme. La Galerie proposait des posters de la fresque tandis que sur un présentoir à l'extérieur, des origamis aplatis dans des enveloppes transparentes permettaient de reconstituer les quatre murs de la salle, avec sol et plafond.

La salle des fêtes était maintenant surnommée la Chapelle Sixtine et avait rejoint les râpes à fesses dans la langue de l'Île. Le mot, lancé au départ par l'entrepreneur avec une évidente intention ironique, avait été adopté par le plus grand nombre pour devenir une désignation vidée de sa perfidie première, destinée comparable à celle du vocable *impressionnisme.* La mairie se chargeait de la compilation des retombées qu'elle affichait sur son site.

Sur le continent, les critiques ne manquèrent pas. "Un fatras de techniques hétérogènes au service d'une symbolique lourdingue", "un assemblage de thèmes racoleurs à l'esthétique démonétisée", "un pénible devoir scolaire qui ne mérite même pas la moyenne", "une esthétique de fête foraine" et "Kitsch à gogo pour les gogos". Je reçus aussi quelques lettres d'insultes. Un véritable artiste se serait sans doute réjoui de ces rejets. Deux lettres seulement provenaient de l'Île. La première était signée, courte et bien écrite. Elle émanait d'un membre du conseil municipal qui écrivait *à titre personnel sur un sujet personnel.* L'auteur précisait en préambule que la nudité ne lui posait aucun problème d'ordre esthétique ou moral. La représentation du conseil municipal comme un pow-wow ne le choquait pas non plus. En revanche, la façon dont il se trouvait figuré lui posait problème. Il ne contestait pas la ressemblance, non, il la trouvait même étonnante, mais le résultat laissait quand même imaginer qu'il était doté d'un sexe ridiculement petit, même si on pouvait supposer que l'ombre de la cuisse en dissimulait l'extrémité. L'auteur affirmait devoir supporter certaines plaisanteries à ce sujet et se plaignait qu'en tant qu'agent de sécurité sur le continent, la chose lui portait un réel préjudice et affaiblissait son autorité au sein de son entreprise et auprès des clients pour lesquels il était amené à travailler. L'auteur ne prétendait pas avoir un sexe exceptionnel, mais là, disait-il, c'était en dessous de la moyenne. Il avait préféré m'écrire parce que c'était délicat de parler de ça. Il formait l'espoir qu'une retouche puisse être apportée puisque c'était une peinture évolutive. Il tenait à cet effet à partager ses mensurations qu'il estimait raisonnables au repos et en érection et m'invitait à venir en vérifier l'exactitude, *en tout bien tout honneur.*

La seconde enveloppe, non timbrée, avait été glissée sous ma porte. Pas de signature, comme un poisson mort envoyé par la mafia. Le texte était formé de lettres découpées dans un magazine ou un catalogue, une lettre anonyme à l'ancienne, émaillée de quelques fautes d'orthographe et d'où ressortait l'expression *artiste de pisse*, que je trouvai originale.

Des voix s'élevèrent sur le continent, instantanément relayées sur les écrans, pour me faire endosser la responsabilité de la disparition de l'actrice. Le portrait que j'en avais fait allait contre sa volonté de dissimuler son apparence. Elle ne l'avait pas supporté. L'actrice m'avait-elle remis l'enregistrement et sa requête explicite afin de me protéger contre cette éventualité ? La mairie publia, avec une réactivité dont peu de grandes entreprises sont capables, un communiqué officiel, précisant que le choix de la représentation de l'actrice émanait d'une volonté de cette dernière et que le maire en avait été personnellement informé par celle-ci. Le communiqué de la mairie rappelait de surcroît que la réaction de l'actrice, le jour de l'inauguration et devant cinquante témoins, ne laissait place à aucune équivoque. En vertu de quoi et en tant que propriétaire et commanditaire de l'œuvre et en défense de la mémoire de l'actrice qui avait choisi de faire de l'Île sa résidence, la mairie se réservait un droit de poursuites à l'encontre de toute tentative de manipulation de la vérité.

Aucune réponse ne me fut apportée aux questions que la séquence n'avait pas manqué de faire naître. L'actrice avait-elle réellement informé le maire de sa requête ? Étaient-ils restés proches ? S'était-elle confiée à lui ? Avait-il suivi l'avancée de la fresque avec sa clé ?

J'eus droit aussi à mon lot de propos consolateurs.

"Une démarche d'une audace réelle" *(Le Digitrend)*, "une relecture de l'Art et de l'Histoire de l'Île impertinente et documentée" *(Arts et Galeries)*, "Un indéniable succès, un pari culturel gagné" *(Le Quotidien des Régions)*, "une vision méta-réaliste d'une profondeur antique" *(Planète critique)*, "un enchantement sociologique" *(Unplugged)*, "Un projet visionnaire et roïste" *(La Vie des collectivités) et* "Une démarche profondément subversive" *(Razor)*. Un article de *The Auklander* (Nouvelle-Zélande) vantait sur une pleine page un projet *moderne et volontariste dont certaines de nos îles pourraient s'inspirer.* La référence à Gauguin revint par deux fois, à égalité avec le Douanier Rousseau. Rien sur Bosch en revanche. Un journaliste anglais en vacances sollicita une entrevue filmée dans la salle des fêtes qu'il publia sur un site d'information en ligne. Le sujet portait sur la gestation d'une œuvre et se trouva en tête des consultations pendant presque une semaine. À la moitié de l'entretien (minute sept, quarante-deuxième seconde), une mouche entre dans le champ. Elle se pose sur mon front. Je fais un geste pour la chasser, elle s'envole et se pose sur mon oreille, je change de position, la mouche redécolle et se pose sur mon nez. Je tords le nez, elle repart sur le front, puis l'oreille à nouveau et puis le nez, dans cet ordre, deux fois de suite, le front, l'oreille, le nez. Aucun dresseur animalier au monde n'est capable d'une chose pareille, il n'y a que les effets spéciaux. La séquence dure dix-neuf secondes et a probablement été visionnée jusque dans des galaxies éloignées.

Un éditeur me contacta pour un roman graphique sur l'histoire de la fresque. Il était intéressé par le côté *backstage* et par *votre immersion dans cette communauté de gens pittoresques qui ne vivent qu'entre eux.* Je prétextai que je peignais en ce moment, ce qui était faux. Un homme téléphona et se présenta comme *un industriel influent de la région.* Il ne pouvait pas m'en dire plus pour l'instant. Il souhaitait que je décore une chambre avec des sujets qu'il avait en tête, *des sujets personnels.*

Du côté des Îliens, la bienveillance de la réaction générale se nuança de critiques précises qui pointaient l'incohérence de certaines représentations, comme dans un jeu où il faut chercher les erreurs.

• Aucune source n'attestait que Christopher Condent portait un collier de nez et d'oreilles.

• Il n'y avait pas de kumquats sur l'Île.

• Les poissons du chenal et ceux de l'océan ne nageaient pas ensemble.

• Le tracé des routes n'était pas conforme.

• Pourquoi le port occupait-il si peu de place dans la fresque ?

• Pourquoi un vélomoteur dans le chenal ?

furent quelques-uns des points soulevés.

Je répondis que les artistes font ce qu'ils peuvent, avec la tête d'un saint Sébastien de Mantegna qui reçoit sa quinzième flèche, et qu'il fallait accepter que *La Grande Odalisque* ait quelques vertèbres en trop parce que Ingres était peintre, pas médecin ni ostéopathe.

Quelques doléances prévisibles se firent entendre du côté de ceux qui figuraient sur la fresque mais se seraient vus plus grands ou dans une situation plus valorisante, à l'instar de mon Voisin qui cochait les deux cases, et de ceux qui considéraient leur absence comme injustifiable au regard de leur importance dans la communauté. Je répondis que c'était une peinture évolutive, que rien n'était figé, il fallait un peu de temps, il y a toujours des oublis. Même David pour le couronnement de Napoléon, etc. J'y ajoutai des excuses et des promesses non datées.

Un Secondaire, pensionnaire autonome de la résidence Nouvel Horizon, que j'apercevais parfois en gilet, coiffé d'un chapeau de feutre, en train de promener son chien, crut se reconnaître et demanda un dédommagement pour droit à l'image. J'expliquai que le métier d'artiste permettait de peindre absolument n'importe qui en toute impunité sans payer personne, à l'exception des modèles professionnels. J'ajoutai que le chapeau n'était pas de la même couleur que le sien et que je ne l'avais jamais vu accompagné d'un chien et donc ça n'était pas lui, j'étais désolé. Il déclara qu'il n'aimait pas trop le ton de ma réponse et me tourna le dos et je l'entendis répéter en s'en allant, excédé.

— Ils disent tous ça, ils disent tous ça.

Puis il se retourna et pointa vers moi un doigt menaçant.

— Un jour vous verrez, un jour vous verrez.

Il est de rigueur de penser que les gens âgés sont plus sages et plus tolérants mais les guerres sont souvent déclenchées par des gens âgés à la recherche de quelque chose de stimulant qui les sorte de leur déprimant déclin et leur confirme qu'ils comptent encore pour quelque chose dans la marche du monde.

Willie Nelson, du Bar du Chenal, me conseilla d'aller en Sardaigne, il y avait un village, il me donnerait le nom, avec plus de cent cinquante peintures murales dans les rues, ça devrait me plaire, dit-il.

J'ai dit, oui, pourquoi pas ?

— Y en a un autre, en Uruguay, très coloré, très beau, mais c'est plus loin.

Je croisai l'entrepreneur au volant de sa camionnette orange. Il sortit un bras par la vitre baissée et leva le pouce :

— Merci pour la pub ! et il klaxonna plusieurs fois en s'éloignant.

Ce n'est pas la première fois qu'une action produit l'effet inverse de celui attendu. La prohibition favorisa le crime organisé et donna à l'alcool une saveur supérieure.

Le jour suivant, je surpris le postier en uniforme et casquette, agenouillé devant son vélo retourné en équilibre sur la selle et le guidon, comme une mise en scène nostalgique d'une époque où les mots *vitesse* et *information* ne s'étaient jamais croisés. Il faisait tourner le pédalier et observait l'enroulement de la chaîne autour des pignons. Quand il m'aperçut, il se releva et je vis ses gros sourcils tapis dans l'ombre de la visière briller de sueur, tandis que la roue arrière continuait de tourner avec son cliquetis propriétaire.

— Y a quand même quelque chose, dit-il quand j'arrivai près de lui, cette histoire que je suis dans un arbre comme un vautour, c'est un peu bizarre, non ? Sans être expert en peinture moderne.

— C'est une allégorie, dis-je, c'est l'image du messager, comme Hermès avec ses ailes aux pieds, le lien entre les gens, le courrier, les colis, les pizzas, tout ça et l'arbre, c'est la vie et la connexion entre la terre et le ciel.

J'ajoutai qu'on pouvait aussi considérer cette image littéralement : il était un fruit de l'Île. L'art ne voulait jamais dire une seule chose.

Une partie du travail de l'artiste contemporain, parfois l'essentiel de son travail, consiste à justifier sa démarche.

— Un fruit de l'Île, répéta le postier, un fruit de l'Île, d'accord, vu comme ça. Hermès oui, c'est pas faux.

Il hocha la tête comme pour bien faire rentrer l'explication à l'intérieur, alors qu'un type perché sur une branche ressemblera toujours plus à un vautour qu'à un fruit.

Le postier retourna son vélo et le fit rebondir une ou deux fois sur ses pneus.

— Le messager y retourne, dit-il, comme s'il trouvait une motivation nouvelle à sa mission.

Il souleva sa casquette, pour laisser ses sourcils briller au soleil, passa une main sur ses cheveux, remit sa casquette, enfourcha sa bicyclette et s'éloigna comme une image d'Épinal avec sa musiquette nostalgique.

Le mois d'août agonisait et, sans l'obligation morale que je m'imposais d'apparaître quotidiennement sur la place Centrale ou sur le port pour y recueillir d'éventuelles observations critiques, comme un devoir de service après-vente, je ne sais si je serais sorti un jour de la léthargie où m'avaient plongé la disparition de l'actrice et le rôle que j'y avais joué, manipulé et complice. En exécutant son portrait, à sa demande, j'avais fabriqué les conditions qui rendaient son geste possible.

Je lisais allongé sur le lit ou dans le jardin, comme un vieillard sur le pont d'un paquebot. Je pensais peu, je mangeais peu, je buvais un peu. Le Village, le Hameau, l'Île entière m'apparaissaient comme un décor de cinéma avec ses arbres factices, ses façades en trompe-l'œil qu'aucune épaisseur ne soutenait, un décor que l'actrice avait abandonné en cours de tournage. Je saluai mécaniquement ceux qui me saluaient et répondais par des formules convenues à leurs sollicitations. La chaleur qui va si mal avec le vague à l'âme était dans sa plénitude.

L'Île était mon seul horizon et la perspective de briser cet enfermement me semblait inconcevable. Même réduite à la dimension d'un décor, elle suffisait à mes besoins et l'idée de me rendre sur le continent et de réintégrer la normalité du plus grand nombre, ne serait-ce qu'une journée, ne me vint jamais. Ce n'était pas une tentation. J'étais comme ces organismes qui mettent en veille leurs fonctions vitales et s'apprêtent à résister à mille ans de sécheresse en attendant qu'une goutte de pluie les ramène un jour à la vie.

XXXVII

COMME UNE ÉVIDENCE

Et puis septembre est arrivé. La saison achevée, la douceur du silence qui s'abattait sur l'Île, une fois le dernier traversier parti, n'avait pas de prix. L'air était tiède et chacun se savait à l'abri du monde pour la nuit.

L'Île se dégonfla de l'affluence des vacanciers. Les Secondaires repartirent comme des gladiateurs défendre leur place sur le continent dans l'arène des CSP plus. Les traversiers diminuèrent la fréquence de leurs allers-retours. Les Natifs réinvestirent le port et on sentait que ça leur faisait du bien de se retrouver entre eux. Chacun faisait ses comptes de ce que la saison avait rapporté. Quelques randonneurs d'arrière-saison traînaient encore sur les chemins et les groupes du troisième âge, équipés de bâtons, firent leur apparition comme un bataillon de réservistes.

Le conseil municipal adopta le projet de construction d'un nouveau ponton d'amarrage. La création d'un festival de musiques chamaniques était à l'étude à l'initiative de Tupac, mais celle d'un parc d'attractions pirate, en revanche, fut écartée. Les restrictions d'eau furent levées et l'ensemble des arrosages automatiques se mit en marche. Ceux que le recours à l'automation n'intéressait pas s'activaient, tuyaux en main, pour tenter de ressusciter leur pelouse jaunie.

Le départ du Dr M. constitua l'un des événements marquants de cette fin d'été qui n'en manquait pas. Personne n'eut l'air surpris, à part moi bien sûr. Il fut remplacé par le Dr F., un jeune médecin du continent. Faust, Frankenstein, Fatalis, Folamour, il y a beaucoup de docteurs dont le nom commence par F.

Je me couchais tôt, je me levais tôt et je marchais, à l'heure où le premier traversier partait du continent. Je croisais des chats qui rentraient de leurs expéditions nocturnes avec des regards d'inspecteur sur les conteneurs à poubelles débordant de souvenirs humains de la veille. Les choses s'animaient doucement, un volet s'ouvrait, un bruit de porte, un aboiement, une bicyclette. L'air tardait chaque jour un peu plus à acquérir cette tiédeur des semaines précédentes et n'atteignait plus, à l'heure la plus rude de la journée, sa capacité d'insolation estivale.

Je marchais, pour sortir de cette apathie dépressive qui s'était emparée de moi au lendemain de la disparition de l'actrice et de l'achèvement de la fresque. *La marche est le meilleur remède pour l'homme*, disait Hippocrate à une époque où il s'agissait surtout de consoler ceux qui n'avaient pas les moyens de s'offrir un cheval. On dit aussi que la marche permet de réfléchir, mais les champions de marche à pied n'ont pas de choses tellement plus intéressantes à dire que les haltérophiles ou les lanceurs de javelot, voire moins.

Ces déambulations se concluaient par une halte au Café à l'heure de la mise en place de la terrasse, parasols ouverts, cendriers et carte des boissons sur les tables.

Être au bon moment au bon endroit, être sous l'arbre quand la pomme tombe, devant la grotte quand la Vierge apparaît, sous le pont quand les bandits lancent le sac de billets, tout est là.

La chasseuse au carré d'argent, accompagnée d'un étui à fusil appuyé contre le comptoir, portait une tasse à ses lèvres quand je poussai la porte du Café. Elle avait conservé son chapeau et sa veste cirée et troqué ses mocassins marron contre des bottes en caoutchouc vert Bavière. Je m'approchai du bar et elle leva sa tasse dans ma direction. Je la saluai en soulevant un chapeau imaginaire, à la façon de Max Von Sydow dans *Les Trois Jours du Condor*, la main comme un grappin, par-dessus. Elle surprit mon regard vers l'étui à fusil. *Calibre douze, cartouche à balle.* Je pensai aux lapins du jardin et puis aux autres, faisans, renards, perruches, vaches, chiens, moi.

— Thé ? dit le mari de la patronne.

— Café, lançai-je comme quelqu'un qui commence une nouvelle vie, sans que ça ait l'air de l'étonner.

Les gens des îles ne sont pas faciles à surprendre, c'est sans doute l'une des raisons pour lesquelles la fresque avait été acceptée aussi facilement. Comme s'ils étaient habitués aux choses un peu étranges, à commencer par le fait qu'ils vivent au sommet d'une montagne entourée de gaz liquide.

Le tenancier fit marcher sa machine et me servit, dans une tasse épaisse qui imitait la porcelaine, un liquide acide qui possédait probablement des qualités bactéricides et antiseptiques consolatoires. La conversation que j'avais interrompue en entrant dans le bar reprit.

— Il est tout de même un peu jeune, dit la femme.

— Il en faut, dit l'homme, ça manque.

— L'expérience aussi ça manque. C'est pas inutile dans ce métier, plus qu'ailleurs même, dit la femme en arrangeant d'une main ses cheveux argentins qui n'étaient pas en désordre.

— Je dis pas l'contraire, dit le commerçant qui restait commerçant avant tout, ce que je dis, c'est que l'autre, avec toute son expérience, ça l'a pas empêché de fiche en l'air la vie de sa cliente, si vous me passez l'expression. C'est pas rien.

— La sienne aussi, il l'a fichue en l'air, sa vie, comme vous dites, sa vie et sa carrière. C'était sûrement plus facile d'être médecin dans les beaux quartiers. Il n'était pas obligé de la suivre jusqu'ici. Après tout, tout le monde fait des erreurs.

— C'est pas faux, mais lui, son erreur l'empêchait pas de sortir dans la rue, alors qu'elle.

— C'est pas faux non plus, dit la chasseuse en finissant son thé.

Lentement, les mots pénétrèrent mon esprit et leur sens m'apparut dans une clarté sidérante. Chacun raccommode les trous de son propre filet et c'est comme ça que je reliai ce qui se trouvait déjà sous mon nez, le Dr M., l'actrice, les granulomes et le reste. Voilà, ça s'est dit comme ça, comme quelque chose que tout le monde savait sauf moi.

Je pensai au portrait du médecin sur la fresque, M. le Maudit, scalpel en main. Une intuition d'artiste.

Je commandai un deuxième café et invitai la femme au fusil à commander elle aussi. Elle me remercia d'une légère inclinaison du buste, comme si le geste la surprenait, venant de quelqu'un comme moi et commanda un thé.

La conversation se poursuivit sur le tassement articulaire de l'homme derrière le comptoir, *à force d'être debout, les genoux*, et sur la fille de la chasseresse, directrice des ressources humaines sur le continent et qui avait *du mal à trouver un compagnon de son niveau*.

Je participai modestement en hochant plusieurs fois la tête.

XXXVIII

CICATRISATION

Le timbre de la sonnette retentit dans mon sommeil une fois, puis deux, puis trois, avant que je comprenne qu'il n'en faisait pas partie. La chambre était baignée de la lumière du jour. Je me levai et m'habillai dans la version froissée de la veille, comme les gens qui vivent seuls et oublient qu'ils existent.

Le Voisin était dans l'entrée.

— C'est moi, dit-il alors qu'il n'y avait aucun doute sur ce point. Ça bulle ? (Clin d'œil.)

— Quelle heure est-il ?

— Il est tôt.

Je ne dis rien, fis un signe de tête et me dirigeai vers la cafetière. Je mis un filtre, du café dedans, de l'eau dans le réservoir et j'appuyai sur l'interrupteur. Derrière la fenêtre, une aube automnale caressait le jardin et le figuier d'une lumière timide.

— C'est quoi, le panier ? il demanda.

— Quel panier ?

— Devant la porte.

Il se tourna vers la porte d'entrée restée ouverte et désigna le seuil. Un panier en osier avec des sacs en papier marron attendait sur le paillasson.

Je regardai le panier comme un expert en explosifs, le pris par l'anse et le posai sur la table de la cuisine.

— Un oubli, dis-je.

Je sortis des sacs des poivrons vernis, des courgettes à la peau tendue, des pêches veloutées, des cerises sang, des abricots poudrés et des tomates joufflues.

Je regardai mes vêtements fripés.

— Je dois m'habiller, dis-je.

— Vous êtes habillé, répondit le Voisin.

Je soupirai intérieurement.

— Servez-vous, pour le café.

Quand je redescendis dans un pantalon repassé et une chemise propre, le Voisin finissait son café.

— Ça m'a fait plaisir, dis-je, repassez quand vous voulez.

Je pris sa tasse des mains et l'accompagnai jusqu'à la porte.

La journée ressemblait aux précédentes et promettait que l'automne ne serait qu'un effacement lent et doux de l'été, avant que l'hiver n'arrive avec son humidité froide qui n'était pas si froide mais suffisamment pour que les Îliens appellent ça l'hiver.

Pourtant, il ne s'agissait pas d'une journée tout à fait comme celles qui avaient précédé. C'était même une journée très différente, comme si je me découvrais soudain rétabli de quelque chose. Je mis le magnétophone dans une boîte à chaussures avec le cordon d'alimentation et la cassette, glissai la boîte dans le sac, y fourrai quelques pinceaux et tubes de couleur, une palette et rajoutai le panier d'osier, qui gonfla le sac comme une montgolfière. L'air était net et j'en remplis mes poumons.

Derrière le portail du Château, le soleil éclairait le sommet du châtaignier et s'apprêtait à frapper le fronton de la façade *Qu'on le veuille ou non*. Je passai un bras entre les barreaux du portail pour déposer la boîte à chaussures dans l'allée. Bayani sortit de la maison à cet instant, comme si ma présence avait le pouvoir de déclencher son apparition. Il portait un short bleu marine, une chemise à manches courtes blanche par-dessus et s'essuyait les cheveux avec une serviette éponge jaune.

Tout le monde savait, même moi, que Bayani héritait du Château et du reste. Le notaire, dont la résidence se trouvait sur l'Île et l'étude sur le continent, avait vendu la mèche depuis longtemps, car même si les notaires sont tenus au secret *général et absolu*, selon leur code déontologique, tous ne sont pas égaux devant l'alcool.

Je désignai la boîte sur le sol. Bayani ramassa le paquet et regarda à l'intérieur.

— Tout y est, dis-je, l'appareil, le câble et la cassette.

— Pas vouloir, gardez ça, dit-il, et il me tendit la boîte comme si je lui proposais une viande avariée.

J'insistai.

— C'est son histoire, ça vous revient.

— Je connais, dit Bayani, pas besoin son histoire, je connais. Son histoire pour vous. Moi, mon histoire.

J'attendis un moment pour être sûr qu'il était sûr et je repris la boîte.

— Vous pensez rester ? demandai-je.

— Rentrer pour mariage, dit-il en finissant de se sécher la nuque et les bras. Ici pas bon seul, revenir avec femme.

Je hochai la tête et dis, c'est vrai, pas bon seul ici, puis lui souhaitai un beau mariage. J'ajoutai que j'espérais que sa femme se plairait sur l'Île.

— Philippines, que des îles, des milliers. Pour nous normal.

— Bonne chance, dis-je, et je poursuivis mon chemin vers le Village.

J'arrivai devant la salle des fêtes avec deux heures d'avance sur l'heure d'ouverture. Je tournai la clef jaune dans la serrure et ouvris la porte à double battant. Je n'avais pas revu la fresque depuis plusieurs semaines. J'avançai dans la pièce en marchant sur la houle et levai les yeux vers le ciel. Je redécouvris le lieu et son air de fête foraine avec ses figures grotesques et ses paysages fantastiques, une salle des fêtes en somme. Je regardai l'actrice, les Néandertaliens, le pirate et son collier d'oreilles, les feuilles du poète qui s'envolaient, la colonne processionnaire, le Village, la danse tribale, la petite foule de personnages figés dans l'attente que le projecteur se remette en marche, avec les collines tout autour, les plages, le chaman, le port, les méduses, l'avion, les arbres et l'océan. Je redécouvrais mon travail comme s'il était celui d'un autre.

Et je revenais toujours à ce visage qui me faisait face. J'entendais sa voix rauque et désaccordée, *si ça doit être moi, montrez ce que je suis, montrez-moi.*

J'exagérai sans doute la taille du membre du conseiller municipal, mais le résultat restait esthétiquement convenable. Ensuite, je m'attaquai aux lapins que je disposai par petites touches, affairés, dans les jardins et dans la campagne. Sur le panneau des Néandertaliens, je peignis deux lièvres variables, buste dressé, qui émergeaient des fougères.

Je remballai mes peintures et mes pinceaux, dis au revoir à l'actrice à haute voix, sortis de la salle et refermai la porte derrière moi. Je fêtai intérieurement le premier acte fondateur de ma peinture évolutive.

Sur le port, on déchargeait des sacs de ciment, des parpaings et des plaques de plâtre. Un chariot élévateur s'activait, comme un jouet d'enfant, pour transporter des palettes enveloppées de film plastique bleu. Quelques silhouettes s'agitaient sur les pontons et les voiliers à quai.

Je pris le chemin du Hameau. Une lumière satinée éclairait les façades blanches et les jardins. La route bleuissait sous un ciel que l'arrière-saison adoucissait. L'air, chargé d'une humidité nouvelle, portait l'odeur verte des premiers jours de septembre, mêlée à celle des pins et des murets de pierres sèches que le soleil matinal commençait à réchauffer. Il était encore tôt et les ombres s'affirmaient doucement dans le paysage à mesure que le ciel devenait plus intense. Je m'engageai dans la rue principale du Hameau silencieux. Une échelle était posée contre un mur, une brouette de déchets végétaux attendait devant le portail d'un jardin, un chien dormait sur le perron d'une maison et un arrosage automatique faisait office de bande-son minimaliste, comme un balai sur la caisse claire d'une batterie.

J'entrevoyais, derrière les lauriers, les chênes verts, les arbousiers et les bouquets de romarin qui bordaient la route, le scintillement du chenal et, dans les trouées, sa grande langue striée de bleu marine et de turquoise et sa surface diamantée sous le soleil ascendant. *Il ne faudrait jamais s'arrêter de nager.* J'imaginais l'actrice ondoyer pour l'éternité, une grande sirène orpheline et solitaire dont les larmes se noyaient dans le courant. Je dépassai les chemins qui menaient aux plages du chenal. Puis les arbres du verger émergèrent derrière la route. Du sommet de la côte, j'aperçus à moins d'un kilomètre la bifurcation qui menait à la plage des Noyés. Le portail devant la maison blanche était ouvert. La camionnette était garée le long du mur qui séparait la propriété de la route des Noyés. Plus loin encore, les cimes lointaines des pins noirs du bois du Poète à la pointe sud imprimaient leurs doigts d'encre sur l'azur. Je changeai mon bagage d'épaule et me remis en marche.

La maison blanche grandit et le portail vint à ma rencontre jusqu'au moment où il disparut derrière moi. Une voile devant la maison dessinait un triangle d'ombre mauve sur le sol herbeux. J'avançai dans l'allée jusqu'au seuil de la maison, une grosse marche de granit usée, et frappai à la porte. J'écoutai. Aucun bruit ne me parvint de l'intérieur. Je laissai passer un moment et frappai à nouveau, un peu plus fort, mais le silence se prolongea sans même un craquement de plancher ni le sentiment d'une présence derrière la porte.

L'échec fait partie de la vie, pensai-je avec autorité sur le sujet.

Je sortis le panier du sac de toile et le déposai sur la marche de granit. Je remis le sac en bandoulière, qui pendait comme une vieille montgolfière dégonflée avec les tubes et les pinceaux qui ne pesaient rien au fond, et frappai encore une fois à la porte. Je comptai mentalement jusqu'à trois pour donner à la porte une chance de se racheter. À trois, je décidai de compter jusqu'à dix. À dix, je comptai jusqu'à trente, frappai encore une fois et décidai finalement de m'en aller en laissant le panier.

Quand je me retournai, elle était devant moi.

Elle portait une robe à fleurs boutonnée sur le devant qui laissait les épaules nues. Ses cheveux étaient enveloppés dans une serviette d'où s'échappaient des mèches rousses qui gouttaient sur son cou blanc.

Je marquai un temps d'arrêt, tel un Néandertalien devant l'apparition d'une hominidée d'un genre nouveau puis, la surprise passée, je la remerciai. Les fruits étaient magnifiques et les légumes aussi, ajoutai-je. Je montrai le panier sur la marche.

— Il y a marché demain, dit la maraîchère, ça pouvait attendre.

— Ce sont des figues de mon jardin, dis-je comme si ça expliquait.

Elle passa devant moi et se pencha pour en prendre une. Elle l'ouvrit en deux lentement, regarda sa chair rouge, puis en avala une moitié.

— C'est un peu comme offrir des fleurs à une fleuriste, dis-je.

— Les fleuristes aussi aiment les fleurs, dit-elle.

Ensuite, elle se baissa pour prendre le panier et, dans le même mouvement, ouvrit la porte qui n'était pas fermée.

Elle se retourna et remarqua la peinture sur mes mains.

— Un nouveau projet ?

— Des ajustements. Bonnard retouchait ses toiles dans les musées.

Elle prit une expression impressionnée, la bouche vers le bas et les sourcils levés.

— Vous n'étiez pas à l'inauguration, dis-je.

— La salle était encore là le lendemain. C'était plus calme.

Et puis, comme si ça lui traversait l'esprit.

— La femme de la cascade, elle me ressemble un peu, je trouve.

La chaleur sur mes joues me rappela une émotion lointaine.

— On n'invente jamais rien, bredouillai-je.

— Et sur l'horizon, la ligne blanche, c'est une vague ?

— C'est possible, dis-je, c'est même probable.

Dans l'embrasure de la porte, elle défit l'enroulement de sa serviette et sa chevelure rousse se déploya comme une publicité pour shampoing triple action et la masse de ses cheveux, dotée d'une vie propre, s'organisa magiquement autour de son visage et de ses épaules.

— Ne restez pas là, le soleil n'aime pas les cicatrices. Ça vous est arrivé comment ?

Je sortis de ma sidération comme si elle avait claqué des doigts et touchai la diagonale sur ma joue.

— Accident du travail, dis-je.

Elle ouvrit la porte en grand et s'enfonça dans la pénombre du vestibule.

— Un thé ou un café avant la vague ?

— Comme vous, dis-je, et je contemplai les flammes sourdes et mouvantes de sa chevelure de Sapiens, comme le premier homme hypnotisé par son premier feu.

Je montai la marche de granit et refermai la porte derrière moi.

REMERCIEMENTS

Un très grand merci à Dominique Marchand-Fohr et à Dominique Quessada pour leur lecture bienveillante et leurs conseils avisés.

OUVRAGE RÉALISÉ
PAR L'ATELIER GRAPHIQUE ACTES SUD
REPRODUIT ET ACHEVÉ D'IMPRIMER
EN NOVEMBRE 2023
PAR NORMANDIE ROTO IMPRESSION S.A.S.
À LONRAI
POUR LE COMPTE DES ÉDITIONS
ACTES SUD
LE MÉJAN
PLACE NINA-BERBEROVA
13200 ARLES

DÉPÔT LÉGAL
1re ÉDITION : AOÛT 2023
N° impr. : 2305014
(*Imprimé en France*)